中公文庫

黒　真　珠

恋愛推理レアコレクション

連城三紀彦

中央公論新社

目次

黒真珠

恋愛推理レアコレクション

I

黒真珠

1

「わかりました。お待ちしております」

丁寧な言葉を返して電話を切り、恭子はふと、あの黒真珠はどこへやったのだろうと考えた。

考えなければならなかったのは十三年前タヒチで買った一粒の真珠のことなんかではなく、今突然電話をかけてきた女のことだった。

その女がなぜ電話をかけてきたのか、何の用で自分を訪ねてくるのか——。

あまり時間もないのだ。電話で女の声は「今から家を出ます」と言った。久我山の家から代々木のこのマンションまでは一時間もかからないだろう。

それなのになぜ、寝室にしている八畳の部屋に入り黒真珠を探し始めたのか、恭子には自分でもわからなかった。

電話を切った瞬間、ビニールをかぶったように不透明になった頭の隅に、もう長い間忘れてしまっていた真珠のくすんだ光が浮かんだのだった。その淡い光にひきずられるようにして、恭子は収納箪笥の抽き出しの一つ一つを開けていった。五年前引っ越した際、その箪笥のどこかに仕舞いこんだ記憶が、かすかだが残っていた。

探しているうちに、それでも少し頭がはっきりしてきた。

「黒真珠を買ってる恭子見てたら、この人結婚もせず一人で生きていくんだろうなってそんな気がした……」

タヒチ旅行からの帰路の飛行機の中で一緒に出かけた女友達がふと口にした言葉がよみがえってきた。大学を卒業し社会へのスタートを切る記念に大学時代ずっと仲良くしていた友達と思いきって貯金を全部おろして出かけた旅だった。

「黒真珠を買う女は家庭むきじゃないってこと？」

「そうね、ＰＴＡ用の服には向かないから」

確かそんな会話を交わした。

「何言ってるのよ。私、適齢期までには結婚する決心よ」

そう反発したが、結果としては友達の方が、恭子自身にもわからなかった将来を言い当てたことになる。友達は銀行に勤めて二年後にはさっさと結婚したが、テレビ局に勤めた恭子はその後何度も恋愛をしながら、いざとなると結婚よりも仕事を選んで今日まで一人暮らしを続けてきてしまった……。

一昨年、広告代理店の妻子ある男とＣＭの仕事で知り合ってからは、結婚という言葉も忘れかけてしまっている。七つ年上のその男の週一回の定期便だけで、多忙な仕事のすきまに生じる女の部分は充分満たされていた。

一番下の抽き出しの一番奥にやっと小さな箱が見つかった。

箱を開くと、何年かぶりの懐かしい色と光がある。

西に向いた寝室の窓は、ちょうど夕刻へと崩れだした陽ざしに溢れている。初夏の澄みきった光を集めて、小さな珠はきらめいている。

十三年の歳月を越えて、真珠はその中に、青春の最後の一ページを彩った南の島の美しい光を秘めている……。

指輪にでもするつもりだったのに何故この粒のままで箱に仕舞っておいたのだろう……。それを考えると、友人が口にした冗談半分の言葉を自分が心の隅で気にしていたからだとしか思えなかった。確かに美しいが、かすかに黒みを帯びたその色は、まぶしすぎる陽の光がふと気まぐれに落とした一しずくの影のようにも見える。

仕事は楽しかったし、一人の人生を後悔したことは一度もない。気もちはいつも新鮮で、結婚し母親になった友人たちより三つ四つは若く見える。何も後悔はない、そう信じて生きてきた十三年間の片隅に隠れていた、自分でも意識することのなかった小さな後悔をその真珠の淡い翳《かげ》りに教えられた気がした……。

上村真介との関係も、妻に知れたりどちらか一方が飽きたりしたら笑って別れることを約束しあった大人の関係である。確かにそう思っていたはずなのに、なぜその妻から電話がかかってきたというだけでこうも動揺しているのだろう。

静止しているはずの黒真珠が、水底《みなそこ》の藻の影の中を漂うように揺らめいて見えた。それはそのまま、ついさっき初めて電話をかけてきた上村の妻が、

「主人のことでお話したいことがありまして……」

そう言った瞬間からの恭子の気もちだった。

口紅を塗る途中で、やはり上村の妻とは素顔で会った方がいい、そう思い直し化粧を落とそうとした時にチャイムは鳴った。化粧を落とす時間がなくなり、恭子は急いで口紅を塗り終えてドアを開けた。

廊下に立っているのは電話でのハスキーな声から想像したよりずっと清楚な女だった。美人とは言えないが丸い頬のふくらみに男好きのする愛敬が感じとれる。その頬に似合った柔らかい微笑を浮かべ、同い年のはずだが恭子よりさらに二つ三つ若く見える。ただし目だけは笑っていない。恭子を観察しているその目の黒い光に、恭子はさっきま

で見ていた黒真珠を思い出した。

「素敵なお部屋ね――」

居間のソファに座るとゆっくりと部屋を見回してそう言い、それからふと壁の小さな絵に目をとめた。ヨーロッパかどこかの街角を描いた、まだ無名の画家の絵だった。

「これ、もしかして上村が買ったものじゃありません？」

そう尋ねてきたので、

「ええ……今年の誕生日にプレゼントしていただいたんです」

恭子は正直に答えた。

「やっぱり……上村の好きそうな色だわ。家にも同じような絵が飾ってありますのよ」

そう言い、「高い物なんでしょうね」さり気ない声をつけ加えた。さり気ないだけに声が含んだ棘《とげ》は鋭かった。恭子は首をふった。

「ご主人からは高価なものはいただかないことにしているんです。二年間で貰ったのはこれとハンカチだけですし……そういう関係ではありませんから」

恭子の言葉を無視するように目を絵へと向けていた上村の妻は、その横顔のまま、

「そう……二年前からなんですか、あなたとの関係……」

ひとり言でも呟くような声になり、

「だったら私、主人の浮気、始まってすぐに気づいたことになるんだわ」

さらにそうも言った。恭子はおやと思った。驚いた恭子の目を楽しむように微笑を含んだ目で見つめながら、「知ってましたのよ、二年前からずっと……主人とあなたとのこと」上村の妻はそう言った。

だったら何故今頃になって……恭子は顔をしかめた。

2

「そう、二年なんですか、主人とは」

恭子が紅茶を淹れて出すまで沈黙していた上村の妻は、思いだしたようにそう呟き、それから紅茶の礼を言った。嫌味としか言い様のない丁寧すぎる頭のさげ方をして、

「あら、このお部屋でもあの人、この紅茶なんですね」

口元へ運んだカップをとめて、そうも言った。香りだけでわかったらしい、「でもこの紅茶、銀座でしか手に入らないでしょう？　私なんかこの紅茶が切れるたびに銀座まで買いに行くのが面倒で仕方がないんですけど、忙しいお仕事なさってるのにご立派だわ」そうも言った。

「美味しい……」

ひと口飲み、目を丸くしわざとらしい声で上村の妻がそう言った時、恭子の中に、

「これで上村とは終わりだ……」

そんな声がわきあがった。妻に知れたら終わりにするという約束で始めた関係である。万が一こんな風に妻が訪ねてきた時の言葉も既に考えてあった。

その言葉を口にしようとして、だが、

「その紅茶、私、もう十年前から飲んでますし……」

唇から流れだしたのは自分でも思いがけない別の言葉だった。

「上村さんがお宅でもこれを飲んでらっしゃるとしたら、それは私が教えたからだわ」

意地の悪い声に口紅の色が粘りついている。恭子は化粧をしたことを後悔した。恭子の反発はわかったはずだが、

「そう……二年前からだったかしら、上村がウチでこれを飲み始めたの」

上村の妻は、薄い微笑で恭子の声の全部を吸いとった。

「それならどうして気づかなかったのかしら。きっと愛人が好きな紅茶なんだなって。二年前には私、本当にもう愛人がいることとわかっていたから」

かすかな微笑は目や声の冷たさを強調するだけだった。芝居はこの女の方が上手かもしれない……頭の隅でそう考えながら、

「愛人と呼ぶのはやめてもらえませんか」

恭子も微笑を武器にした。上村の妻は返事のかわりにカップを受け皿においた。鋭いそ

の音が返事だった……この微笑の裏に声とは呼べないほどの軋《きし》んだ声があるに違いない。

「私がそんな風に呼ばれるような関係じゃないんです、上村さんとは」

恭子が自分で口にしたその言葉に自分からどう壊れていくかを、楽しんで待つようにしばらく無言の微笑で恭子の顔を見守り続けていた女は、

「でも愛人でしょう？　妻ではないのだから……それに妻が訪ねてきたからってとり乱したりするのは愛人なんでしょう？」

そう言った。上村の妻のあてこすりもここまで来ると限界だった。恭子の腹立ちは不意に馬鹿馬鹿しさにすり変わり、「私、とり乱してなんかいませんけど」声にため息を混ぜた。

「そうかしら、さっきドアの開いた瞬間、私、あっ、この人とり乱してるなってそう感じたけれど」

上村の妻は顔から微笑を消した。いや、やっと消してくれたというのが恭子の気もちだった。恭子は何よりその微笑の嘘にいら立っていたのだ。「私、今この瞬間に上村さんとの関係、終わったんです」二年間用意しておいた言葉を口にしようとしたが、それより一呼吸早く、

「私が二年前に主人の浮気に気付いたの何故かおわかりになる？」

妻の方が口を開いていた。

「いいえ――」

「浴室のドアのむこうからおかしな音が聞こえてきて……」

　視線を上村の贈り物の絵へと流して言った。

「それが何の音かと思ったら……爪を切る音だったんです。後で脱衣場に爪の切り屑をみつけて……それから気をつけていると毎週水曜になると爪が切り揃えてあって。それまでは私が気づいて注意するまで伸び放題にしていた人なのに……だから私、ああ、相手の女は私より皮膚の弱い女性か、それともモデルとか女優とか肌を売り物にしている女だなって……あの人、体格どおりの無神経な男だって評判なのに、変にそういう気の遣い方しますでしょう？　特に女に対して」

　肌を売り物にしている女という言葉は挑発以外の何物でもなかった。恭子の胸を突きあげてきた声があったが、それを無理矢理押さえつけ、

「今、『いいえ』って私が言ったのは『浮気じゃありません、上村さんとの関係は』ってそう言おうとしたからです」

　妻の言葉を無視したかのように軽い声で言った。

「浮気でも本気でもなかったんです。強いて言うなら、〝一つの関係〟ですけど、それは体の関係だけじゃありません」

　そう言い今度こそ「その関係も今この瞬間に終わったんです」と続けようとしたのを、

「愛していないんですか、主人を」

再び妻の声がさえぎった。顔から微笑が消えると目はいっそう黒真珠に似て見える。あの真珠が、恭子の自分でも知らずにいる胸の奥底を二年間こっそりと覗き続けてきたように、上村の妻の目も恭子の気もちを暴こうとしている……。

「愛だと思ったことはありません」

恭子はゆっくりと、きっぱりとそう言った。その瞬間、なぜだかはわからないが、不意に上村の背が浮かんだ。確かに大きすぎる無神経そうな体をしているのだが、背中から見ると時々ふっと肩のあたりが痩せて見えることがあった。自分が上村に愛を感じることがあったとしてもそれはそんな瞬間だけだったのだ……自分にそう言い聞かせているだけの時間はなかった。

上村の妻が顔を歪めたのだ。やっと本心の顔になった……恭子は投げつけられる怒りの声に身構えたが、相手は、

「困ったわ……」

意外な言葉と声になった。

「本当にあなた愛してないの、上村のこと」

念を押すように真剣な声でそう訊いてくる。

「ええ……」

「困るわ、それじゃあ……あなたがとり乱したり、私に嫉妬してくれないと……」

恭子の顔から微笑が半分だけ消えた。ひどい顔になっていることが自分でもわかったが、その顔のまま妻の目を見返している他なかった。

「私、あなたがとり乱したり私に反発してくれて本当に喜んでいたのに……私、四年前から一人好きな青年がいて、彼と結婚しようと決めたんだけれど……上村って、誰か女が夢中になって私から奪いとりでもしてくれない限り、離婚のことなんて考えもしない男ですもの……」

3

「本気で言ってるんですか」

と訊き、相手の返事も待たず、

「いつからなんですか、その人とは」

思わずそんな質問も発していた。

上村の妻はあくまで微笑を保って「あなたに説明する必要はないけれど――」と前おきして、

「もう四年になるわ……上村とあなたの関係より古いのよ」

と言った。声に得意げな響きすら感じとれた。

「医師の卵。私の高校時代の後輩とつき合ってたんだけど、ちょっと我儘なところがあって若い娘向きじゃないのよ。後輩の——広美って娘だけど、結婚まで約束したのにもう別れたくなったって相談に来て『じゃあ、私が彼に会って話をしてあげるから』って彼に会ってみて……一目惚れっていうのね、ああいうの。私だって今はもう上村より彼の方がずっといいし、彼と出会ってわかったのよ。私は男に従うタイプというより男を可愛がるタイプなんだって。むこうの御両親も現代的な考え方をする人たちで、私が上村と正式に離婚するのなら認めてもいいっておっしゃってるの」

音楽のような軽やかな流れで一気にそう言い、「だから困るのよ」大袈裟に顔をしかめた。

「ここまで話は来てるのだし、あとは上村次第なんだけれど……上村は、私が他の男と結婚したいから別れてくれと言っても肯《うなず》くような男じゃないわ。むしろ急に私への未練が出て今の女とは手を切るからもう一度やり直してくれって、そう言い出すに決まってるから」

この一言なのだ——。

恭子は胸の中でそう呟いた。この女は嘘を言っている。今の一言を夫の愛人に聞かせるためにこの女は訪ねてきたのだ……。

恭子は混乱していた。目の前の女は夫婦関係をドライに割りきったような芝居をしているだけだ。愛人に夫を奪いとってくれなどと頼みにくるような妻はいない……だが……。

恭子はふと自信を失くした。そんな風に疑うのは自分こそが古風な道徳観に縛られているからなのか……上村の妻が微笑で武装をしているのはわかったが、その武装の下にある素顔と本心は見ぬけなかった。

恭子の方は冷静を装うのが精一杯だった。

「上村さんはあなたとその人のことをまだ何も知らないんですか」

「ええ。私が上村の浮気に気づいていてもそのために知らないふりを続けてきたことも」

「だったら一度はっきりと話してごらんになったら……案外簡単に離婚に同意するかもしれないでしょう？」

声に棘が出た。どうしても目の前の女への敵意が体からこぼれ出してしまう……若い男との再婚のために上村の妻であることを放棄したい、口ではそう言いながらもその裏から妻であることをいっそう誇示してくる女に、どうしても反発心が動いてしまう……上村の妻はむしろその棘を楽しむように軽やかに笑った。

「悪いけど、上村のことはあなたより私の方が詳しいわ……さっきも言ったように、あなたが愛情で上村を縛りつけて自分のものにでもしてくれない限り、絶対に私と別れるなんて言い出さないわ。だから私が頼みにきたんでしょ」

そう言うと、恭子に言葉をはさむ余裕を与えないように、

「それにあなた上村を愛していて自分のものにしたいと思ってるんでしょう？」

早口でそう尋ね、恭子の目を覗きこむような鋭い目つきになった。微笑に隠れて黒真珠が光っている……その光を針のような痛みで恭子の胸は受けとめている。

上村とはそういう関係ではない、一度だって妻から上村を奪いとりたいと考えたことはない――。

恭子は首をふりたかったが、この時もまた不意に自信が消えた。この女の目の方が自分も知らない本心を覗いてしまっている、自分はこんな意地悪い目で自分の気持ちを覗きこめない……。

「突然そんなことを言われても困ります。上村さんとは奥さんに知れたら別れるという条件でつき合い始めたのですから」

恭子はそう言って窓辺に立とうとしたのだが、その言葉を途中で断ち切るようにして立ちあがり窓へと歩いていったのは上村の妻の方だった。

「窓から緑の見える部屋っていいわね……」

恭子に背を向けて、代々木公園を見おろしている。「久我山のお宅からも緑は見えるはずでしょう」頭の隅をかすめたその言葉を口にしている余裕はなかった。上村の妻の背が、

「卑怯だわ、そういうの……」

低い声でひとり言のようにそう呟いたのだった。それが自分に向けられた言葉だとはすぐにはわからず、恭子は混乱の中で妙にぼんやりとして、この女《ひと》は背中から見た方が綺麗だと考えていた。背中の方が嘘がなかった。だから、その背が続けて、

「さっきあなた、自分と上村の関係は愛人とかそういうものじゃない、もっと大人の関係だって言ったけれど……それから自分は上村から金銭を受けとっていないって、まるで自分の清廉潔白を主張するように言ったけれど、あなたのやってることの方が汚いでしょ？」

そう口にした言葉に今までにはない真実味が感じとれた。

「どういうことでしょうか」

「お金を受けとったりしている女の方がまだきれいだと言ってるの」

女の背は、窓の西陽を浴びて逆光の影をしみつかせ、ただ静かだった。

「妻から奪いとりたいって考える女の方がまだあなたよりきれいだわ。その方がまだ責任のあるやり方だわ……奥さんに知れたら別れるなんて、そんないい加減な形で妻のある男と関係をもつべきじゃないわ。『愛しているか』と訊かれてはっきり愛していると返事もできないような女にあの人を、たとえ週に一晩でも盗まれていたなんて……私はその方がずっと傷つくわ」

静かなだけにその言葉は今までのどの言葉よりも恭子には痛かった。

「私の方から離婚したいと思っているのでなければ、私、あなたみたいな女だけは絶対に赦《ゆる》さなかったでしょうね。アメリカの雑誌や映画の真似をやりたいのならアメリカへ行ってやってちょうだい」

最後の言葉は投げつけるように言って、くるりとふり返り、「あなたどうこう言っても妻のある男とこういう関係になるからにはいざという時に自分で責任がとれると考えて始めたのでしょう。私はその責任をとってもらいに来たのよ」と言った。顔にまた鉄のような微笑が戻っている。

「私の言う責任とは、もちろん上村と別れることじゃなくて……上村と結婚すること」

4

恭子は八畳の洋室の窓から、空を見ていた。陽はまだ沈んでいないはずなのに、いつの間にか曇りだした東京の空は太陽を見失っていた。

東京は空にも迷路がある……。

今考えなければならないことを忘れたくて恭子はそんなことを胸の中で呟いた。だがたとえ一瞬でも忘れることはできない、閉ざしたドアのむこうの居間にはまだあの女が座っているのだ。

「お一人で少し考えてごらんになったら……私、何時までも待ちますから」

先刻上村の妻はそう言い出し、その言葉が命令であったかのように恭子は言われたとおりにしたのだった。上村の妻の言葉を命令として聞かなければならない自分が惨めだった。その惨めさを馬鹿馬鹿しいとも思う。

「上村さんとは別れますから、あなたとはもう何の関係もないことでしょう、さっさと帰って下さい」

たったそれだけの言葉が何故口にできないのか。恭子もまた道に迷っている、新しい、今まで意識することのなかった道に突然迷いこんでいる……。

結婚——。

すべては上村の妻が口にしたその言葉が原因だった。今まで一言も上村との結婚を考えたことはなかった。だがそれは上村に妻子があり結婚できないと諦めていたからだけではないのか。その言葉を妻の口から突きつけられ自信を失くした。——いや同時に恭子はまた上村を自分が結婚するほどに愛しているかどうかの自信も失くしていたのだった……。

何もわからなかった。わかるのはただ長い間抽き出しの奥に仕舞いこんであった黒真珠が、不意に自分の手へとこぼれだしてきて妖しく光り始めたことだけだった……。

もう十五分も経っている。こんな風に長く迷っているというのは、それだけで自分の敗けを認めるようなものだった。妻の立場にいる女が恭子を愛人としか考えないのは仕方がないとしても〝結婚〟という言葉を餌にして愛人に恵んでやろうというようなあの女の態度は一人の女として許せなかった。できるだけ早く追い返して上村に電話を入れ事情を話そう、恭子はそう考え、そんな風に男を頼りにしている自分は、やはりあの女から愛人と呼ばれても仕方がないのだと考え直した。

一人で何とかしよう――。

そう決心して居間に戻り、前よりも背筋を伸ばして女と向い合って座り、

「もうお帰りになって下さい。上村さんとは二度と会いませんし、ということはあなたとも何の関係もないのですから」

きっぱりと言った。一人で何とかするとすればその言葉を口にする他なかったのだ。脳裏を掠《かす》めた少し頼りなさそうな上村の背から逃れるためにその妻を鋭く見つめた。

「責任っておっしゃるけれど、私だけの責任ではありません。上村さんの責任でもあるでしょう？　上村さんと相談なさって下さい。奥さんだって、自分がフリンしてらっしゃった以上、責任という言葉が誰のためのものかはおわかりだと思いますけど」

「私にも責任があると言いたいのね」

「ええ、でもその責任は私とは無関係のものだわ。だから上村さんと相談して決めて下さい」

「でも――」上村の妻は目に光らせた反発の色をすぐに笑顔に飲みこみ、「私の場合は彼

との結婚という形できちんと私の責任をとるんですよ」そう言った。

「だから上村にもあなたとの結婚という形で責任をとってもらいたいんです」

「ですから……」

恭子はいら立った。「そのことは上村さんと相談して下さい。上村さんが私と結婚するというのなら、改めて考えてみますから」

「卑怯ね、あなたって」女は笑顔のままでそう言った。「やっぱり上村と結婚したいって気もちあるんじゃないですか」

ゆっくりと蜜が粘るように引きずる声が恭子の胸にまで絡みついてくる。それを断つように、「今現在は全くありませんって言ってるでしょう。私これで本当にお別れするつもりですから」きっぱりと言った。

「本当にないんですね、結婚するつもりは？」

女の声は不意に真剣になった。全身を目にして恭子の体の奥底まで覗きこもうとしている。恭子の中に本当に一かけらも結婚という言葉がないのか……恭子はふと、やはりさっきまでのこの女の言葉は嘘で、そんな出鱈目な嘘を使って愛人の本音を探りにきただけではないのか、そう感じた。だが、

「ありません」

上村の妻にというよりその目が想像させる黒真珠の光にむけて、確かな声でそう答える

と、「困ったわね」上村の妻は張りつめていた視線を不意に緩め、顔をしかめた。

「あなたが一番引き受けてくれそうだったからわざわざと出向いてきたのに……」

「一番？」

思わずそう訊き返していた。恭子の驚きをわざとらしく外して、女は左手の薬指を見た。そしてその指の結婚指環を右手の同じ指で撫でながら、「こんなことなら他の女に頼めばよかったわ」と呟いた。ひとり言ではない、恭子の耳を意識しすぎた意地悪な声だった。

「上村さん、私の他にも愛人がいるんですか」

声を吐き出すように言って、失言に気づき慌てて手で口を押えた。やっぱり自分のこと、ただの愛人だとわかってるじゃないの……声には出さなかったが上村の妻の目がそう言った。目の端だけで蔑むように恭子を見ていた。それからその目に微笑を含ませ、

「私と上村、もうこの二年近くは夫婦とは呼べないような関係だったけれど、それでもまだやっぱり妻の私の方がよく知ってるのね、夫のことは」

週に一度の愛人よりも——口にはしなかったその残りの言葉をやはり目の微笑が語った。

「いるんですよ、あなたの他に二人も。それももしかしたら上村があなたのことよりずっと愛してるかもしれない女が……」

「本当なんですか？」恭子は胸が抉《えぐ》られるように痛んだぶんだけ冷やかな声と顔になった。

「どうして？」

「奥さん、わたしをただの愛人だと思ってそんな当てつけを言っているだけじゃないんですか？」

「当てつけだなんて……私がそれを黙ってたのはむしろあなたを傷つけたくなかったからよ」そう言い、自分の言葉に肯いて、「そうね、傷つくはずはなかったわね。あなたと上村は大人の関係なのだから……上村にあなたよりも大切な愛人がいるとわかったからって」恭子より冷やかに言った。いっそうの嫌がらせとしか思えない声と言葉と目である。

「でも私は傷ついたの。変ね、他人のように冷めた夫婦なのに嫉妬だけは残るんですもの。私、上村が自分の愛してる女と結婚するのは嫌なの……だから一番愛されていないあなたに夫を譲ろうと思ったんだけれど……やっぱり他の女に頼んでみるわ」

もうあなたに用はないと言うように恭子の顔も見ずに立ちあがった。

5

「本気なんですか」

立ちあがり既にドアへ向けて歩きだそうとしている女の背へと、恭子も立ちあがりそう声をかけた。その声は、女を呼びとめる形にもなった。上村の妻はその声を待っていたかのようにくるりとふり返り「ええ」と大きく肯いた。

「本気なら、あなたも考え直すと言うの？」

顔は真剣だが、声はからかうような微笑を含んでいる。恭子の胸に先刻からかすかな亀裂が生じている。その細い亀裂を押し分けて、その言葉は忍びこんできた。恭子は首をふろうとしたが、できなかった。上村の妻は顎《あご》をひき上目づかいになり恭子の顔を見守っている。恭子の返事を耳ではなくその目で摑みとろうとしていた。

「たとえ本気なんだとしても……これは、嫌がらせなんでしょう？」

「嫌がらせって、どうして私があなたに？」

「だってそうとしか思えないでしょう。今、奥さん、私を嫉妬させるためにわざと上村さんには他にも女が二人もいるってそう言ったんでしょう」

「嫉妬？」

初めて聞く言葉のように不思議そうな顔になり、「どうしてあなたを嫉妬させるなんて……あなた、妻の私にも嫉妬しないような大人の関係を上村と続けていたんでしょう？それとも妻には嫉妬しないけれど自分と同じ立場にいる二人の愛人には嫉妬するんですか」と続けて、不意に真面目だった顔を微笑で壊した。

実際〝壊した〟という言葉しか似合わない意地の悪い微笑である。

「上村にあなた以外の愛人が二人いることは本当です。一人は石塚春美っていう行きつけのバーのホステスでもう一人は……確か安田ユウ子っていう以前あの人が自分の広告やC

Mに何度も使ったことのある女優さん」

そう言ってから、

「そう、あなたその二人に嫉妬したの。だったらまだ諦めるのは早いわね、もう一度話し合いましょう」

さらに微笑をくっきりとさせてソファに座り直した。「嫉妬するっていうのは上村を自分のものにしたいって気もちがあるからだわ」ひとり言のように呟いた。

自分のものにしたいとか、そんな気もちで上村とつき合ったことはない。それは確かだった。だがこの時、わざとらしい上村の妻の微笑が、一番この女の攻撃の言葉なのだと恭子ははっきりと意識した。上村ももう関係はなくなっている。目の前の女が上村の妻だということも忘れていた。血が逆流し、ただこの一人の女に負けたくないという気もちだけが働いた。

「奥さんが本気なら私も本心を言わせてもらおうかしら」

恭子の方も微笑を装い、「私が奥さんの望みどおりにするって言ったら?」と続けた。本心ではない、たとえその言葉に本心が混ざっているとしても、今はただ目の前に座っている女に負けたくないという気もちだけがすべてだった。それに上村の妻の方が本気かどうかを恭子は知りたかった。もしただの嫌がらせで訪ねてきたのなら恭子の今の言葉にこの女は動揺を見せるはずである……。

そう予想したとおりになった。

「本気なの？」

かすかだが動揺で視線を揺らしながら女はそう尋ねてきた。恭子は立ちあがり隣りの部屋から黒真珠をもってくると、それを上村の妻に見せた。「本気です。これが証拠です」そう言いながらそれを女の目へと突きつけた。

「どうしてこれが証拠？」

先刻までと違い、本当の余裕ではなくそれを装おうとしている。恭子はやっと自分が優位に立ったと感じた。

「この黒真珠を十三年前に買った時、こういう淋しい真珠を買う女は結婚できないって友達に言われました。私、でもずっと結婚したかったんです。私、この真珠を怖れながら生きていただけだって……今日、奥さんに会ってやっと気づいたから。私これを棄てます、もう」

恭子はそこで充分すぎる間をとって、

「つまり、奥さんが離婚するとおっしゃるなら、私上村さんと結婚します」

と続けた。一瞬これが本心かもしれない、いや本心なのだという思いが頭を掠めたが、それを無視できるほど激しく上村の妻の顔を見つめた。この女がどんな反応を見せるのか——恭子の予想ではここまで愛人がはっきりと答えれば、上村の妻は慌てるはずだった……。

それを楽しむかのように恭子は既に微笑を顔に滲ませかけた。上村の妻が慌てたら、「今のは冗談です」今まで自分が聞かされた以上の意地悪い笑い声を返すつもりだった。

だが、恭子の微笑は顔に広がりきらなかった。

上村の妻は、馬鹿馬鹿しいと言いたげなため息をつき、

「最初からそう答えてくれれば、無駄な回り道はせずにも済んだのに」動揺どころか、芝居とは思えない安堵を顔いっぱいに広げてもう一度ため息をついた。

「これで一安心だけど……」上村の妻はそう呟き、すぐに首をふった。

「そう安心してもいられないわ。あなた本当に主人をその気にさせる自信がある？　妻から……私からあの人を奪いとるだけの」

上村の妻はそう言うと黒真珠も負けるほどの強い光を目から放って恭子を見つめた。真剣な目だった。本気だったのだ、本気でこんな突拍子もないことをこの女は自分の夫の愛人に頼みに来たのだ……頭の隅にそんな言葉を響かせながら恭子はただ女の目を見つめ返し続けた。

「こんな言い方をしたらまたただの嫌味だと誤解されそうだけど……私本当に心配してるのよ。あの人は本当にそう簡単に離婚に踏みきれるような男ではないのだから……」

さらに言葉を続けようとしたが、この時ふと恭子の手から黒真珠が落ちたのに気をとら

れて黙った。テーブルには見えない傾斜があるらしい、それは上村の妻の方へと転がっていった。テーブルから床へ落ちようとする黒真珠を上村の妻の手が受けとめた。上村の妻は掌《てのひら》の中に黒い露となって滴り落ちたその真珠を今までとは違う少し遠い視線で眺め、

「今の言葉、あなた、私を試そうとして言っただけのつもりなんでしょう？　でもそう思ってるかもしれないけれど、本心なのよ、やっぱりそれがあなたの……上村と結婚したいっていう気もち、あなたにあるはずだわ」

すべて恭子の気もちを見ぬいたかのように言った。

「どうしてそんな風に言いきれるんですか。他人のあなたに私の本心がわかるはずが――」

恭子の反発の言葉を遮り女は首をふった。

「わかるのよ……何故ってそれが私の本心でもあるから……私も本当はずっと上村と結婚したかったんですもの。今日までずっと」

6

「奥さん……」

そう呼びかけてから、恭子は思わず口もとを手で覆った。数秒間、視線を女の顔へと釘

づけにしていた。「あなた、誰なの？　上村さんの奥さんじゃないの」と呟いたのを思いだした。

先刻、女が窓辺に立ち「窓から緑の見える部屋はいいわね」と呟いたのを思いだした。上村の家は緑に包まれているはずである、そう聞いたことがある……。

女は掌の中の黒真珠からゆっくりと顔をあげた。その目はかすかに笑っている……真珠の光を吸い、目は淡い黒の翳りを帯びている。その翳りが恭子の視線にしみついてきた。

「誰なの？　あなた——」

もう一度尋ねると、返答のかわりに掌の黒真珠へと再び視線を落とした。

「棄てるなら、私が貰っていい？　これ……この真珠、あなたより私に似合いそうだから——ずっと上村と結婚したいと思っていたけれど、これで別れる決心がついたから」

真珠に語りかけるように言い、「別れる決心つけたの、私の方……あなたじゃなくて」と続けた。

「私、さっき言った上村の二人の愛人の一人……でもわざわざ名乗る必要はないわね。愛人でいいのよ。私はあなたとは違って愛人って呼ばれた方がむしろ嬉しかったから」

女は深いため息をつき、その息とともに胸中のモヤモヤを吐きだしたかのように明るい顔になり、「ずっと奥さんやりたいと思ってたけど、今日一日だけでお仕舞い」と言って笑った。

「どういうことなの、これは……」

ただ女の顔を見つめ言葉を失っていた恭子の唇からやっと声がこぼれだした。「どうして奥さんだなんて嘘……」

「妻だって名乗れば、あなただって会うの拒むわけにいかないでしょ。私、優位に立って話を進めたかったの、あなたの本心をひきだすために……あなたが上村と本当は結婚したがっているってわかったら上村のこと諦めようと思って。そのために来たのよ」

薄々感じていたことは当たっていたのだった。だが妻でないことは見抜けなかったし、突然の逆転に面喰らって女がまた別の嘘を言いだしただけだという気がしていた。

「あなたが奥さんの顔を知らないのはわかってたけど心配してたのよ、私みたいな女が妻に見えるかって……奥さんと同じ三十五歳だけれど」

年齢にしては幼すぎる顔の線は確かに妻というより愛人むきである。恭子はふと自分の顔にも同じ幼い線があるような気がした。

「でも何故？……あなたが上村さんと結婚したかったのなら私のところじゃなく奥さんのところへ行くべきでしょう？」

「私とのことはただの遊びだし……奥さんのことだってもう遊びでもなくなってるって。上村さん奥さんと別れてあなたと結婚したがってたのよ。もちろん私とも別れて……私との関係は、あなたに結婚の意思がないとわかっていて淋しかったから続けていただけ。はっきりとそう言われたことがあるの。だから私、奥さんよりあなたに嫉妬してたの……私の方が一年早かったけど」

「――――」

「爪で気づいたっていうのは本当。上村との関係を始めて一年が過ぎる頃から、体に爪の傷が残らなくなって……二年前あなたのせいでずいぶん淋しい体してたのよ、私……」

　顔の微笑は明るかったが声に淋しさが感じとれた。女は色白である。ブラウスに隠れた肌の白さが恭子の目ににじむように浮かんできて、恭子は思わず顔をそむけた。

「でも私一度も聞いたことないわ、上村さんから私と結婚したいなんて言葉……」

「あなただって本心隠してたんでしょう……上村の方も当のあなたにはそうしてたのよ。結婚という言葉を口にしたらあなたと別れなければならなくなると心配してもいたし」

「本心なんかじゃないのよ、さっきの言葉。私、ただあなたがどんな魂胆でここへきたか知りたくて」

　恭子の言葉を遮り、「いいわよ、もう誤魔化さなくても。私、嘘を言ったお詫びはしないわよ。むしろお礼を言ってもらいたいわ。二人を結びつけてあげに来たようなものだから」あくまでも笑顔を保って言い、「でも本心じゃないから」恭子が執拗に反論すると、ふと真面目な顔になり強く首をふった。

「本心だということにしておいて。私、その方がいいの。上村と別れる決心をしたのだから」

「違うのよ」恭子の方が笑顔になった。「今言ったのは上村さんの本心のこと……たとえ口ではあなたにそう言ったとしても、それから奥さんとの愛はもう冷めているとしても、あの人奥さんとは絶対に別れない。それはさっきあなた自身が言ったことじゃないの」

「でもあれは奥さんのふりをしていた芝居の言葉だから」

「そうじゃないの」恭子は静かに首をふった。「あなたも薄々気づいてるのよ、上村さんって男のそういう所……だから私とのこととは関係なく、あなたも別れた方がいい……どのみちとれないわよ、奥さんから、あの人を。私も別れる決心だし」

　女は反発しようと口を開きかけたが、恭子の無言の目に説得されたかのように短くためらった後に肯いた。女の指のすき間からテーブルへと黒真珠がこぼれ落ちた。自分の方へと転がってきたそれを恭子はごく自然に手を伸ばして弾《はじ》いていた。女の指がまたそれを弾き返した。

　部屋に暮色が薄くおり始めている。そのどこにまだ午後の光が残っているのか、しばらく黙りこんだ二人の女の指の間を往き来していた黒真珠は点滅するように煌めいている。澄んだ音を通して二人の女がそれぞれの無言のひとり言を呟いているのだった。

「そうね、私やっぱりずっと奥さんにこだわってたのね。私の方が奥さんよりずっとあの人のことを愛していても奥さんにはなれないって、あの人の妻には似合わない女だって、そう僻《ひが》んでたのよ……でもあなたが騙されてくれてちょっと自信ついたわ。奥さんより先に出逢って結婚してたら、案外いい妻になってたかもしれない……」

　女は淋しそうなひとり言の声になり、それから「妻っていいわね」と笑った。「今日芝居やってて改めてわかった。だって有利なんですもの、やっぱり……」

「そうね、不利よね、愛人は……」

　女のことではなく自分のことを言った気がした。この女と同じ気もちが自分の中にもあったのかもしれない、だがそれももうどうでもよくなったことだ——一瞬薄闇の底に落ちている黒真珠が二年間自分の中に隠れていた涙だという気がした。

「あげるわ、これ」

　恭子は思いきり強く爪でその黒真珠を弾いた。

過剰防衛

「無実は最後の切り札にしてください……」

小田は皺を小さな目に絞り、訴えるというより、おどおどと盗み見るように細い視線を弁護士の顔にあてた。小田の目にはいつも怯えが宿っている。調査員、販売員、守衛と、職業を転々としながら、社会の物陰を小心に生きてきた男だった。小田茂は一人娘の美世と恋仲だった東《あずま》道彦という大学生を刺殺した容疑で起訴されている。容疑は濃厚だった。

二人の結婚に反対だった小田は毎日のように現場となった東の部屋を訪れ、アパートの住人の多くが何度も部屋からもれる諍《いさか》うような声を聞いている。事件当日は隣室の主婦が、東の部屋に入っていく小田の姿を目撃した。そして五分後に何かが倒れる物音と呻《うめ》き声を聞き、さらに五分後、小田が鮮血で染った手を隠すように部屋から出てくるところを見たと証言した。

二時間後小田は自宅で逮捕された。被害者の心臓を突いたピッケルからは小田の指紋が発見された。小田は東を刺殺した事実を認めたが、同時に最初襲いかかってきたのは東の方であり、自分は身を守るために咄嗟に反撃に出ただけだと、過剰防衛を主張した。しかしそれを立証する証拠は何もなく、検察は小田の計画的な犯行と見ていた。

小田は弁護士である立木にも過剰防衛を主張し続けていたが、公判も迫ったその日になって突如、自分は無実だと言いだしたのだった――東の死は自殺である、その証拠に自分はあの日現場から盗み出した東の遺書を隠しもっている、しかしその遺書には自分の恥ずべき習性が書かれているので、公表するぐらいなら過剰防衛の罪を被って刑に服した方がいい、過剰防衛が立証できれば軽い刑で済むだろうし、一、二年の刑務所生活は我慢できる、遺書の公表は、過剰防衛が先生の力では立証できず、万一重罪に問われる危険が出た場合の最後の切り札にしてほしい――と意想外の訴えをしてきた。

小田は東が自殺した直後に部屋に入ったという。隣人が聞いた呻き声は自分が発した驚愕の声だし、胸のピッケルを抜こうとして転倒した。指紋もその際ついたものだ。死体の傍に遺書を見つけると、もうそれを隠匿することだけしか考えられなかった……。

「遺書には一体何が書かれてたんです……」

「美世さんの父さんは哀れな人だと……先生、私は……人の怯える顔を見るのが……楽しみなのです……」

唇を慄《ふる》わせ、口籠りながら、小田は自分は血の繋りのない夫婦者に育てられたのだと語りだした。その夫婦者が幼児の頃から彼を虐待し、折檻《せっかん》し、物心ついた時には彼は人間に対する本能的な怯えをもつようになってしまった。当時の記憶といえば、暗闇の中で啜り泣いた自分の声だけである。そして夫婦者は泣き声が嫌みだと言ってはさらに大きな暴力を振った。成長しても幼ない軀《からだ》に染みついた怯えは消えなかった。被害妄想とわかっていても、赤ん坊の目を見るだけで、虐《いじ》められる、咄嗟に恐怖が脳裏をよぎる。友達もいないしめったには人と口もきかず生きてきた。一昨年死んだ美世の母親と人並みに結婚もしたが、幸福と思ったのは一時だけで、妻や娘の目に怯えを感じることもあり、不幸な家庭生活だった。

　そんな暗い人生に小さな灯を点してくれたのが、興信所員になって間もなく客の一人が彼に見せた怯えの表情である。その男は彼の何気ない言葉を脅迫と誤解したのだった。自分と同じ怯えを他人の目に見て、彼は深い安堵を覚えた。生まれて初めて他人の顔を直視することができた。そうして最初はただの安堵だったものが次第に言い知れぬ楽しみにかわり、他人の秘密をつかみやすい職業を渡り歩きながら、二十年の間に三十人近い人間の怯えた顔を見てきた。決して金銭が目的ではなく、相手から無理に握らせてきた金は慈善事業に寄付した。そんなだから脅迫に関しては大した罪に問われないと思うが、東の遺書は、この自分の悪癖について詳細に触れているのでそれが世間に知れるのが何より恥ずかしい、他人の秘密を漁りながら、自分の秘密が知られることを最も恐れていた、楽しみではあったが同時に中毒症状のような苦しみでもあった。

東の場合は、中学時代の小さな過失を不用意に自分からもらしてきたのだ。娘の恋人の顔に怯えが浮かぶのが楽しみになり、毎日のようにアパートを訪ね、とうとう自殺に追いこんでしまった……実際、人の足音に怯えて物陰に潜んだ飢えた猫を思わせる、細い小さな目に涙を浮かべて、そう述懐した。

立木はとんでもない告白に驚きもしたし、恐ろしい気もしたが、同時に同情も感じた。しかしこの時、何より立木の頭を占領していたのは、弁護士としての冷静な計算だった。遺書が実在するなら、それを小田に頼まれた通り、裁判の最後まで隠しておき、ドタン場で検察側に叩きつければ、劇的な勝利を掌中におさめられるのではないか。弁護士生活十余年で、今も二流の名に甘んじているのはそんな劇的な、圧倒的な勝利をおさめたことがないからである。絶好の機会だった。

それでも意外すぎる告白に半信半疑ではあったが、小田の口から遺書が自宅の手提げ金庫に隠してあることを聞き出し、早速に訪ねていくと、確かに東道彦の遺書は存在した。

「東さんが遺書に書いているとおり、父は可哀想な人なんです……」

小田と似た、小さな怯えた目をした娘はそう言ってテーブルに泣き伏せた。金庫には、万引きをしている女学生やホテルから出てくる男女の写真、領収書、録音テープ――脅迫のネタがぎっしりつまっていた。それらの品々が、小田の暗い人生の断片だった。幾十人もの怯えた目が詰めこまれた中から、暗闇に鎖《とざ》された少年の啜り泣きが聞こえてくる。立木は背筋に寒さを覚えたが、また小躍りしたい衝動をおさえかねてもいた。

大切に持ち帰った遺書は、詳細に調べた結果、間違いなく東の自筆であり、血と共に付着した指紋も東のものと判明した。

立木は、既に勝利を掌中にした気持だった。

そして三ヵ月後――。

立木は思いどおり勝利を手に握った。

裁判の争点は過剰防衛か計画的な犯行かだった。もとより殺人でもないのに過剰防衛が立証できるはずもなく、立木はもっぱら苦しい防衛戦を強いられたが、しかしそれは計算の上でのことだった。どうやって見つけたのか検察側は、小田に強請《ゆす》られていたという証人を見つけ出し、被告がいかに悪意に満ちた人物かを得意げに示したが、しかしその証人も最後の切り札を裏づけてくれる弁護側に有利な証人であることを検事は知らずにいた。ぎりぎりまで検事に追いつめさせて、ドタン場で問題の遺書を叩きつけた。法廷中がどよめき、裁判は劇的な逆転を見せ、立木は初めての大勝利の快感に浸った。

その遺書の真実性が認められ、さらに東の隣室の主婦が、被告が部屋に入る十分ほど前に東の苦悶の声を聞いたのを思いだしたと有利な証言をつけ加えた。

結局、殺人容疑に関しては無罪、脅喝罪にのみ一年半の実刑が、小田に下った。一人の若者を死に追いつめ、小田が働いた脅迫の件数を考えると、軽い刑だったが、これは立木が被告の幼年時代の不幸を雄弁に説いた功績だった。しかし、肝心の小田は不満そうであった。立木が最初から切り札を使うつもりだったことを見ぬいたように恨みの色を目に浮かべた。だがその恨みの色も、すぐにいつもの怯えに黒く塗りつぶされてしまった。

　五十二歳になる被告の目は、もう怯え以外のすべての感情をのみ込む暗い小さな穴だった。

　模範囚として小田は、刑期より半年早く仮出獄となった。その前日、娘の美世が「父に会いたくないのでしばらく身を隠したい。でもその前にあのことを隠しておくのがもう耐えられなくなって」と前置いて、驚くべき事実を語った。東があの遺書を書いて死のうとしたのは事件の前日だった。ガス自殺を図ったところへ自分が偶然行きあわせ救った。美世の説得で完全に死ぬ気を棄てた東は「しかしこの遺書をお父さんに読んでもらってくれ。僕がいかに苦しんだか……」と言ったという。だから、あれは自殺ではない。さらにもう一つ。父は東の隣室の主婦をも強請っていたようだから、あの主婦が裁判の最後につけ加えた証言の裏には父の指図があったのではないか……。

「そんな重要な事をなぜもっと早くに……」

「先生、父は……私をも脅迫してたんです」

　あれは自殺ではない。とするとやはり小田が殺したのか……しかし一体どんな動機で……漠然と、計算していたのは小田の方だったという気がした。無実を勝ちとるために利用されたのは自分の方ではないのか、劇的な勝利をおさめたのは小田だったのではないか――しかしはっきりとはわからぬまま、翌日の午後、立木は当の小田の訪問をうけた。出所したその足で訪ねてきたらしい。去年の裁判を機に豪勢になった事務所を、白髪がふえ痩せた分だけいっそう気弱そうになった目で見回し、小田はビニルの鞄から写真をとり出した。

立木は声をのんだ。自動で連続撮りをしたらしい、十数枚の写真にはひと繋ぎの殺人劇が――小田が凶器を東の胸に突き刺す瞬間までが鮮明に写し出されていた。

「なぜ……なぜ、殺した……」

「ありふれた人達を小っぽけな秘密で脅すのに飽きたのです。もっと地位のある人の、もっと怯えた顔が見たくなって……美世から東の遺書を見せられた時、上手く利用できると思ったのです。私の力で、ある地位にいる人をもっと上の地位へと押し上げ、もっと喪う物を大きくして……誰にしようか迷ったのですが……」

立木に過剰防衛という言葉が浮かんだ。この男にとって、脅迫は人生を防衛するたった一つの方法なのだ。しかしそれは過剰防衛……。

「金じゃないのです。私は、死ぬまでそれを見続けたいだけです」

小田の目から、怯えの色が消えた。

裁かれる女

雨が降っている。

音のない雨……。

部屋はただ暗いが、闇の不思議な湿りが窓の外に降っている雨の気配を伝えてくる。それは法律書で埋まったこの狭い部屋がかもしだす独特の雨の匂いだ。六法全書や判例集に閉じこめられた古い、埃くさい活字は、神経痛に悩む老人のように、雨の予感にあえぎだすのだ。法律の文字も年老い、病んでいる。

突然の雨だ。

夕方、ぼんやり考え事をしている時には窓の端に西陽があたっていたのだから、そのまま机にうつぶせて眠ってしまったらしい。

目を覚ましたのは雨の匂いのせいだったのか。電話が鳴った気もするが、一度短く鳴っただけで切れたあのベルは、夢の中の音だったのかもしれない。

何の夢を見ていたのだろう。

思いだせなかった。闇の中で意識はまだ迷路をさまよっている。

静まり返った闇を、掛け時計の秒針の音が刻んでいる。それはすでに死に果ててしまったようなこの事務所が、まだ生きて動悸を打っている唯一の証拠だ。

何時になったのか。八時には、ひとり息子が暴走族に襲われた事件で、会社員の男がやってくることになっている。昨日の晩、知人の紹介だと言って電話をかけてきたのだ。もしかしたらその時刻も迫っているかもしれない。だが、すぐには灯《あかり》をつけたくなかった。このまま夢の続きのような暗い闇に、重い体をひたしていたかった。うたた寝のせいで、今日まで溜まっていた疲労が体の表面ににじみだしてしまった……。

灯をつければ何もかもが現実になってしまう。安っぽい、書物の倉庫のような殺風景な部屋も、そこで埃をかぶって積み重なっていく自分の人生も、三十七歳という年齢も――。若い、やり手の弁護士として通っている女が仮面の裏に隠しつづけている疲れ果てた素顔を、灯は暴いてしまうだろう。

だが、否応なしに灯をつけ、現実と向かい合わなければならない瞬間がやってきた。ドアにノックの音が響いたからだ。

一度目は弱く、二度目は激しく。

四秒間待って、彼女は手さぐりでスタンドの灯をつけ、机の上に投げ出された腕時計を見た。まだ七時五分だ――。

あの依頼人じゃないわ。誰だろう。

彼女は乱れた髪をかきあげながら、椅子から立ちあがり、それまで背をむけていた部屋のドアをふり返り、体を凍りつかせた。

すでに一人の男が部屋の中に入ってきていた。ドアを背にして立っている。

夕方、新聞の集金人が来た後、ドアに錠をおろすのを忘れたことはすぐに思い出せた。だが、ドアの開閉の音はしなかった。なぜだろう。古い傷だらけの木のドアは、よほど用心深く扱っても開閉の際かならず軋《きし》んで悲鳴にも似た嫌な音をたてるのだ。

驚いている彼女にむけて、訪問者は微笑し軽く頭をさげた。

「どうしてそんなに驚いてるんです？」

そう尋ねてきた。

「突然すぎましたか？　予約の電話を入れた方がいいと思ったんですが……何となく電話では説明しづらい用件なので、直接訪ねてきたんです」

「弁護の依頼ですか？」

「ええ」

「だったらどうぞ……」彼女はさりげなく髪を直し身繕いしながら、部屋の隅の応接用のソファを勧め、「でもご用件によっては出直してもらった方がいいかもしれません。八時に来客があるんです」と断った。

「どうぞ、このソファに——」

テーブルの上に開いたまま放りだしてあった新聞を片づけながらもう一度そう言ったが、男は突っ立ったままである。ただ彼女の顔だけを執拗に見つめていた。

「うたた寝していたんですか」

窓辺の机へとちらりと視線を投げた。どうしてわかったのだろう。起きたての腫れた目でもしているのか——。不審がっている彼女の方へと近づいてきて、男は不意に自分の顔を彼女の顔へと寄せた。

「何するんですか」

彼女は慌てて一歩体を退《ひ》いたが、男は平然と「いや、頬に字が……」と言い、目をまた彼女の頬へと接近させた。

「何の字かな。漢数字の四みたいだけれど……『四』とそれから『悲しい』という字だ。四が悲しい……どういう意味です」

「さあ。ノートにうつぶせて眠ってしまったんです。ちょっと疲れていて……」

彼女は作り笑いを浮かべた。

「少し汗をかいて、インクの文字が滲んだんですかね。綺麗にプリントされてますよ。そういえば白紙みたいな肌をしている」

彼女は男のそんな言葉のあいだに、部屋の隅の洗面台にいき、鏡を覗いた。鏡が曇っていて、顔がぼんやりしている……。いや、違う。

コンタクトレンズをはめていないことをこの時彼女はやっと思いだした。机の上に眼鏡がおいてあったはずだ……その方へと近づこうとするのを近寄ってきた男の手がとめた。

一瞬危険を感じた。強盗か変質者だったとしたら？

「ハンカチがあるから」

男はそう言い、彼女の肩を軽く抱いて、手のハンカチを頬に押しつけてきた。まだ会ったばかりなのになれなれしすぎるわ。だが、彼女はされるままになっていた。変質者ならおかしな抵抗をしてはいけない——。

ハンカチはかすかに濡れていた。なぜ？

肌に伝わってくる湿り気が薄気味悪かったが、どのみち、それはほんのつかの間の行為で、深く考える余裕を彼女に与えなかった。それにハンカチから強く漂ってきた香りに彼女は気を奪われたのだ。甘いが、どこかに針のような鋭い刺激を隠した匂い……この匂い、前にも嗅いだことがあるわ。女の香水だろうか……それとも男のオーデコロン？

「簡単にとれましたよ」

男はそう言ったが、その代わりに文字よりもはっきりと一つの香りが顔の肌にしみついてしまった。

男のサービスはそれだけでは終わらなかった。彼女がまだその香りに気を奪われているうちに、手を机へと伸ばし「相当ひどい近視のようですね」と言いながら、眼鏡を彼女の顔にかけてくれたのだ。

男の顔が不意にくっきりとした輪郭をもった。彼女はいくらかホッとした。童顔で、少年のような丸い目をしている。乾いた皮膚と目尻の皺がそれなりに年齢を語っているが、笑うと無邪気な子供っぽい顔である。もっとも人を顔だけで判断するとんでもない裏切りに遭うことは、十年間の弁護士生活が彼女にくれた大きな教訓の一つだ。そう、顔だけで信じてはいけない。初対面なのにこんなに親しげに笑いかけてくる男を信用してはいけない。

「四の悲しみか……何の字だろう」

男はそう呟きながら、机の上のノートを覗きこんだ。彼女はさっと手を伸ばして、そのノートを閉じ、

「ともかくお座りになって、用件を――」

と言った。声が険しくなっていた。男は自分の図々しさが彼女を怒らせたとわかったのか、斜めの上目づかいで彼女の顔色を盗み見ると「すみません、挨拶をしないうちからなれなれしすぎましたね」と小さく頭をさげ、素直にソファに腰をおろした。

「でも話に入る前に――。八時に来客があると言いましたが、それをキャンセルできませんか。僕の話はそう簡単には済まないし……その客よりもずっと重要な用件なんです」

「どうしてそんなことがわかるんですか……その八時の来客の人だってかなり……」

「いや、八時まで待てるというのは、その人の用件にはまだ余裕があるということですよ。僕の用件は一分一秒を争うんです」

「でも、もう五分以上も無駄にしたわ」

彼女は男と向かい合って座り、壁の掛け時計を見あげてそう言った。

「無駄にはしていません。あなたを観察していたんです。僕はあなたに自分の生命を預けることになるんです。あなたがそれに値するかどうか、知りたかったんです」

男の目から笑みが消えた。真剣な目は何かを彼女に訴えている。

「それで？　値すると判断したんですか」

「まだわかりません。たった五分では……でも賭けてもいいという気にはなりました。ともかく、話を聞いてください」

男は灰色の、中年サラリーマンを絵に描いたようなコートを着たままだったが、思いだしたようにそのコートを脱ぎ膝の上においた。下に着ているのも特別な色のないありふれた背広である。紺地のネクタイの細い赤のストライプだけがこの男の身につけた色彩だった。

いや、他にももう一つこの男が身につけている色彩がある。男がコートを脱いだ瞬間、かすかにオーデコロンか何かの香りが部屋の空気ににじんだのがわかった。さっきはハンカチだけにその匂いが染みていると思ったが、体にも、つけているらしい。その香りには不思議な色が感じとれた――。

男は上着の内ポケットから財布をとりだし、中を調べて、小さく舌打ちした。

「名刺を切らしてます。名前は矢田圭一と言うんですが……」

さらに「仕事は……」と言いかけて首をふり、

「大した仕事じゃないし、明日からは仕事なんて関係なくなります。名前の下に『容疑者』の三字がつきますからね。早ければ今夜のうちにも逮捕されると思います」

「何か犯罪に関わったんですか」

「ええ」

「どんな？」

「殺人事件です」

「――」

「今、マンションの浴室に死体があるんです。隠し通せるならそうしたいんですが……もう一週間になるから限界にきていて……警察に知らせる他なくなったんです。この後、警察にいくつもりなんです。そうすれば、警察はすぐに僕を逮捕するでしょう」

彼女は顔をしかめた。

「誰なんですか、その死体というのは」

「僕の妻です。名前は……」と言いかけてまた首をふり「名前なんかどうでもいい。十何年間……僕の妻という以外何の意味もなかったんだから」

男は斜めに視線を落として、宙の一点をぼんやり見ていた。声はひとり言に似ていた。

「奥さんを殺したのは……あなたなんですか」

と尋ねても、しばらくは彼女の声を聞き忘れたかのように宙を見守り続けていたが、やがて不意にその目を彼女の顔へと戻した。

「あなただってそう考えるでしょう？　今のような僕の話を聞けば――。事件が起こってから一週間も警察には届けずに、死骸を浴室に隠しておいた。そう聞けば何らかの動機で僕が妻を殺したと考えるでしょう？」

「――ということは、あなたが殺したのではないということなんですか」

「ええ。僕は殺していない。でも……」

「でも？」

「自分でも死体と一緒に暮らしているうちに、妻を殺したような錯覚に陥る瞬間があるんです……警察は真っ先に僕を疑うでしょう。あなただって、僕が『殺していない』と言っても、まだ疑ってるでしょう」

「疑うも何も、まだ私はあなたのことはほとんど何も知らないんです。最初からもう少し、詳しく話していただかないと――いいえ、それよりまず、どうして私を訪ねてきたか、その理由から聞かせて下さい」

「もちろん、弁護の依頼です。殺人犯として逮捕されそうな男が弁護士を訪ねてきたんですよ。他にどんな理由が……」

「それはわかってます。今私が尋ねたかったのは、なぜ私を選んだかです。どなたかの紹介ですか」

男はまた、不意に幼いほどの笑顔になって、

「やっぱり、僕のことは完全に忘れているんですね」

と言った。いたずらで大人をからかっているような笑顔。

「——前に会ったことがあるんですか」

眼鏡がずれていないかを心配するように、神経質そうな指でアームを揺らした。

「一年間、毎日のように会っていましたよ」

「毎日？」

「ええ。ただ、会ったという言い方は嘘になるかもしれません。あなたは僕を見たことはなかったし、僕があなたを見ていただけですから……遠い隅の席から」

「——」

「大学二年の時、同じクラスだったんです」

「あの大学で？——同級生だったんですか」

「ええ。でも同じ大学の同じ教室にいても、エリートだったあなたと、落ちこぼれだった僕とは正反対の椅子に座っていたんです。あなたは最前列の窓辺で、いつも朝の澄んだ光を浴びて座っていたし、僕の方は一番後ろの……一番隅っこの、昨日の夜がまだ粘りついているような暗い椅子にこそこそ座って。夢は同じだったんです。僕もあの頃はまだ弁護士になる夢を棄ててはいなかったから……。今度の事件が起こって、三日目の晩、こんな風にしていてもいつかは限界がくる、必ず逮捕される日がくる……その時のために少し前向きに考えなくてはいけないと思って電話帳で弁護士を探したんですよ。あなたが、大学卒業後、二度目か三度目の司法試験に無事にパスして弁護士になったことは噂で聞いていたから、あなたのことも脳裏を掠《かす》めはしたんですが、確か、郷里は札幌でしたよね。まだ東京にいると思えなかったから、思いだしたあなたの顔をすぐに頭から払いのけたんです。だから、電話帳に『藤野有紀子法律事務所』という名前を見つけた時は……しかもその住所が僕の住んでいる渋谷と目と鼻の先だと知った時は、神を信じたくなりましたね。絶望のどん底に、一すじの希望の光がさしこんだんですから」

「たったそれだけの理由で、私を選んだのですか」

「たったそれだけの理由？」

「だって大学時代同じクラスだったというだけの理由で、あなたは私にもしかしたら命まで託そうと言うんですよ。あの頃親しかったのならともかく……言葉も交わさなかったんでしょう？　申し訳ないけれど、私、あなたのことは顔も名前も思いだせないんです」

赤茶色に錆びついたような掠れ声は、最初に聞いた瞬間から記憶があると感じていた。ただしそれは昔の記憶ではなく、まだ最近だ。最近、どこかでそれに似た声を聞いたことがある……錆びつき磨滅した鉄の歯車を想像させる声……。

「言葉は交わしています。僕の方ではね。遠い席から、あなたの後ろ姿と……。もちろんあなたは何も答えなかったけれど、夢の中でいろんなあなたの声を聞いた……。あの頃のあなたは、六法全書の分厚さにもう疲れはじめていた僕にとって唯一の夢の形だった。だからこそ、僕はあなたを信じることができるんです」

声だけでなく、目も熱くなっている。この男にとって、私は青春の感傷的な一枚の記念写真なんだわ、きっと。彼女は目を逸らした。男の目が煩わしかっただけではない。男の幼い目は、十七年前のままなのだろう。その目に今もまだ映っている十七年前の自分が、怖くなったのだ。ただし、この男が語っている言葉が事実なら、だ。

逸らした目で部屋のドアを見た。ふとまた疑問が浮かぶ。なぜだろう。ノックをした後、男はどうやって音もたてずに部屋に入ってきたのだろう。

「でもそれは夢を信じているというだけのことでしょう？」

ドアを見つめたまま、彼女は言った。

「十七年前の私なんて、自分にとっても夢にすぎないっていうのに。あの頃の私と今の私は全くの別人ですよ。弁護士という職業は確かにあの頃の大きな夢だったけれど、実際に弁護士になることができて、その夢を現実に変えてしまった瞬間から……」

彼女は部屋を見まわし、「これが今の私なんです」と言った。壊れかけた狭い部屋を埋めつくした古書や書類、ところどころに覗いたコンクリートの壁、確かにそれは十七年前の夢の残骸だった。一応身だしなみには気をつけている。紺色のスーツは先月バーゲンで買ったものだが一応ブランド品だし、パールの口紅だってつけている。だが、その裏に隠れた本当の自分も、コンクリートの荒れた肌や法律書の色褪せた、乾いた紙と変わりはなく、かつての若さの残骸にすぎないのだ。
目が、入口近くの本棚の上に見捨てられたように置かれた小さな木製の鳥に止まった。三年前に出かけたバリ島旅行で買ってきた極楽鳥に似た鳥は、この事務所の唯一の色彩だったが、それも今は埃をかぶって形の奇妙さばかりが目立った。いや、それは彼女の人生の唯一の色だったのかもしれない。バリ島の夕陽の色とともに……赤くまだらに染まった空、その夕陽に消え入りそうに浮かびあがっていた長い男の影。彼女はすぐにその鳥から目をそむけた。

依頼人はまだ彼女を見ていた。その目が彼女の唇ににじんだ自嘲の微笑を吸っている。

「それにあなただって――」

と彼女は言った。

「どうやら昔、私に片思いのような気もちを抱いて下さったと自惚れていいような話ですが、あなただって結局はその後他の女性と結婚して、その奥さんとひどい結末を迎えたわけでしょう？　それが現実なんです」

「いや……僕が言いたいのは、人は夢だけを本当に信じることができるってことです。現実なんて何一つ、信じられるものはないでしょう？　特に今のような時代にはね。僕は十七年前の夢のあなたを他のどの弁護士よりも信じられると思った。だからここへ来たんです」

　彼女が口をはさもうとするのを開いた手でさえぎり、

「いや、もちろん、十七年前のあなたと今のあなたが違うかもしれないという不安はあった。僕もそれほど子供ではないですからね。それで、電話帳であなたの名前を見つけた後、すぐに人に頼んであなたのことを調べさせてもらったんです」

「――――」

「興信所をやっている友人がいるので、それに頼んで。――結果はすぐに出ました。あなたは三年前まで勤めていた法律事務所が金だけで経営されていることに不満を抱いて独立したんですね。あなたと同じころに辞めた女性がそう言ったそうです。失礼ながら、確かに経営は苦しそうですね。でもこんなところで必死に戦っている弁護士の方が、僕には信用できる気がするんです。夢の外装はボロボロになっても、中身のあなたは僕の昔の夢のままです。最初に部屋とあなたを見た瞬間、そう確信しました」

「必死に戦ってるなんて嘘です。細々と、です。それは確かに、被告や依頼人をベルトコンベアに乗せて、お金の油を注いで、法廷という工場へ運んでいくようなあの事務所のやり方は我慢できませんでした。でも独立してわかったのは、この貧しい事務所には貧しい依頼人しか来ないということなんです。それが現実ですわ」

「お金のことなら心配なく。僕にもかなりの貯金があるから――妻はかなりの浪費家でずいぶんとお金の面では苦労させられましたが、まだ弁護士を一人雇うくらいの貯金は残っているんです」

得意そうに言ってから、男は心配そうに顔を曇らせた。

「あのう、妻が浪費家だったということは動機になるんでしょうか。僕が妻を殺す動機に……」

「場合によっては――。奥さんの死によってあなたがお金を受けとるということは？　マンションの名義とか保険金とか……」

「妻のマンションの方も賃貸だし……僕の方は受取人名義を妻の名前にして五千万の生命保険をかけていますが、妻の方ではどんな保険にも入っていません。でも……あのう、そういうことまで警察では僕が妻を殺した動機だと考えないでしょうか？」

「と言うと？」

「妻を冷たい性格だと警察では考えるんじゃないかと……。実際には妻の方でも僕を受取人にして生命保険をかけたいと言ったんですが、僕が拒んだんです。妻が死ぬなんてことは、可能性としても考えたくなかったんです。でも警察や検察はそういう僕の気もちなど無視して、ただ妻を冷淡な性格と考えて僕がその冷淡さに我慢ができなくて殺したのだと」

再び心配そうな顔でそう訊いてきた。

「それは考えすぎです。夫の方だけが生命保険をかけているケースはざらにありますからね……それより」

彼女は壁の時計を見て「八時の来客の方をキャンセルしておきます」と言って立ちあがった。

「でも、まだあなたの依頼を引き受けたという意味ではありませんから。もう少し詳しい話を聞いた方がいいと思いますから」

男は真顔で頷き、彼女は机の上の電話に近寄った。乱雑な机の上から八時の来客の電話番号を書きとめたメモを探しだし、電話を入れた。だが、空しいコールの音しか返ってこない——。もう家を出たのだろうか。

彼女は受話器をおき、その時、不意にさっき夢の中で確かに電話は一度鳴ったのだと感じとった。夢の最後に電話は一度だけ鳴って切れた。その音で目をさましたのだ。あの晩鳴った電話を、夢の中でまた聞いたのだ。一昨日も昨日も……。たぶん今後もその一度だけのコールは夢の中で鳴り響き、せっかくの眠りを破るだろう……たぶん、これから死ぬまで、ずっと……。

赤い入り陽に一つの影が浮かんでいる。夕陽にとけこむ寸前の薄い影が——。彼女は棚の上の木製の鳥に目をやり、すぐにまた目をそむけた。その瞬間、ソファに座った男の顔が目に入った。横顔の視線で本棚の曇ったガラスごしに六法全書の一冊を眺めている——奇妙な微笑を唇の端ににじませて。大学時代という彼女が今一番思いだしたくない時代を思いださせた依頼人。夢に溢れていただけに、その夢が粉々に砕かれてしまった十七年後の今、一番思いだしたくなかったあの時代。ただの偶然だろうか。この男はあの時代からやってきたような気がする。本当にただの偶然だろうか。あの時代の匂いを染みつかせた男が突然訪ねてきて『殺人事件』などと言いだしたのは——。

匂い？

埃くさく乾いていながら、聞こえない雨音に湿った部屋の一隅に、またその香りが漂った。彼女は男と向かい合って座り直した。

「留守だから、もうこちらに向かっているかもしれないけれど大丈夫です。すぐ近くに住んでる人だから、訪ねてきたら都合が悪くなったと言いますから。でも、少し急ぎましょう。最初からもう少し秩序だてて話してください。いったいあなたと奥さんの間に何が起こったのか」

彼女はそう言いながら、「いえ」とすぐにまた言い直した。

「その前にあなたが本当のことを話しているのか、それを証明できるものはありませんか。私、依頼人とは正直な関係をもつべきだと考えてるんです。だから正直に言いますが、私、あなたが同級生だったという話を、今一つ信じられずにいるんです。あまりに偶然すぎて作りものめいた話だという気が……」

「偶然じゃなく必然でしょう？　昔二人は法科の学生だった。一人の方は法科にふさわしい生き方をして法曹界で働き、もう一人は法科の道から脱落して、あげくは法律にそむく大罪を犯したとして逮捕されようとしている。それならば当然、後者は前者に弁護の依頼をしようとするでしょう。いいですか、僕があなたを選んでここへやって来たんです。たまたま訪ねた弁護士が、僕の昔の同窓生で、しかも僕の憧れていた女性だったというメロドラマじみた偶然など、起こっていないんです。昔の知人があなたの依頼人になったことはないんですか。あなたをよく知っている人が法律的に困った問題とぶつかったら、真っ先にあなたに相談にくるでしょう？　あなたは僕を憶えてなくとも、僕にとってあなたは『よく知っている人』だったんですから——それとも僕の気づいていない偶然がまだ他にもあるんですか」

自分が疑われたことに怒ったのか、一気にそう反論の言葉を吐きだして「でも——」と声をやわらげた。

「そんな風に疑われるかもしれないとは心配したから、一応、これをもってきました」

男の手がソファの隅においてあった黒い鞄に伸び、中からとりだしたものを渡してきた。

「当時の学生証と名簿のコピーです」

紙の黄ばんだ学生証にセピア色に褪せた顔写真が貼付されている。今より少し痩せ長髪にしているが、目だけが成長を忘れたように変わっていない。コピー用紙の方にも『矢田圭一』という名前がある。二段にわかれた名簿の彼女の名前の斜め上に——。

彼女の名前と自分の名前とは赤いサインペンで囲んであった。

「ごめんなさい、疑って——でも、他の名前だって皆忘れてしまっているわ。あの頃の私はただ弁護士になる夢ばかり、必死に見つめていたから。同級生には視線がむかなかったんです」

「でも、この男子生徒だけは別だったでしょう?」

そう言い、男は名簿の隅の一つの名前を指さし、その指で名前の周囲に丸を描いた。

彼女は瞬間、どきりとした。

「この『渡辺一広』という名前も、僕が同窓生だったことの証明になるでしょう?」

「——」

「僕は当時——あの年の冬だったと思いますが、一度、あなたが彼と一緒に池袋のホテルに入るのを見たんです」

「――――」

「別に尾行していたわけじゃなく、僕が偶然友達と一緒にいた喫茶店の斜め前にそのホテルがあって……あなたたちは僕にはもちろん気づきませんでしたが、何か自分の方が恥ずかしいことをしたような気がして真っ赤になって、友達が『どうしたんだ』と訊いてきたのを今でも憶えてますよ。彼とあなたは教室ではいつも離れ離れに座っていたし……彼は、確かテニス部でしたね。明るい陽ざしの中で白い清潔なテニスウェアを着て、それよりももっと白い歯を光らせて笑っているのしか似合わないような青年が、あなたとあんな黄色いネオンの看板が出ているホテルに――。いや、それがどんな種類のホテルかを説明する必要はなかったですね」

　否定するわけにはいかなかった。彼女は動揺を隠して、さりげない声で「昔話だわ」と微笑した。

「ええ。でもよく憶えてるんですよ、僕は。すぐにその喫茶店を飛びだして、逃げるようにそのホテルを離れたことも。嫉妬もあったし、まだ青臭い年齢だったから、自分の偶像を壊されたような怒りも覚えました。でも、当時の年齢にふさわしいそんな青臭い感傷で、僕があなたという女性に本当に憧れているのなら、あなたと彼の幸せを願うべきだと考えたんです。僕はあなたと彼が結婚するような気がしていて、それが一番だと考えたんですが……そうはならなかったのですか」

「私のことを調査したのなら、ご存じでしょう、私が弁護士というこの仕事を自分の人生と考えて独身を通していることは」

彼女はそう答えた。皮肉な声で——。

男は頷き「さっき昔話と言ったけれど、もうそんなに以前に別れていたんですか」と訊いてきた。

「あの後すぐに——。あの時だって私は嫌々ホテルについていっただけです。それでホテルを出る時には別れる決心をしたわ。あなたの言うように、あんなホテルに私を誘う人は、私には似つかわしくないと思ったから」

「そうですか。僕はあの後、教室で他人同士のように離れた席に座っている二人を見ても、これはみんなの目を欺くための芝居だとばっかり……でも少し残念ですね。あなたと彼が幸せに結婚する姿を思い描いて、僕は自分の傷を慰めていたんですから。傷といっても僕が勝手に負った傷ですけど……あの後すぐに別れていたなんて想像もしませんでした」

本当に残念そうに、深いため息をついた。

嘘だ——。

彼女は胸の中でそう叫んだ。この男は嘘をついている。この男は、私が今嘘をついたことを知っている。私と彼が最終的に別れたのが、あれから十七年が過ぎ、まだ先週の夜だったということを、この男は知っている。一度のコールで切れた電話、あの短いベルが私たち二人の永遠の別れを告げたことを――。

そんな不安にも似た疑惑に襲われながら、同時に彼女はこの男が私と彼との本当の関係を知るはずはないとその疑惑を否定した。私の考えすぎだ。この男が知っているはずがない。私と渡辺との関係を知る者は誰一人いないのだから――。だから偶然なのだ。私が一番聞きたくない名前を、この男が出したことだって。

いや、やはり偶然ではないのではないか。こんな偶然が起こるはずがない――。

「嫌なことを思いださせてしまったようですね。すみません。でもこれで僕が同窓生だったことは間違いないことを認めてもらえたでしょう？」

男が彼女の顔色を心配そうにうかがいながらそう言った時、彼女は決心した。男が嘘をついているにしろ、そうでないにしろ、ともかくこの男に喋りたいことを喋らせよう。嘘かどうかは、その話が全部終わってから考えよう。

「わかりました。私の方こそ謝らなければ。あなたの言う一分一秒を急ぐ話を、私のつまらない疑いで邪魔したことを。でも、ついでに後二つだけ、先に確認させてください」

「どうぞ」

「奥さんが殺されたという話は本当なのですか？　その死体が今、あなたのマンションの浴室にあるというのは」

「もちろん、本当です。でも……」

「でも？」

「その証拠を提示しろと言われても、ここではできません。あのマンションに来て自分の目で確かめてもらうしか……」

　そう言い「ただ――」と首をふった。

「裁判所だったら無意味なことでしょうが、多少、その証明に役立つことなら三つ提出できますよ。聞きますか？」

「ええ」

「一つは、なぜ妻が殺されてもいないのに僕がそんな嘘をつかなければならないか、ですよ。そんな馬鹿げた嘘をつく理由がないでしょう？」

「ええ。でも世の中にはとんでもない嘘をつく人だっているから……」

「それ以外の理由は？――考えつかないでしょう？　だったら僕の言葉が事実だと、断言はできなくても、事実である可能性が高いことは認めてくれますね」

　彼女は頷き「二つ目は？」と訊いた。

　男はコートのポケットから先刻のハンカチをとりだし、

「あなたがさっき嗅いだはずのこの匂いです」

と言った。

「僕にはこんな香りをハンカチにも体にもつける趣味はないんです。ただ、三日目くらいの晩から浴室のドアをいくらしっかりと閉めておいても……」

「――――」

「それで仕方なく、その次の日仕事に出かける時、化粧品店で適当な香水を買って……でも一瓶ではとても足りなくて、それから今日までに二十瓶は買いました。最初は部屋だけにまいていたんですが、体にまであの匂いがしみついた気がして……」

首をふり、それから「レシートがありますよ。化粧品店と薬局の」と言い、財布から何枚もとりだしそれをテーブルの上に並べた。

「薬局の方では芳香剤や消臭剤を買ったんです。でもそんなものではとても無理で……」

彼女の手はひとりでに動いて頬をかばっていた。あの甘い香りの裏にひそんでいた暗い、鋭い針が、死の匂いだとしたら……一晩ごとに浴室の中で死の影が濃密さを増していく匂いだったとしたら……。そんな彼女を無視し、男は「もう一つは留守番電話です」と言った。

「妻は殺された翌日、知人と会う約束があったようです。その知人が怒った声で留守番電話に録音しているんです。昨日もまた電話をかけてきて『一週間もいったいどこに行ってるのよ』と怒ってました。その声が入ってます。聞いてみますか？　マンションに電話をかけますから」

そう言って立ち上がろうとしたのを首をふって制し、「もう充分わかりました」と彼女は言った。

「だから最後にあと一つだけ確認させてください。——奥さんを殺したのはあなたではないんですね」

彼女は男から目を離さずにそう訊き、

「絶対に殺していません」

男もしっかりと彼女を見つめ返して言った。

「じゃあ訊きます。一週間前の晩、何があったんですか」

「あの日は——」と男は語りだした。「土曜日で、僕と妻は夜にイタリアオペラを見にいくことになってたんです。妻の誘いです。僕はオペラなど興味はないんですが、有名なテノールが『道化師』をやるというのでちょっと気もちが動いて——ご存じですか、『道化師』というオペラを」

「いいえ」

「幕切れに『衣装をつけろ』という有名なアリアがあって、その歌だけは昔から好きでしたから。妻の方も別にオペラに詳しいわけではなかったんですが、久しぶりに着飾って華やかな場所に出かけたかったんでしょう。夜も迫ってうきうきと衣装選びを始めたので、僕は『衣装をつけろ』のメロディーを口ずさみながら、浴室にシャワーを浴びに入ったんです。皮肉なものです。『道化師』は妻殺しの物語ですからね。サーカスの道化師をやっている主人公が、不貞を働いた妻を殺すのがドラマのクライマックスで、その直後、舞台にあがる時刻も迫って、主人公が『道化師の衣装をつけろ』と自分に言い聞かせながら歌うんです。悲痛な歌ですが、甘美なメロディーなので昔からとても好きで……ハミングしながら浴室のドアを開けたのを憶えてます。これこそ偶然でしょう？　皮肉な偶然――。もっともその皮肉に気づくのはそれから二、三分後なんですが。脱衣場で裸になってガラスの扉を開け、僕は顔をしかめました。その十分ほど前に妻がシャワーを浴びているんですが、シャンプーや洗顔用のクリームなんかが乱雑に散らばっていて……妻は化粧品だけじゃなく、入浴用の品にもお金をかけていて、特に髪が自慢でしたからシャンプーなんかは一本一万以上もする高級品を使っていたんですが、それらがガラクタのように散らばっていて……お金の廃墟という感じで、思わず舌打ちしたのを憶えてます。あのう……」

男は膝へと伏せていた目をあげ、

「それも動機だと警察では考えないでしょうか」

とまた心配そうにその目を曇らせた。

「妻はとてもだらしなくて、浴室だけでなく部屋中が散らかっていて、整理魔の僕には我慢のならないことが何度もありました。だから三年前に別居したんですが」

「別居？」

彼女には男がしきりに気にする『動機』という言葉よりも、その方が気になった。そういえば十分ほど前、男は『妻のマンションの方は――』という言い方をしている。

「奥さんとは別居なさってたんですか」

「ええ。妻と僕とは最初のうちもちろん愛し合っていたんですが、ああも長く一緒に暮していれば殺人と同じで愛だって時効ですからね。と言っても、愛が冷めたというわけではないんです。お互いの自由を尊重しながら、絆を結びあっていこうという建設的な別居ですよ。別れるつもりは二人とも毛頭なかった――」

「お子さんは？」

「いません。だからこそそんな贅沢もできたんですが。妻が近くに新しいマンションを借り、週に二、三回僕の方からそちらに通っていました。別居というより『通い婚』に変えたとでも言うか……昔の日本がそうでしたよね。夫の方から妻のもとへ通うというのが千年近く前には自然だったし、今の僕たちにも自然だったんです」

「それで、その……問題の晩は奥さんの部屋にいたんですね」

「ええ。夕方、僕の方から妻の部屋に行って……それでシャワーを浴びたんです。散らかったものを簡単に整理してシャワーを浴びて、二、三分後には出たんですが、妻は居間の床に寝ころがっていました。そう見えたんです。どうしてこんな所に突然寝ころがっているのかと不思議に思いながら、近づいていって……すぐそばに大理石の置き時計がひっくり返っているのを見た時も、またこんな所へ落としたままにしてだらしないヤツだとしか考えなかったんです。死んだことは――殺されたことはすぐに感じとったはずですが、気もちが追いつかなかったんでしょうね。仰向けに倒れて、動かない目で宙を睨みつけているその顔を見下ろしながら、突っ立ってました。頭の中では『衣装をつけろ、衣装をつけろ』と誰かの声が必死に叫んでいて……。僕はバスタオル一つの裸でしたからね」

「どうしてすぐに救急車か警察を呼ばなかったんですか」

「その点を巧く説明できないんです、救急車を呼ぶにはもう手遅れだとわかっていて、その点では僕は妻がもう死んだことをはっきりと感じとっていたはずなのに、警察を呼ぶほどにはその死を実感できずにいたんです。気もちの半分では死んだことがとても信じられなくて、警察を呼ぶ必要性なんてまったく頭に浮かんでこなくて……妻がそのうちに起きあがって、冗談だと言って笑いだしそうな気もしていたんです」

「奥さんの脈拍か動悸を調べたんですか」

「いいえ、宙を睨みつけている恐ろしい形相だけで死んだことはわかったんです」

「そんな恐ろしい顔をしていたのに、冗談よと言って笑いだしそうだったと？」

「だから混乱していたんです。でも――死んだことは、殺されたことはわかっていたんです。わかっていて、同時にわからなかったというか……あれから一週間たって、あの浴室からの匂いは現実以外の何物でもなくなって、今ではすべてがはっきりとしています。それなのに気もちのどこか一点でまだ妻の死を実感していないところがあって……あなたが、僕の話を嘘だと疑ったのは、そのせいかもしれません。僕自身があの死はまだ嘘だとどこかで感じていて……」

「殺されたとはどうしてわかったんですか？　今の話だと事故の可能性の方が大きい気がするんですが」

「事故というと？」

「何かの拍子に転んで、大理石の時計の角にでも頭を打ちつけて死んだと――その可能性はないんですか」

「僕もそう考えた瞬間はあったと思います。あの混乱の中でも……。妻は少しあわて者でよく何かに躓《つまず》いて転ぶんです。部屋の中でも二、三度簞笥やテーブルの角に肩や脚を打ちつけたことがあって。でもあの時はそんなことではないとすぐにわかりました」

「どうして？」

「さっき妻は宙を睨んでいたと言ったけれど、その目がまだ犯人の顔を見ていたからです」

「――どういうことですか」

「目に犯人の顔が焼きついていたんですよ」

「――――」

「そうとしか思えない凄まじい目をしていたんです。黒々と光る目だけがまだ生きている気がしたんです。自分を殺した犯人への憎しみだけが、まだ生きているとしか……いや」

　と男は首をふった。

「でももちろん、それだけじゃないんです。シャワーを浴びている間に、僕は妻が誰かと諍《いさか》いをしているような声を聞いたんです。具体的な言葉は聞きとれなかったので、その時は妻が誰かに電話をかけて怒っているのだとしか考えなかったんですが……僕が浴室にいた短い間に、誰かが妻を殺すために部屋に入ってきて、殺してすぐに跳びだしていったんです」

「物取りだという可能性は？」

「それはないでしょう。いいですか？　僕はチャイムの音を聞いていないんです。夕方、僕はその部屋に入った時、自分の手でドアに内側から錠をおろした。浴室に入る時もそのままだった。チャイムは鳴らなかったから、妻が開けたわけでもない。となると犯人が部屋に入るには方法は一つしかない。わかりますか？」

「――――」

「犯人は部屋の鍵をもっていたんです。犯人はチャイムを鳴らさずに、その鍵で中に入り、突然入ってきたその人物に驚いた妻は詰《なじ》るような声を吐き、でも、その間に犯人は妻の背後に回って鈍器をふりおろしたんです。そうして、犯人は部屋を出てドアに鍵をかけて逃げ去ったんです。——二時間もして、僕は少し落ちついてから部屋の錠がおりたままだということや、妻の後頭部に何かで殴られた跡があるのに気づいて、それ以外には考えられないと思いました。間違いなく犯人は妻の顔見知りで、妻から鍵をもらってその部屋に自由に出入りしていた人物だと思いました。マンションの管理人もマスターキーをもっていますが、あの老人が妻を殺したなんてとても考えられませんからね」

「——でも、それだと犯人は最初から殺意をもって部屋を訪ねてきたとしか思えませんね」

「ええ。それこそ凄い偶然が起こったんですよ。犯人が部屋には妻しかいないと思いこんで入ってきた時、偶然僕は浴室に入っていたんですからね。僕とその犯人の行動が数秒でもずれていれば、妻は殺されずに済んだかもしれないし、殺されたとしても僕が犯人と鉢合わせをしていたでしょうから」

「そのことですけど……浴室の中で奥さんの声が聞こえたなら、シャワーの音も犯人の耳には聞こえたのではありませんか。奥さん以外の誰かが部屋にいるとわかったら、犯人は犯行を思い止まったんじゃないんですか」

「いや、浴室のドアが頑丈なので浴室内の音は外には漏れないんです。漏れるとしてもかすかな音で、興奮していた犯人の耳には届かなかったでしょう。反対に浴室の中ではシャワーを浴びていても、チャイムや電話のベルや大きな声なら何とか聞こえるんです。あそこのシャワーは、部屋が七階だというせいもあって湯の出が悪くて音が小さいですからね。――犯人はその時、僕が浴室にいたなんて想像もせず犯行に踏み切ったんですよ」

「でも玄関にはあなたの靴がおいてあったのではないんですか」

「僕はさっきも言ったとおり整理魔で、ほんの何分かあの部屋に立ち寄る時も、靴箱に靴を入れてしまうんです」

「――チャイムを鳴らしたのではなく、ノックをしたという可能性は？　そのノックに答えて、奥さんが自分の手でドアを開けたという可能性だってあるでしょう」

「いや、玄関と居間はかなり離れていますから、外からだと相当激しく叩かないと届きません。ただし――」

男はそれまで背をむけていた事務所のドアをふり返って「ノックといってもこの部屋に入った時に僕がしたようにすれば、小さな音でも聞こえたかもしれません」と言った。

「――――？」

「さっき、僕はドアを開けて部屋に入ってから、ノックをしたんですよ。二度外からノックしても返答がないので、ノブを回してみたらドアが開いたんです。それで中に入って、闇に目が慣れるのを待ってドアを閉め、内側からノックしたんです」

男は手で宙を二度叩いてみせた。

「……そう、そんな簡単なことだったんですか」

「何がですか」

何でもないと、彼女は首をふった。ノックが聞こえた時、この男はすでに部屋の中にいたのだ。だから開閉の音が聞こえなかった。私が目を覚ました時、もうこの部屋の中にこの男は踏みこんでいたのだ。部屋だけではない。この男は私の体や心の内側にまでいつの間にか忍びこんでいる……ただの偶然ではないのだ。この男がやって来たのは絶対にただの偶然ではない——。

また胸にわきあがってきた不安を何とかふり払い、

「ともかく話を最後まで聞かせてください」

と言った。

「二時間後に落ち着いてから、なぜ警察に連絡しなかったんですか」

「ぼんやりしているうちに二時間も経っていたんです。それを警察にどう説明するんですか。それに僕がいまあなたに話したようなことを警察が信じるとは考えられなかったんです。むしろそのまま待っていた方がいいと思ったんです」

「何を？」

「犯人がまた現場に戻ってくるのを……死体が発見されたというニュースが出なければ、不審に思って犯人はまた現場に戻ってくる気がして。でも、そんな幸運が起こらないまま三日が経ってしまい、そのためにいよいよ僕は追いつめられてしまった……。あなただって、信じないでしょう、こんな話」

「――いいえ」

表情に覗いた不信感を男の目は見逃さなかった。「信じるはずがない」自分を蔑むような薄笑いを浮かべてそう言った。

「でももし依頼を引き受けるなら、無理にでも信じますから安心してください。確かに今までの話では警察はあなたを疑うだろうし、逮捕される可能性も大きいでしょう。でもあなた以外にも奥さんを殺す動機のある人物がいれば、警察はそちらだって疑って捜査するはずです。それで？――あなたの話を事実とすれば、犯人は奥さんの部屋の鍵をもっていてかなり自由に部屋に出入りしていた人物だということになりますが、そういう人物に心当たりは？」

「一人だけいます」

「妻の浮気相手です。妻は浮気していたから」

「名前は？」

「コイビト――」

「――？」

「妻は、僕に浮気相手の話をする時、名前を使わずにただ『恋人』と呼んでいたんです。『恋人がさっまでここにいた』とか『恋人と喧嘩した』とか――」

「浮気していることを、つまり奥さんはあなたに隠さずにいたんですね」

「ええ、名前を口にしたことはありませんが……つまり、それは名前を教える必要もないほどのただの浮気だから、僕に心配しないようにという意味だったんです。三年前、別居に踏み切ったのも妻の方では、いくら何でも僕と一緒に暮らしている部屋に恋人を引っぱりこむのは悪いと考えたからなんです。僕の方ではどうでもいいことでしたが」

「それは奥さんへのあなたの方の愛情が冷めていたからなんですか」

「いや、むしろ逆です。妻への愛情のために僕は妻の自由を認めていたんです。それは多少の嫉妬はありました。でもその嫉妬は十五年も経っていた妻と僕の関係には逆に潤滑油になったんですよ。妻がただの浮気から僕のもとへと帰ってくるのを一度だって疑ったことはないし――。事実、半月ほど前、妻は『もう恋人には飽き飽きしているのに、むこうはこちらが飽きたぶん余計に執着して、これじゃあ殺されかねない』と言ったんです。かなり執念深いヤツだったようです」

「奥さんが恋人と呼んでいた男に、それまで会われたことは？」

男はひどく怪訝《けげん》そうな顔になった。

「それまで、と言うと？」

「一週間前、奥さんが殺される晩までに――という意味ですけど」

「いいえ、会ったことはありません」男はきっぱりと言った。「僕は妻の浮気相手にはほとんど興味がなかったんです。妻をそいつが殺すまでは——。そいつが犯人として、の話ですが。でも、僕にはそいつ以外、心当たりはないんです。そう、その恋人とはあの晩も会っていないんです。僕とその恋人とは、浴室と居間にいたわけだから、たがいに顔を見ていないし……」

「その話を証明するものはありますか。つまり、奥さんが恋人に疲れて別れたがっていたこと——恋人の方では逆に別れるくらいなら奥さんを殺した方がましだと考えていたこと。それを証明できる証拠か、せめて証拠に近いものでもあれば——」

男は何も答えず、ただ彼女の顔を見ていたが、やがて手をまた鞄の中にすべりこませ、ある物をとりだした。カセットテープ——。

それからゆっくりと「あるんです」と答えて頷き、「その時の妻と僕の会話を録音したテープです。聞いてみますか」と言った。

彼女はただ黙っていた。ひどく驚いたのだ。そんなテープが実在するなら、何故もっと早くに——。

「信じられないかもしれませんが、これも偶然なんです。僕はその日、ちょっと仕事のために自分の声をこのテープに録音していたんです。自分の方の部屋でね。そこへ妻がやってきて……部屋の鏡台の鏡が砕け散っていた、留守中に恋人が忍びこんで私の大切な鏡を割っていったのだ、そうに違いない、だから恐ろしくなって逃げだしてきたのだと言って、恋人の悪口をまくしたて始めたんです。妻の方ではもう別れたつもりで鍵を返してもらったのだけれど、相手は合鍵を作っておいたようです。録音ボタンを押したままだったから、そういった話が妻自身の声で入っています。聞いてみますか？」

「ここは再生装置がありません」

と答えてから「何故——」と彼女は訊いた。「何故そんな重要な証拠品があるのに、あなたは警察に連絡するのをためらったんですか」

「これは裁判の際にも重要な証拠品になるんでしょうね——でも、だからこそなんです。このテープの中で妻は恋人のことを残酷な言葉で罵っています。でも僕はそういう妻と恋人との関係を世間に知られたくないし、その関係を裁判なんかで人の好奇の目にさらしたくないんです。——僕は彼女を裁判にかけたくないんです」

「——？」

「どうかしましたか」

「聞き違いかしら。今あなたは裁かれるのが奥さんだと言ったけれど、奥さんは被害者でしょう？　裁かれるのは被告席に座る加害者だわ」

「そう受けとったのなら、聞き違い以外の何物でもありません。ああ、でも……どのみち今のあなたの言葉は間違っていますよ。裁判で裁かれるのは被告人だけではありません。加害者だけじゃなく被害者だって裁かれるんです。たとえば僕が本当に妻を殺したのだとしましょう。裁判で検察官は被告人の僕を責めたてるでしょうが、弁護人のあなたは僕を守ろうとして妻を悪者に仕立てあげようとするんじゃありませんか。妻に恋人がいたとして、実際に僕は何とも思っていない。そんなのは僕が妻を殺す動機にはなりえない。それなのに、弁護人のあなたは妻が恋人を作って僕を裏切り、いかに僕を苦しめたかを証明しようとするのではありませんか？」

「確かに時と場合によっては、被告人を守るために必要以上に被害者の素顔を法廷でさらけさせることもありますが……」

「そうでしょう？　法廷で裁かれるのは被告人だけじゃないんです。被害者やいろんな証人や原告だって裁かれるわけです……被告人以外は法的な罪を問われないかもしれない。でも被害者までが道徳的な罪を問われることは往々にしてあるんです。世間の目という道徳は時に法律以上の厳しさで人に制裁を加えるものですからね。僕は彼女だけは法律にも道徳にも裁かせたくないんです」

「おっしゃってる意味はわからないでもありません。でも、それは私のさっきの質問の答えにはなっていませんね。——何故あなたはそんな証拠があるのに、警察に連絡しなかったんですか。それだけの証拠があれば、警察はあなたの信じられないような話だって信じて、容疑の目を奥さんの恋人の若い男の方にむけたと思いますけど……何故なんですか」

　男は答える代わりに、鞄からマッチ箱をとりだし、マッチの一本でカセットからテープを引きだした。そうして彼女が何をしているのかと不思議がっている隙に、テープを引きちぎり、マッチに火をつけ、その火をテープに寄せた。一瞬のことで止める暇もなかった。

小さな火が導火線のようにテープを燃えあがらせて走った。男はそれを空っぽの灰皿に投げすてた。

「何をするんですか」

「こんなものは大した証拠にはなりません」

「でも……」

「それより、今、妻の恋人のことを若い男だと言いましたね。どうしてそう思ったんですか。僕は若い男だなんて一度も言いませんでしたよ」

「それは……あなたの年齢から奥さんの年齢を想像して、何となく年下の男性じゃないかと。あなたが『そいつ』と呼んだし」

「そう、『そいつ』と呼んだんです。若いとも男だとも、僕は一度も言っていません」

男は『一度も』と二回くり返し、彼女の顔をいたずら好きの子供のように上目遣いで見て笑った。

「若くもないし、男でもないと言いたいんですか。奥さんの恋人が――」

男は頷くと、まだ灰皿の上でくすぶりながら燃えている火に目を移し「妻には普通とは違う性癖があるんです」とひとり言でも呟くように言い、すぐにまた視線を彼女に戻した。

「驚きましたか。でも騙すつもりはなかったんです。ただ言いづらいことだったので……」

「裁判でそういう奥さんと恋人の女性との関係が公になることを恐れたんですか。それでそんなあなたの無実を証明するような大事なテープを……」

「いや」男は彼女の声を遮り「これを燃やしたのは、こんなもの大した意味がないからです。……僕にはもっと確実に自分の無実を証明できる証拠があるんです」

そう言うと、鞄の中からまた別のカセットテープをとりだした。違う——。形は似ているが、それは八ミリ用のビデオテープだ。次々に不思議な物を鞄からとりだすいかつく不器用そうな男の手が魔術師の手のようにしなやかに見えた。

「この中に、その恋人が妻を殺す瞬間が撮影されています」

突然の言葉に、彼女は驚いて顔を歪めた。

「これも偶然なんです。さっきその恋人が鏡台の鏡を割るような嫌がらせをしていったと言いましたね。それはまだ事件のほんの数日前のことだったんです。それで妻は新しい鏡台をすぐに注文したんですが、配送に一週間かかるというので、海外旅行のために買った八ミリカメラをテレビにつないで、鏡がわりにしていたんです。妻は結構その臨時の鏡が気にいって、お洒落が巧くいったときは、後で見直せるように録画までしていました。ファッションモデルになるのが夢だったというほどだから、着飾るのが——自分の美しさを見るのが好きだったんです。もうおわかりでしょう。あの日もオペラに出かけるために妻は衣装選びを始め、カメラとテレビを鏡がわりにしていたんです。それを知らずに恋人の女性は部屋に入ってきて……何も知らないまま出ていったんです」

「――――」

「その女の顔はわかりません。妻の横顔と上半身だけが映っていて……最初妻は、カメラの目の死角になった相手に罵りの言葉を浴びせているんですが、もう顔もみたくないというように背をむけ、反対側の横顔になって口を閉ざしてしまうんですが、その直後に凶器を握った手が妻の後頭部へとふりおろされて……ほんの一瞬で、静止画像にしてもはっきりとしないんですが、それでもその手が僕の手でないことは証明できます。何とか、白く細い女の指らしいとはわかりますから」

「声は？　犯人の声は録音されてないんですか」

「喋っているのは妻だけです。犯人が終始無言なのは、最初から殺すことだけが目的で部屋に侵入してきたからだと思いますが……」

「――――」

「また驚かせてしまったようですね」

「驚くというより、あなたが何を言いたいのかわからなくなってるんです。――もう一度訊きます。あなたは何故こんな確かな、自分が殺していない証拠があるのに、警察へ連絡しなかったのですか。いいえ、それ以上に訊きたいことがあるわ。あなたは何故弁護士の私に依頼に来たんですか。このビデオテープに本当に犯人の手が撮影されているなら、警察に行ってこのテープを提出すれば、逮捕されることもないし、弁護士を雇う必要もないじゃありませんか」

「本当ですよ、このテープに犯行の瞬間が映っているというのは」

「だったら何故——あなたはさっきまで、自分の無実が証明できなくて警察に逮捕されるのを恐れていたでしょう？　ほんの些細なことまで警察が妻を殺す動機だと考えるかもしれないと怯えていたでしょう？　こんな素晴らしい無実の証拠があるのに何故……」

　彼女がいらだちをむきだしにして大きく歪めた顔を、男は微笑で吸いとり、余裕のある目で腕時計を見ると「もう八時七分です。遅いですね」とドアをふり返った。

「そんなことより今の質問に答えて下さい」

「ええ、でもあなたが誤解しすぎていて答えづらかったんです。いいですか。僕は警察に逮捕されることを恐れてなどいないんです。逆なんです。逆に僕には妻を殺す動機が全然なくて、警察がそのために僕を逮捕するのを渋りそうで怯えていたんです」

「——」

「だから風呂場が散らかっているぐらいのことでも警察が動機になると考えてくれないだろうかと——縋《すが》るような気もちであなたに尋ねたんです。僕には妻を殺す動機は実際にまったくないんですから」

「でも奥さんと恋人のことは充分な動機になるはずだわ。あなたがいくら何とも思っていなかったと言っても、普通ではないその関係があなたに殺意を起こさせたと……警察ではそう考えるはずです」

「いや、僕は妻とその女との関係を警察に言うつもりはないんです。さっきも言ったようにその関係を公にして彼女を裁きたくないし、警察が調べてもその女の存在がばれることはないですから。妻はその女のことを僕には喋りましたが、世間には隠し通しましたからね。となると、僕にはまったく動機がなくなってしまうんですよ。妻と僕とが世間のどんな夫婦よりも巧くいっていたことは知人や友人の全員が証言してくれるだろうし……そうしたら、警察が僕を逮捕しづらくなるんじゃないかと、それを僕は心配したんです。だから動機が欲しかったんです」

　テープは燃えきらないうちに火を消し、半端な異臭が二人を包みこんだ。長い沈黙の後、

「つまりあなた——」

　と彼女は言った。それだけを口にして残りの言葉は目だけで尋ねたのだが、その言葉を読みとり、男はゆっくりと頷いた。

「そうです。僕は妻殺しで警察に逮捕されるのを望んでいるんです」

　そう言い、不意にその視線を彼女の頬へと絞って「そうか」と呟いた。何か思いつくこ

とがあったのか、その目は輝いている。男は顔に微笑を広げながら、こう言った。

「四と悲しいじゃなくて、罪と心だったんだ。罪と心……罪心……でもそんな言葉があったかな。法律用語にあるんですか」

男は本当に不思議そうにそう訊いてきた。

「犯罪心理。そうノートに書いてあったんでしょう。私がよく使う言葉だから。でも――」

彼女は後に続けようとした言葉を飲みこんだ。『でもそんな字が私の頬に染みついていたなんて嘘じゃないんですか』本当はそう訊こうとしたのだ。嘘なのだ、そんな偶然が起こるはずがない。うたた寝をしている間に私の頬に『罪』という字が烙印のように押されていたなんて……夢の中で聞いた電話のベルはあの晩私が犯した罪の残響だった。それは確かだ。犯罪心理は……罪の意識は、私に永遠にあの電話のベルを忘れさせないだろう。罪の心……罪の心……だが、それが現実の文字となって私の頬に浮かびあがったなんて。

あの晩、すべてはたった一回だけ鳴ったあの電話のベルとともに始まった。数日前、あの男と裁判所の廊下ですれ違った時、今度の土曜日に逢う約束をした。無理やり私がその約束を押しつけたのだ。彼は気乗りのしない返事をしただけだった。目を逸らして頷いた彼が私は何だか不意に可哀相になって笑ってこう言った。『でも無理しなくていいのよ。無理なら土曜の夕方、私の事務所の電話を一度だけ鳴らして。それがあなたの別れの言葉だと思って、一晩だけ泣いてあなたを……十七年間の全部を忘れるわ』

私は泣かなかった。泣く代わりに、まだワンコールの冷たい残響が執拗にくすぶっているこの部屋で準備を始めた。手袋をはめようかと思ったが、凶器を握るとき手がすべりそうな気がしたのでやめ、ドアのノブと凶器以外に指紋をつけなければいいと考え直した。そうすれば事が終わった後その二つの指紋だけをぬぐえばいいから簡単だ。凶器はあの部屋にいくらでもあるだろう。あの部屋には金目のものがいっぱいあるのだ。クリスタルの灰皿や青銅の置物――金の重みそのものの、生命よりも重そうな飾り物が。私は事務所を出て、その部屋へと走りだした。実際には落ちついた足取りで駅にむかい電車に乗ったが、胸の中では走りだしていた。十七年前に戻るために――十七年間のすべてを清算するために。

　今目の前で私の顔を不思議そうに見守っているこの見知らぬ同窓生に語った言葉は嘘ではなかった。十七年前、私はあの安手のホテルで初めて抱き合った時、すでに渡辺とは別れた方がいいと思った。渡辺の方も同じで事実『これで別れようか』と口にし、私は微笑で頷いた。それなのに私は、そこから始めてしまった――。他の生き方があったはずだ。私の押しの強さとあの人の気の弱さだけに支えられていた関係は、十七年の間に何度も行きづまり、そのたびに私は郷里の北海道に戻っていれば、もっと普通の女として生きられただろうと考えた。だが、それも所詮は空しい夢だったのだ。渡辺一広という男は現実に私のすぐ近くにいた。たとえそれが永遠よりも遠い距離に似ていたとしても、ともかく私のそばにいた。そして彼が生きているかぎり、私は東京にとどまり彼を追いかけ回さなければならなかったのだ。彼が弁護士になったから、私も弁護士になった。彼と私は別々の事務所に勤めていたけれど拘置所や裁判所の廊下でよくすれ違ったし、夜はもっと頻繁に逢っていた。人目につかない酒場で、彼の運転する外車の中で、時には大学時代のあの一夜が思い出にふさわしい夜だったかを確かめるようにホテルの一室で——。彼はよく私の前で他の女たちの話をして、自分がプレイボーイであることを得意気に私の前で見せびらかした。彼を愛する女たちはみんな馬鹿に思えたから、私も一緒に笑った。私は自分がそんな他の女たちの一人にすぎないことに気づかなかったのだ。一週間前の晩、電話が一度だけ鳴り、切れた瞬間まで——。

　そう、一週間前の晩だ。ただの偶然だろうか。いや、偶然のはずがない。私があの夕方、昼が夜へとすり変わる間際の灰色の時刻に訪れた部屋も七階だった。三年前、彼は新しい部屋に引っ越すと同時に、私をよくその部屋に連れ込むようになった——それも同じだ。私はその部屋のチャイムを鳴らさずに合鍵でドアを開け、彼は突然入っていった私に驚き、罵りの声をあげ、私の顔も見たくないというように自分から背をむけた。そしてその瞬間、私はテーブルの上の大理石の時計を摑んだのだ。彼の後頭部目がけて——十七年前のすでに残滓《ざんし》にすぎなかった一つの夜にむけて。

　私とこの『矢田圭一』と名乗る奇妙な依頼人が語る妻殺しの犯人はあまりに似ている。

その犯人が女であるという点まで——。

違いは三つだけだ。私は彼の部屋に忍びこんで鏡など割らなかった。そんな嫌がらせのような卑劣なやり方は私には似合わない。あの時、彼の周囲には色とりどりの洋服が散乱し、彼はその中から選んだらしい青いタキシードのような華やかなスーツを着て、どこかに出かけようとしていた。その点も同じだ。だが、彼はテレビ画面を鏡がわりにしてはいなかった。あの画面に映っていたのはつまらないテレビ番組だった……確かそうだ。それに何より大きな三つ目の違いがある。

私が殺したのは男だ。この奇妙な依頼人の妻ではない——。

「遅いですね、来客……」

男が腕時計を見てそう呟き、ドアをふり返った。彼女は壁の時計を見た。八時をもう二十分もまわっている……。

「雨が降りだしたので来るのをやめたのかもしれませんね」

その男の声で不意に彼女は思いだした。男の声になぜ聞き憶えがあったのか——。私はこの声を昨日の電話でも聞いている。なぜ、もっと早くに気づかなかったのか……。

「客ならもう来てますわ」

「どこに？」

「ここに——。昨日適当な理由で私とアポイントメントをとったのはあなたでしょう？

あなたは今夜私をこの事務所に縛りつけておきたかったのでしょう？　自分が訪ねてくるために――」

男はまた微笑し、しばらく無言で彼女を見つめ「いや」と首をふった。

「客は来ますよ、たぶんもうすぐ……」

そう来るだろう。来るのは警察だ。この男ではなく私を逮捕するために――。だが、彼女は顔色一つ変えなかった。やっとわかったのだ。何一つ偶然はない。この男はその点では何の嘘もつかなかった。すべては必然だ。この男は私が渡辺一広を殺したことを知っており、私を裁きにきた……。

「一つ訊きたいことがありました」

彼女は落ちついた声でそう切りだした。今の私はたぶん法廷に引っ張りだされた被告人と似ている――他人事のようにそう思いながら。この十年間に何十人と見てきた、諦めて罪を認め自分の人生を弁護人や裁判官や他人の手に託す他なくなった被告人に、今の私は似ている……。

「さっきの話が本当なら、犯行時刻現場のテレビ画面は奥さんの部屋や奥さんの顔を映しだしていたことになります。それなら犯人は犯行がビデオカメラに録画されているかもしれないと心配して、このテープを持ち去ったのではありませんか」

「いいえ……犯人はかなり焦っていてテレビ画面など見る余裕はなかったと思います。もし見たとしてもテレビをつけっ放しにしてあるだけだとくらいにしか考えなかったでしょう。その部屋で犯人はよく目が見えなかったはずですから」

「――――」

　男は手品師のようにまた鞄から別のハンカチをとりだし、折り畳まれたそれを開き、彼女の目の前に突きつけてきた。実際何かを消し去った手品のように、そこにはハンカチの白さだけが広がっている。何もない……いや……。

「現場に落ちていたコンタクトレンズの一方です」

　ハンカチの上で、それは一点の光を放っている。

「犯人が落としたんです。たぶん、凶器をふりおろした瞬間に……片方だけ。あの晩、少し落ちついてから僕は妻の右目が変に光っているのを見て、妻がコンタクトレンズをはめているのに気づいたんです。不思議なことではありません。妻は裸眼の時、よく体を家具にぶつけるほど視力が弱かったから。でも問題は左の目にはレンズがなかったことです」

「だったら、このレンズは奥さんのものなんじゃありませんか。奥さんが倒れる時に落としたんでしょう。犯人のものじゃなくて」

「最初は僕もそう考えました。でもそのうちにおかしなことに気づいたんです」

「――――？」

「妻は仰向けに倒れていたんです。恐ろしい形相をして宙を睨みつけていたと、さっきそう言ったでしょう? でもそれは変です。妻はこのテープの中では前かがみに床に倒れるんです。うつぶせていたはずなんです」

「うつぶせに倒れた後、まだ生きていて仰向けになったのでは……」

「そうも考えられますが、それよりこう考えた方がいいと思いました。犯人もコンタクトレンズをはめていた。でもその片方が落ちたことに犯行後……凶器の指紋をぬぐう時にでも気づいたのでしょう。彼女は慌てた。部屋を這いずり回って探した……自分の首を絞める重要な証拠品を現場に落としたんですから。一刻も早く現場を離れたかったのに、それは簡単には見つかりそうにもなかった。――その時、彼女は僕の妻もまたコンタクトレンズをしていることを思い出し、大胆な方法をとることにしたんです。死体を仰向けにしてみると確かにその目はレンズをはめていた。そこで彼女は死体の両眼からレンズをはずし、自分の片方の目に残ったレンズを死体の右目にはめた。そうすれば、警察が現場に落ちたレンズを見つけても、それを被害者の左目から落ちたものだと考えたでしょうから。――巧い手だと思いませんか」

「でも、レンズの度数が犯人と被害者のものとでは違っていなかったんですか」

「違ってたでしょうね。重要なのはその点です。犯人は咄嗟の判断で、警察がそこまで調べるはずはないと考えたんでしょうが、厳密に調べれば度数の違いから犯人を割り出せたはずなんです。――僕の妻は、文字通り、死んだ後も自分を殺した犯人の顔をその目に焼きつけていたんです」

「同じ度数のコンタクトレンズをはめている女性はこの世に五万といるはずだわ――そんなもの証拠にはならないでしょう。あなたが今言ったことは推測に過ぎないし。それともこのビデオテープに犯人のその行為まで撮影されていると言うんですか」

「いいえ、さっき妻の上半身だけしか写っていないと言いましたね。妻は背が高いので部屋の下方で起こっていることはカメラの目が捉えきっていないんです。誰かが這いずり回っているような気配がわかるだけで……。でもカメラの目ではなく、死体の目が犯人を捉えているんです。あなたは今証拠にはならないと言ったけれど、犯人が他のことから割り出されて被告人席に座ることになれば、このレンズの度数と犯人の視力の一致は大きな証拠になるはずです。それからもう一つ」

「――――」

「犯人は、今コンタクトレンズをはめずにいる人物ですよ。ただし現場から持ち去った僕の妻のレンズはまだ棄てずにいる」

「どうしてそんなことが……」

「度数が違うから妻のレンズをはめるわけにはいかないし、すぐに新しいレンズを買うのも後で証拠になりそうで怖い――それに、あの場では咄嗟にレンズをすり替えて逃げだしたものの、度数の違いから足がつく心配がある以上、機会があればもう一度現場に戻って、自分の落としたレンズを捜しだし、死体の目を元通りにしておきたいと考えているに違いないんです――僕が一週間、犯人が戻ってくるかもしれないと考えて待っていたのはそのためでもあるんです。だが、その点での僕の読みは誤っていたようです。できればそんな風にして犯人とは出会いたかったのに……」

男はそう言い、芝居がかったため息をつき――そうして、さりげない声でこう続けた。

「こんな風に僕の方から訪ねるのではなく」

男の目はただ静かに彼女の顔を見つめた。その目に映っている私の顔も静かだろう――また他人事のようにそう考えた。

落ちた――。

警察の尋問室で自白を始めた瞬間の容疑者のように、私の顔は安らいでさえいるだろう。

「一つ、いちばん重要な点で確認し忘れていました」

彼女は自分の声が少しも乱れていないのに安心した。

「あなたがずっと『妻』と呼びつづけていたのは、女性ではないんですね」

ゆっくりと男は頷いた。

「さっきはやめましたが、妻の部屋に電話をかけてみますか。留守番電話の声で誰かわかるはずです――もっとももう聞き飽きた声でしょうからやめましょうか」

彼女はちょっと笑った。『渡辺です。メッセージをどうぞ』聞き慣れた声――聞き飽きた声。――十七年間、あの男と逢っていてもいつも留守番電話にむけて喋っているような気がしていた。抱かれている瞬間でさえ――。

「あなたが『僕の妻には普通ではない性癖がある』と言った瞬間から薄々勘づいていたんです。あなたの言う『妻』が私が十七年間愛した男と同じじゃないのかと――。あなたの手に引っ掛かって『普通ではない性癖』というのを奥さんに女性の恋人がいると誤解しそうになったけれど……ずっと嘘をつき通されてたんだわ、私」

「いや、僕は嘘は言っていません。あいつは十八年前から僕の『妻』だったんです。あなたとのことが浮気だった……」

　彼女は首をふった。

「嘘をつき通したというのはあの人のことです。私、少しも知らなかったから。あの人、女の話ばかりしていたから」

　それもこの男の存在を隠すためだったのか……。

「やっとわかったわ。あの人が私に冷たかった理由が。十七年も過ぎてやっとわかった。馬鹿みたい。ついさっきまで気づかなかったなんて――私が渡辺を殺した動機が『あなた』だってこと」

　彼女は乾いた声で笑い、「今、彼女とは十八年だって言ったわね。私より前からだったの？」と訊いた。

「ええ、さっき三年前別居の際ああも長く一緒に暮らしていれば殺人と同じで愛も時効だと言いましたね。だから十八年なんです。あなたより一年早かった……だからあなたのことの方が浮気だったんです。あの日、池袋のホテルであなたとあいつが入るのを見たのも偶然ではありません。僕は妻の浮気を監視にいっていたんです——そのことだけは嘘をつきました。でも他にはどんな嘘もついていませんよ」

「いいえ、あなたも今夜嘘をつき通したわ。自分が逮捕されるのを望んでいるなんて……あなたは私が犯人だと気づいて、私に制裁を加えにきたんでしょう、今夜」

「違います。正反対です。僕はあなたを救いにきたんです」

突然の真面目すぎる目が彼女の前にあった。信じたくなるほど真摯な、熱い目だ。だが彼女は何も信じられず、ただ首をふった。

「もうやめましょう、茶番劇は」

「茶番劇なんかじゃありません。これはあなたを救うための大芝居の大切なリハーサルだったんです——いいですか。僕は本当に逮捕されるんですよ、今夜。間もなく。ここへ来る前にマンションに死体があると僕自身の口で密告しておきました。今ごろ警察がもう踏みこんでいます。あの部屋は僕の名義だから警察は僕をまず捜そうとするでしょう。僕はあの部屋に手帳を残しておきました。そこに『八時半、藤野有紀子法律事務所』と記しておきました。だから時間がないんです。リハーサルに熱をいれすぎました。そう、リハーサルだったんです。一週間考え続けました。どうすればあなたを被告人にさせずに済むか……。さっき僕は『彼女を裁かせたくない』と言いましたね。妻のことではありません。妻は女性ではなかったのだから。僕が言った彼女というのは妻の恋人だったあなたのことです。僕は嘘を言ってないんです――あなたを本当に救いたいんです」

「どういう風に……」

「一旦、僕を犯人に仕立てて、あなたに弁護させるのです。弁護人であるあなたが真犯人だなんて誰も考えないでしょう――それどころかその裁判はあなたが弁護士として名を売る大きなチャンスになるはずです。このビデオテープをすぐにどこかへ隠して下さい。公判が大詰めを迎えるまで――。裁判が絶対的に不利な被告人を有罪の瀬戸際まで追いつめたところで、あなたはこのテープをもちだしてすべてを覆してみせるんです。あなたはこのテープを素晴らしい証拠と言いましたが、それ以上に素晴らしいんです。僕の無実を証明するだけでなく、犯人があなただと証明するものは何も写っていないんです。警察は永遠に手だけしかわからない女を追うことになるんです。しかも無実の僕を逮捕したという大黒星をハンディとして背負って――。簡単でしょう。あなたの十七年前の夢を思いだして下さい。それが今目の前にあるんです。あなたが昔夢見たのはこんな貧しい事務所ではなかったはずです。もっと大きな夢だったはずです。それをあなたは手を伸ばすだけで摑める。もし手を伸ばさなければ、あなたはその手に殺人犯という現実を否応なしに摑まされることになるんです。被告人の席か弁護人の席か、どちらを摑むかは子供だってできる選択です」

「あなたが、私の夢のために犠牲になるというの」

男の声の熱っぽさに彼女の声は少し乱されていた。

「一時的にです。それにあなたの夢と僕の夢は同じなんです。あなたに憧れていたし、あなたの幸福を夢見ていた――僕の言ったことは嘘じゃありません」

「でもあなたは彼を愛していたんでしょう。私は邪魔者だったはずだわ」

「そう、それも事実です。でも別の真実もあったんです。あいつへの愛は現実以外の何物でもなく、僕はあなたと同じように苦しんでいたんです。そう、一つだけ嘘をついたので告白しておきます。鏡を割ったのは僕です。あいつはいつも……十八年間いつも鏡の中の自分しか愛さなかった。だから割り砕いた、あなたのせいにして――。鏡を割ったというのは僕もあいつを殺したということです。僕たちは同じなんです。あいつの死体を見つけた時、あなたが殺したのだと知った時、やっと現実が消えて僕には夢だけが残りました。あなたの夢とその夢を叶えさせたいという僕の夢と――。あなただってあいつを愛し続けた十七年間を後悔して自分が何を夢見るべきだったかを悟ったでしょう？　僕も同じなんです。後は僕たちがその夢を摑むために手を握りあうだけです」

「嘘！　あなたは嘘を言ってる――」

「まだ信じないんですか。あなたの不利になるこのレンズを返しにきたというのに……このビデオテープを渡しにきたというのに」

嘘だ。レンズもビデオテープも簡単にコピーを作れる。これはただのコピーだ。この男は私を安心させて、警察に売るつもりだ。この男は今夜私を騙し続けただけだ――十七年間あの男とグルになって騙し続けてきたように。

たとえこの男の言っていることが本当で、私とこの男とが弁護人と被告の関係で法廷に立ったとしても、この男の無言は私を裁き続けるだろう。いつか私がその無言に耐えられなくなって自白する日まで――。

嘘！――もう一度そう叫ぼうとした声を、突然のドアのノックが断ち切った。

不意に落ちた静寂の中で、雨音が響いた。いつの間にか雨は激しくなっている。男は無表情の仮面をかぶり、落ちついた手でテープを本棚の隅に隠し、コンタクトレンズをハンカチごと彼女の手に押しつけ、「幕が開きます。もう逃げられませんよ」と囁き、その手を彼女の肩へと回し、ソファの上に凍りついた彼女を立ちあがらせようとした。被告をかばおうとする弁護人に似た手で――。

紫の車

金曜の晩、ベッドに上がった直之は、天気予報を見るためにテレビをつけようとして「あっ」と小さく叫んだ。

眠っているとばかり思っていた妻の手が、彼の手へと突然伸びてきたのだ。その夜「疲れたから」と言って、妻の優子はめずらしく先に寝室に入り、直之が妻の枕もとに投げ出されたリモコンに手を伸ばした時には、胸を寝息で波打たせ、すでに熟睡しているとしか見えなかった。

短くためらった後、

「疲れてるんじゃなかったのか」

苦笑いしながら、妻の手をしっかりと握り返し、もう一方の手で妻の体から青い毛布を剝ごうとした。金曜の晩だったし、新婚のころから妻が寝室に先に入る時は妻の方から求めている時だという暗黙のとり決めがあった。

「ちがうわ」

いやねえ、と妻も薄く苦笑している。

「昨日からお父さんの体のことが変に心配だから、手相を見たいだけ」

優子は仰向けに寝たまま、直之の左手を引き寄せた。『お父さん』というのは、二ヵ月前、東京の桜が満開のころに倒れ、入院している直之の父親のことだ。

「俺の手相で親父の体のことがわかるのか」

「ええ、この生命線のとなりの線」

親指と人さし指のあいだから流れ出すひびのような極細の線に自分の小指の爪を走らせ、

「これで、あなたが何歳の時にあなたの大事な人が亡くなるかわかるのよ。あなた、今四十五でしょう、そのあたりで線がとぎれてるから、お父さん、近々危ないかもしれない」

顔色を曇らせている。

「いや、親父はまだ大丈夫だろう。それに、親父のことを俺は別に大事だと思っていないし」

どうせ妻がワイドショーから得たいい加減な知識だろうと思いながらも、妻につき合って、直之は真面目な声になっていた。

「じゃあ、誰、あなたの大事な人って」

直之の中指と人さし指のあいだから、妻は目を覗かせた。その目に直之は微笑を返した。

「わかってるだろう……君が一番気をつけないと。去年も癌のことで騒いだんだし」

無言の微笑に、そう言葉を補足した。

「いやだ、私？」

妻は首をふる代わりに、握った夫の手を揺らした。「癌だって病院の診断ミスだったでしょ。私こそ大丈夫よ、あなたの大事な人じゃないから」

余裕の声でそんな風に謙遜する。結婚してすぐに流産し、子供が作れなくなって、今もどこか幼さを残している気がするのだが、ふと気づくと、妻はいつの間にかしたたかな中年女性に成熟している。

それは今、夫の手をつかんでいる指にも表れている。ピアノをやっているせいか、すっきりと痩せた身体とは不釣合いな硬質でたくましい指をしており、夫の手の方が細く弱々しく見えた。

「それより、会社関係の人かもしれない。明日の伊豆の社員旅行、気をつけてね。伊豆って山あいにも海辺にも意外に危険なところがあるから」

「大丈夫だ。会社にだって大事な人なんかいやしないよ」

やっと妻の手から解放され、テレビをつけながら言うと、「そうね、どうせ占いなんて当たらないから。もう寝るわ……やっぱり疲れてるみたい」優子は背を向けてしまった。

妻が唐突にこんな話を始めたのは、明日の接待ゴルフが嘘だと見抜いているからではないのか。

手首に妻の指の跡がまだうっすらと残っているのを見ながらそう心配したが、すぐに聞こえてきた妻の安らいだ寝息がその不安を打ち消してくれた。

もっとも、伊豆へ一緒に行くのが三年前高校の同窓会で再会した倉沢弓枝という女だとバレるのを、直之はそれほど恐れてはいなかった。弓枝と関係をもったばかりのころは、妻のちょっとした言葉にも心臓の音が乱れたが、今ではバレたらバレた時だと開き直っているところがある。

三年間、半端に逃げ続けてきた問題に、否応なしに決着がつくのである。

その余裕からか、

「なんだ、自分から言いだしておきながら」

妻の寝息に軽い声でそう答えた。

結局、伊豆の天候が気になってテレビの天気予報に釘づけになると同時に、妻のその話を直之は忘れてしまったのだった……翌日の晩、河津の温泉旅館で弓枝の体へと手を伸ばした瞬間、警察からかかった電話が、一つのひき逃げ事件を告げるまで。

後になって考えると、妻のその夜の言葉は事件の予兆だったのだが、翌日の朝、門を出て間もなく、ふと十五年来の我が家をふり返ったのも一つの予兆だったのかもしれない。理由もなく、本当にふと坂の途中で足を止め、ふり返っていた。六月になり、梅雨に入ったような暗い天候が続いていたが、その朝は初夏らしい光が尾山台《おやまだい》に降りそそいでいた……陽光は、だが、何年ぶりかに距離をおいて見る家の古さを目立たせただけだった。屋根瓦の線はかすかだが乱れ、外壁のクリーム色はくすみ、玄関へとつながる石段は一部が崩れ、その脇の小さな車庫はシャッターのあちこちが錆び始めている。

はずれとは言え、世田谷の高級住宅地である。大手電機メーカーの子会社に勤める夫と駅前ビルの音楽教室でピアノを教えている妻との暮らしは、子供がいないこともあって平均以上の豊かさだったが、その陰で気づかない部分がいつの間にか傷み、古び、汚れてしまっている。両脇の似たような家に挟まれ、坂の傾斜の上に建っているのが、今にも崩れ落ちそうで不安定に見えた。それは、昇進で地位もあがり肥り始めたのに、逆にひどく小さく感じられるようになった今の自分そのものである。

特に車庫のシャッターの錆は、最近顔や体のすみに、気がつくとできている小さなしみそっくりだと思った。

ただ、それも数秒のことだった。三年前から、彼の人生は代々木の会社とこの家だけではなくなっている。すぐにまた尾山台の駅に向けて歩きだした直之は、前の晩の妻の予言と同じように、シャッターのしみに感じた不安を完全に忘れていたのだった。

いや、前夜の妻の話をその土曜の晩まで直之が忘れていた、というのは正確ではない。

東神奈川に住む弓枝と横浜駅で待ち合わせ、踊り子号で下田に行き、レンタカーで石廊崎まで足を延ばした時にも、直之は一度、その話を思いだしている。伊豆半島先端の灯台まで行こうとして、弓枝は岩場で足を踏みはずし、危うく海に落ちかけたのである。かかとにかすり傷を負っただけだが、もし直之が咄嗟に抱き寄せなければ、その程度では済まなかっただろう。

車で河津の旅館に向かう途中、直之は前夜妻から聞かされた手相の話を思いだし、弓枝に語った。

「占いが本当に当たったんじゃないかと心配したよ」

大事な人は君だけだから、という意味をこめて機嫌とりのつもりで言ったが、助手席の弓枝は顔色を変えた。

「奥さん、気づいてるんだわ」

と呟くように言い、口に出したその言葉におびえるように、口もとを両手で覆った。

「あなたにカマをかけたのよ。どんな反応を見せるか……気づいてるわ、奥さん」

そう言うと、弓枝の横顔は黙りこんでしまった。いくら「その心配はないから」と説得しても、むだだった。

それまで青く光っていた海に雲の影が広がり、弓枝の変化に合わせるように風景までが不機嫌に黙りこんだ。まだ四時だというのに、ゆく手の空は雨雲に塗りつぶされ、夜に向けて車を駆っている気がした。……医療事務の仕事をしながら独身を通してきた弓枝にとって直之との関係は、最初から不安定きわまりないもので、三年も経つとちょっとした言動にもその疲労感をにじませるようになった……それで思いきって初めての旅に出てきたのだが、伊豆の海が車窓を流れだした時に見せた笑顔も長くは続かなかったのだ。

雨雲の色が、この不倫関係のゆきつくところを暗示しているような気がして、妻の話をしたことを直之は後悔したが、それでも河津の旅館に着くと、部屋は想像以上に風情のある造りで、弓枝も機嫌を直した。家族風呂に一緒に入るのも厭わなかったし、食事の後、「やっぱり髪を洗ってくる」と言って立ちあがろうとしたのを止め、直之がその体へと伸ばした手も黙って受け入れ、自分から畳へと体を崩した。浴衣の裏に隠れた肌はいつもよりやわらかそうに感じられ、直之の四十五歳の体に高校の頃の若い無遠慮な欲望をよみがえらせた。

裾を割って手を忍びこませ、手さぐりでその脚を愛撫し始めた時、だが、突然ロックのリズムが重なりかけた二人の体に襲いかかってきた。

弓枝と関係をもった頃から、直之は変に若ぶるようになり、いつも携帯の着信メロディを最新のロックにしてある。

直之は舌打ちをして、そばのテーブルから左手で携帯電話をとった。右手は女の足の指をからめとったままで、相手の番号を確認する余裕もなかった。

「あのう……井川直之さんでしょうか」

聞き慣れない声はそう訊いた後、「世田谷南警察署交通捜査課の者ですが」と名乗った。

「奥さんの名は井川優子さんですね」

「ええ」

「あのう、奥さんは今、黒のマークXを運転して外出中ではありませんか」

「いや。今、私は旅先なので、妻がどうしているのかわかりませんが。でも黒のマークXは私の家の車で、妻もよく運転しています……あのう、何か？」

「環八通りに出る手前の道路で事故に遭われたようです。車を路上に停めて降りたところを、轢かれたらしくて……」

『容態は』

と訊こうとしたが、声がうまく口をつかずにいるうちに、相手がまた何か言った。

その後警察の男が続けた説明に時々、相槌を打ち、やがて「わかりました。できるだけ早く東京に戻ります」と言って直之は電話を切った。

「どうしたの？」

上半身を起こしながら、心配そうに尋ねてきた弓枝に、

「妻が死んだ。事故に遭って、即死だったようだ……ひき逃げらしい」

と言った。後頭部をなぐられたような鈍い衝撃があり、どうしたらいいかわからずじっ

とその場に座りこんだまま、なぜか手が勝手に動き、弓枝をまた抱こうとした。麻痺した頭のすみで、何かが『さっきの続きをしないと……』と囁いたのだ。

弓枝は冷たくその手を払いのけた。そしてしばらく視線を遠くに引いて男の顔を見守っていたが、やがて奇妙なほど静かに立ちあがると、「すぐに帰って。私は残るけど、お酒もあまり飲んでないし、車で河津駅まで送っていくわ」と言った。

二時間後、熱海から乗った東海道本線の車内で、直之は左手の薬指に結婚指輪がないことに気づいた。

検札にきた乗務員に乗車券を渡した際だった。いつからなくなっていたのかは、わからなかった。前の晩、妻が手相を見ていた時にはまだ指にはまっていた気がするが、二、三ミリ幅の銀製の何の変哲もない指輪を意識することはめったにないので、はっきりとは思いだせなかった。

それとも二時間前、旅館で弓枝に手を伸ばそうとした際にでもはずしたのだろうか。

弓枝が金属の感触を嫌がるので、抱く前にはかならずはずすようにしている。ただ二時間前、突然の欲望に動かされ思わず手を伸ばした時には、その余裕がなかった……漠然とそう思っていたが、習慣から無意識のうちにはずし、テーブルの隅にでも置いたのではないか。

旅館の弓枝に電話をかけ、訊いてみようかとも思ったが、その段階では大して重要なことも思えず、無視してしまった。それより、警察の男が電話でしゃべったことを少しでも思いだし、妻の優子に何が起こったかを東京に着く前にある程度知っておかなければならない、そう思い、必死に思いだそうとしたが、闇の濁流に押し流された後のように、頭には言葉の断片しか残っていなかった。

それでも、警察の男が電話で、

「奥さんは愛煙家でしたか」

と訊いてきたのを、直之は記憶の片隅に残していた。

「アイエンカ」という言葉が理解できず、「えっ？」と聞き返したのを憶えている。

「煙草をよく吸ったか、どうかですよ」

と言い直し、電話の声は、死んだ優子の手に新しい煙草が一箱握られていたと説明した。

道路の左端に車を停めた優子が、反対の端にある自動販売機に煙草を買いにいき、車に戻る直前に、優子の車を迂回して前に出ようとした別の車にはねられたようだと言った。

いや、電話でそこまで説明されたかどうか。伊豆の旅館を出て四時間後、真夜中過ぎに優子の遺体が運びこまれた総合病院に着き、電話をかけてきた高松という五十過ぎの警察官から改めてくわしい話を聞いたのだった。

現場は自宅から車で五分ほどの、普通車二台がすれ違うのがやっとだという狭い道路上だった。少し先に環八通りがあり、通り沿いに有名な高級スーパーが支店を出していて、優子はよく週末に車で一週間ぶんの食料品を買いに出かける。おそらくその日も夕方になって、優子はその店に行こうとしたのだろう。そして、環八に出る少し手前の自動販売機で煙草を買おうとして、車を停めた。

事故後、優子の運転していたマークXの運転席からにぎりつぶされた空っぽの煙草のパッケージが発見された。

優子は医師から妊娠は諦めた方がいいと言われた後も、子供を産む夢を捨てずにいたが、四十を過ぎるとそれも諦め、その頃から急に煙草を吸うようになった。特に車のように閉ざされた空間で煙草が切れると、中毒患者のようにいらいらし始める。前に直之が運転して横浜に出かけようとした際も、今度の現場とほぼ同じ場所で車を停めさせ、煙草を買いに行き、戻る途中、危うく他の車に轢かれそうになったことがある……その時と同じように駐車した車を追い越そうとした後走の車にぶつけられた。

優子は自動販売機のそばまで撥ね飛ばされたようだ。加害者は急ブレーキをかけて車を止め、被害者の様子を見るために一旦車を降りた……。

優子は後頭部を路面でしたたかに打ち、体の数カ所に傷を負い、ほぼ即死だった。死んでいるとわかると、加害者はその体を、幅一メートルほどの歩道へと押し出し、自販機の横に広がった空地からビニールシートをとってくると、それを死体にかぶせて逃亡した。空地の奥が何かの工事中で、鉄パイプの束が青いビニールシートで覆われていたのだ。被害者にも非があり、その場ですぐ警察に連絡していれば、単なる事故として終わるはずのものが、その逃走によって『事件』になった。しかも逃げる時間をかせぐためだろう、死体を動かし、その発見を遅らせようとしたのだから死亡ひき逃げ事件としても悪質なものだった。ただ、この犯人の姑息な工作は功を奏したようだ。もとより通行人の少ない道路で、七時過ぎに自転車で通りかかった大学生が、ビニールシートからかすかに覗いた素足に気づき、１１０番通報するまで三十分以上、優子の死体は、その場に放置されていたのだった。

　警察は事件が起こったのを、六時三十五分ごろと断定していた。通夜に訪れた隣家の主婦が、テレビで六時半のニュースが始まると同時に優子がガレージから車を出す音を聞いている。家から現場までは車で普通に走ってもせいぜい五、六分である。

「奥さんは発見された時のブラウス姿ではなく、上にジャケットとかコートでも着ておられたのではないですかね。普通、あれだけの衝撃でぶつかれば、車の痕跡が多少なりとも衣類に付着するものですが、ブラウスやスカートからはいっさいそれらしい痕跡が見つかってないんです……犯人は、それを脱がせて持ち去ったとしか思えない。となると、普通のひき逃げ犯のように動揺したりせず、冷静に事後処理をしているのだから、相当に神経の太い残忍な男としか思えないんですが」

刑事がやってきてそんな報告をしていったことを除けば、普通の死を見送るのと変わりないおごそかで静かな通夜と告別式だった。事件の翌朝にはテレビのニュースでもかなり大きく報じられたが、事件特有の暗い緊張感はなかった。白い死衣《しい》を着せられて祭壇の棺に納まると体の何ヵ所かに負った傷はわからなくなり、かすり傷一つない顔は安らかで、その死の悲劇性を忘れさせた。

親類や友人たちはあまりに突然の訃報にただ茫然とし、中でも直之は悲しみや怒りをうまく感じとれず、面をつけたような無表情を通すほかなかった。

それでも水曜になり、告別式を終え、骨壺とともに斎場から家に戻り、初七日の供養を済ませ、優子の家族が小田原に帰って一人になると、直之はホッと胸をなでおろした。

呆然としながらも、伊豆で浮気相手と一緒だったことが誰かにばれないか、直之は無表情の裏で心配しつづけていたのだった。

妻の死んだ時刻に伊豆で浮気をしていた後ろめたさが、怒りや悲しみを気もちのすみに追いやってしまったのかもしれない。それに、東海道本線の列車内では無視したものの、病院で妻の遺体と対面したころから、なくなった指輪のことがまた直之を悩ませ始めた。

指輪をはずした指に違和感があり、気がつくと無意識にその指を右手の指でさすっていたりする……『同窓会で伊豆に出かけていた』という嘘を周囲は簡単に信じてくれたようだが、その嘘を指輪のない指が暴露しているようで、怖かった。指ごとあの旅館へ忘れてきてしまったような不安と痛みがある。

遺体が安置所に移された後、遺体と二人きりになる機会を狙って、直之は思いきって遺体の手から結婚指輪をはずし、自分の指にはめることにした。ピアノをやっている妻の指より直之の指の方が華奢だから、何とかなりそうだった。……妻の遺体は両手を胸の上で重ね、左手が右手の下に隠れていたので、指輪の消失が誰かに気づかれる心配はまずない。たとえ、気づかれても、火葬の際に焼け残る金属類は遺体からはずすよう葬儀社の社員に言われたとでも弁解すればいい。

死後硬直が始まった指から指輪をはずすのは想像したほど大変ではなく、妻の指輪は簡単に直之の指にはまった。ただ、元どおり左手を右手の下に戻そうとして、直之はふと手を止めた。

金曜の晩もベッドの上で、今と同じように妻の手と自分の手がつながっていた……それを思いだしたのだ。あれからまだ二十数時間しか経っていないことがひどくふしぎに思え、死が実感にならないまま、その一瞬不意に目に涙があふれた。

次の瞬間には、それは小さなしずくとなって妻の左手の薬指に落ち、指輪のあとがかすかに残ったあたりへとすべり落ちていった。

悲しさの実感もないまま、あくびをした時のように体が勝手に一滴だけ涙を流したのである。一瞬後には乾いてしまった目に、妻の安らいだ死に顔は微笑しているように見えた。この女はこれまでいつも、自分の欲しいものを夫から奪いとっていったのだし、死んだ今もそうしたのだと直之は思った。自分の死を悼もうとしない夫の乾いた体から、涙の一滴を無理やり奪いとり、しっかりと自分の手に握って旅立っていったのだ……と。

それにしても、何という皮肉な形で占いは的中してしまったのか。

直之は、妻の手から自分の手をはずし、生命線の脇の細い線を見た。この消え入りそうな一本の線が、妻の死を鮮やかに予言したのだ。しかもその言葉は、偶然、妻の遺言ともなったのだった。

いや、本当にただの偶然だったのだろうか。

奥さんは夫に女がいることに気づいていて、あんな占いを口にしたのだと、弓枝は言った。

弓枝の女のカンだったのか、それとも何か根拠があったのか。

弓枝とのことが周囲にばれるのを恐れながらも、直之は一刻も早くまた弓枝に会って、二人がまだ別れていないことを確かめたかった。

河津駅まで車で送ってくれた弓枝は、車中一言も喋らず、別れぎわに直之が『少し落ち着いたら電話するから』と言うのを無視して、ドアを閉めると同時に車を出し、伊豆の夜の果てしなく深い闇へと消えていった。

去年妻に癌の疑いが出た時、「再検査で奥さんが本当に癌だとわかったら、もう逢えないわ、私たち」と弓枝は言っている……二人の関係が周囲にばれるのを直之は恐れていたが、今度の妻の死で二人の関係が自動消滅してしまうのも、直之にとっては大きな不安だった。

葬儀が済んでみんなが帰っていき、直之がホッとしたのは、一つには、これでやっと弓枝に連絡ができると考えたからだった。

最後まで残った優子の妹夫婦が帰っていくと、直之はすぐに弓枝に電話をかけた。だが、二度、三度とかけても電話はつながらず、空しく響くコール音が、妻が突然いなくなった家をただの殺風景な広がりに変えていくだけだった。

それから一週間、弓枝への電話はつながらなかった。何回、いや、何十回とかけても返ってくるのはコールの音だけで、その音が弓枝の別れの言葉であることはもうまちがいなくなった。携帯にだけでなく、東神奈川のマンションの電話にもかけてみたが、結果は同じだった。

その水曜日。

会社の休み時間に近くの公園から最後のつもりで電話をかけ、数十回目のコールで電話を切ると今夜、会社の帰りに東神奈川のマンションに行き、直接部屋のチャイムを鳴らそうと決心した。

ため息をついて、携帯をワイシャツの胸ポケットに戻した時、着メロが騒がしく響きわたった。……弓枝かと胸を高鳴らせたが、画面に表示された番号は初めてのものだった。もしかしたら、顔なじみになった高松という捜査員の一人が、個人の携帯からかけてきたのかもしれない、そう思い、電話に出た。前々日、高松は署から電話をかけてきて「ひき逃げ犯の車には何らかの痕跡が残っているはずだから、事故……いや、事件の晩からこれまでに修理に出されている車がないか、首都圏全域の工場や修理店を当たっている」と告げ、

「捜査員の人数も増やして頑張っているので、かならず何か出てくるでしょう。そうしたらまた電話します」

と言ったのだった。

だが、

「井川さんでしょうか」

携帯から聞こえてきたのは、もうすっかり聞き慣れた高松のダミ声ではなかった。

「私ですが」

と答えたが、相手はそれ以上何も訊いてこない。沈黙は何秒も続いた。

電話が切られたのではない。その証拠に、かすかだが、息づかいが聞こえてくる。その

息が耳の奥底に澱んでいくのがわかった。

「誰ですか……誰？」

何度も尋ねると、

「鈴木です」

やっと声が返ってきた。

「鈴木さんというと、どちらの？」

再び沈黙。だが、今度の沈黙は短く、すぐに舌打ちと苦笑のような息だけの笑い声になった。

「全部済んだからと言って、知らんふりを決めこむつもりじゃないだろうね……それともそばに誰かいるので話せないのか。だったら人のいないところに行ってかけ直してくれ」

会社近くの公園は、厚くたれこめた雨雲のせいでいつになく人気がなかったから、その必要はなかった。ただ、男の口調がやくざっぽくなったのにとまどって、何の声も返せなかっただけだ。

「すみません。どの鈴木さんか、思い出せなかったので」

声は若そうだが、もしかしたら取引先の重鎮である可能性もある、直之の方ではあくまで丁寧語を使った。

相手は鼻で笑った。

「思い出せなくて当然だが……なんだ、忘れたのか。こちらから連絡する時は鈴木という偽名を使う取り決めになっていただろう？」

「………」

「おい、本当にどうしたんだ。こんな風にうまくいったら、約束を破って俺から逃げるつもりじゃないだろうな。いや、逃げるのは構わないが、その前に約束の金をきちんと振り込んでもらえないか」

「約束の金というのは？」

「残金の七十五万だ」また鼻で笑い「忘れたなら、何度でも教えるよ。俺はこの仕事を百五十万で引き受けた……その半額は既に前払いしてもらっているが、うまくやり遂げたんだから、残りの七十五万をまた振り込んでもらいたいと思って、電話したんだ。何一つ証拠も痕跡も残さなかったから警察はただの事故としか考えていないはずだ。警察から聞いていないのか、犯人の車の痕跡も消息もわからず、捜査はもう袋小路に入り込んでいると……俺が細心の注意でうまくやったおかげだ。ケチらずに残金を払ってくれないか」

直之は首をふった。それから一分間近く、相手が電話を切るまで、直之は顔の見えない相手に向けて何度、首をふったのか……。

「何の話か私にはわからない。いや、それより、この電話をあんたは誰にかけている？」

「井川直之さんだろう？　代々木の松沢電機に勤めている……先々週の土曜日だったかな、

十五年連れ添った奥さんを事故で失った」

「…………」

「もちろん、その事故は俺があんたに頼まれて起こしたものだ……それが事故ではなく、奥さんが事故を装って殺害されたことを知っているのは、あんたと俺だけだ」

「馬鹿なことを言うな」

　それとも新手の詐欺なのか？……と続けようとした言葉を若い、生意気そうな声が呑みこんだ。

「そうやって知らんふりをすれば俺から逃げられると思っているのか？　ひき逃げ事件には何の証拠もないが、あんたが仕事を依頼してきたことにはちゃんと証拠がある」

「私が……そのう、君に妻を殺すよう依頼したとでも言いたいのか？……妻は事故で死んだ。君の声を聞くのも初めてだというのに、いったいどんな証拠があると言うんだ」

　思いきり大声を出すと、「大丈夫なのか、そんな大声で」心配そうに『声』は訊いてきた。そして返事も待たず、

「何度かこんな風にコンタクトをとり合っただろ。その記録がこちらの携帯に残ってる」

「いたずらなのか、これは……いたずらにしては悪質すぎ……」

　その言葉をさえぎり、「他にも証拠はあるから、残金を踏み倒そうとしても無駄だよ」と声は言った。

「迷惑なら、最初の七十五万と同じように気もちよく払ってくれればいいんだよ。そうすればあんたのことは忘れてやる」

「……」

「その無言は、『わかった』という意味だと考えていいんだね。じゃあ、よろしく……もちろん、金は前の時と同じ銀行の口座に振り込んでくれればいい」

歌うような軽い声は彼のことを馬鹿にしきっている。屈辱感が怒りとなって爆発しそうだったが、相手は一方的に電話を切ってしまった。

怒りは不発に終わり、薄気味悪さと奇妙な脱力感だけが残り、彼はしばらく公園のベンチから立ちあがれなかった。

結局、その日一日中、電話の声は気もちにくすぶり続けた。

会社を出て、渋谷から電車で弓枝のマンションがある東神奈川へと向かう間も、考えつづけた……お金を要求してきたというのは、新手の詐欺なのかもしれない。軽い、冗談半分のような声には、逆に奇妙な生々しさがあり、詐欺のような汚れた犯罪の匂いも嗅ぎとれた。だが、振り込め詐欺であるはずがない……当人に記憶がない以上、いくら口達者な詐欺師でも相手を騙すことはできないはずだ。

いや、それとも……。今はすぐ隣に殺人犯がいてもおかしくない時代だ。殺人事件がただの事故や病気で片付けられるケースも少なくないと聞く。事故死者や病死者の出た家庭に手当たり次第に電話をかけて同じような脅迫をすれば、一人ぐらい本当の殺人犯にぶつかり、相手は後ろめたさからお金を出してしまうのかもしれない。いや……。

それなら、今日の男のようなもってまわった話を作ったりせず、「あんたが人殺しをするのを見た」と単刀直入に脅迫した方がいいに決まっている……これはやはりただのいたずらなのだ。度を越してはいるが、振込先も教えてこなかった以上、金銭目的とは考えにくいのである。

ラッシュ時の人ごみに押され、吊革にぶらさがってねじれるように体を揺らしながら、彼は車窓にぼんやりと映った自分の深刻な顔に向けて首をふった。そんなことより今、考えなければいけないのは、弓枝のことだ。

弓枝が独身を通してきた一つの理由は、二十代の頃、結婚を決めた相手から挙式直前に裏切りを受け、それが深い傷となっていたからである。再会した同窓生の優しさに惹かれ、関係をもったものの、自分が裏切る立場になって、弓枝は妻の優子のことをしきりに気にしていた。

だから今度の妻の死が弓枝に大きな動揺を与え、一気に直之と別れる決意を固めさせたことはよくわかる……だが、今の直之は逆に、弓枝のことをこれまで以上に必要としていた。葬儀が終わってから、一人になった家が無意味に広く思え、自分の体の半分が欠け落ちたようなさびしさを感じるようになった。その欠落感とともに妻の死が少しずつ実感となった。生きているころには見過ごしていた妻のいいところがはっきりと見えてくるようになり、幸福そうに笑った仏壇の写真を見ていると生前の妻のほんのちょっとした言動が懐かしく思い出された……だが、直之はまだ思い出だけで生きていける年齢ではなかった。妻のいなくなったさびしさを埋め合わせるものが欲しかったし、それができるのは弓枝しかなかった。そのあたりを、直接会って弓枝に伝えたかったのだ。

だが、東神奈川駅近くに建つ少し古びたマンションの四階にある部屋も、彼が鳴らすチャイムに沈黙を返してくるだけだった。外から見たベランダ側の窓にも灯がなかったから、本当に留守だったのかもしれない。三十分も部屋の前や一階の玄関周辺をうろついていると、どうしても住人が不審そうに目を止めてくる……また土曜日にでも車で出直すことにして、電車で家に戻ると、居間のテーブルに朝にはなかった包みが置いてある。

高級ブランドの包装紙に包まれた箱のそばに、『留守中に勝手に上がってすみません。先日警察の方に話した姉さんのコートと同じものを見つけたので、置いておきます。高松とかいう刑事さんに渡して、捜査の参考にしてもらってください』と書いてある。

留守中に優子の妹の智美が小田原からやってきたのである。葬儀当日、斎場から戻った後、直之は彼女に手伝ってもらって、優子の洋服ダンスから消えているものがないかどうか調べてみたのだった。その結果、優子が春先に買い、最近好んで着ていた純白のサマーコートがなくなっているのがわかった……刑事の想像が当たり、事故当日、優子はその薄い、すずしそうな生地のコートを羽織ってこの家を出ていったのだ。犯人は逃げ出す際、自分の車の痕跡が残ったそのコートを死体から脱がせ、持ち去ったのである。

「ありがとう。明日にでも刑事さんに渡すよ」

小田原にお礼の電話をかけると、「姉さんにはお世話になったから、少しでも犯人探しに協力したいと思って……あ、ただ用が済んだら、返してもらって。丸二日、東京中を探してやっと見つけたのよ。姉さんの形見のつもりで私が着るから」と笑った。

笑い声は、ため息に似ていた。智美は仲のよかった姉を失ったさびしさを、ひき逃げ犯を憎み、その逮捕に協力することで埋め合わせようとしているのだ。それなのに、自分は犯人のゆくえより、弓枝のゆくえばかり気にしている。そんな自分が恥ずかしい気がしたが……それから一週間のうちに、彼は否が応でもひき逃げ犯のことを、義妹以上に考えなければならなくなった。

翌朝、会社に向かう途中で警察署に立ち寄ってコートを渡し、その日は何事もなく過ぎた。だが、翌金曜日、昼休み時にまた『鈴木』は電話をかけてきたのだった。

無視しようと思ったのだが、着信メロディは意外にも最初の数音で切れてしまった……音の余韻が耳に粘りつづける中、かえってその電話のことが気になり、三分後には自分の方からかけ直していた。

最初のコールが始まったと思った瞬間、

「まだ振り込まれていないね。その訳を聞かせてもらおうと思って」

男の声が耳に飛びこんできた。

数秒とまどった後、

「私は脅迫されるような事は何もしていないからね……第一、あんたが本当に妻を殺した人物かどうか、わからないじゃないか」

怒りにふるえる声でそう言うと、意外にも相手は「それはそうだな」と素直に答えた。

「たしかに、俺が本当に警察の追っているひき逃げ犯かどうか、アンタが疑うのも無理はないな……わかった。何とかする」

早口でそう言うと、男は今度も一方的に電話を切った。

そして土曜日。

週明けまでに整理しておかなければならない書類があり出勤した直之が、残業を終えて夜十一時過ぎに帰宅すると、玄関にB4サイズの茶封筒が投げこまれていた。

表にはワープロで打った直之の名と住所があったが、裏に差出人の名はない。誰かが何かを速達で送ってきたのだ……封筒の上から触った感じでは、奇妙にやわらかく、薄気味悪かった。封を開くと透明なビニール袋の中に白い端切れのようなものが入っている……とりだすと、洋服の袖であった。

直之は顔をゆがめた。金のふちどりがある黒い、五角形の袖口のボタンにも、薄手のすずしそうな生地にも記憶がある……事故当日、優子が着ていた白いコートの一部分だ。コートの肩部から大きなはさみか何かで、片方の袖を乱暴に切り落としたのだ。

最初、一昨日高松刑事に渡したコートが、何らかの理由で袖だけ返却されてきたのかと考えたが、すぐにそうではないと気づいた。封筒から出てきた袖は、新品ではなくかすかに黄ばみ、二ヵ所に土でこすったような汚れと、小さな黒いしみがあった。

そのしみが何であるのかも、すぐにわかった。彼は凍りついたように玄関に立ち尽くし、寝不足のために赤く充血した目で、そのしみをにらみ続けた。

あの『鈴木』と名乗る男が、優子を轢き殺した犯人であることは、最早まちがいなかった。その袖だけでも、それは充分証明されたはずなのに、翌朝、今度はハンドタオルほどの大きさに切りとられたコートの裾部が送られてきた。

さらに月曜には、会社の方に同じ茶封筒で、ギザギザに切り取られた襟から右胸にかけての部分が届いたのだった。

火曜日。前日と同じように会社に届いた茶封筒をトイレのボックスに閉じこもって開いた直之は、出てきたもう一方の袖に黒い血痕が点々と散っているのを見て、絶望に襲われたように頭をかかえこんだ。

ひき逃げ犯の確かな証拠をつかんだのだ。今はまだ、声と携帯の番号だけだが、犯人の正体が少しでも見えてきた以上、すぐにも警察に届け出なければならない。だが、警察が彼の話を信じてくれるだろうか。

犯人が、そんな重大な証拠を被害者の夫に送ってくるだろうか……送ってくるとしたら、その夫が共犯者の場合だけだ。『鈴木』の言葉どおり、これは被害者の夫の依頼で起こった嘱託殺人と考え始めるのではないだろうか。

その不安が、直之の気もちから警察を遠ざけてしまった。

それなのにこの日、久しぶりに警察の方から彼に接近してきたのだ。この日午後七時過ぎに帰宅すると、高松刑事がもう一人の若い刑事と家の前に止めた車の中で待っていて、

「新しい目撃者が現れたんですが……おかしな話なので、ご主人に訊いておきたいことがあって」と言い、これまでと違う目で彼を見てきたのである。小さな穴から覗きこもうとするような灰色の冷たい目……。

「近くに住む会社員が自販機に煙草を買いにきて、その時にはもう、ビニールシートに覆われた『何か』がそこにあったと言うんです。死体のような気もしたが、まさかと思い、避けて通り過ぎたと……。問題はそれが六時二十三分だったと、会社員が言っていることです。その時刻だったことはまちがいありません。男性は煙草を買うあいだ知人と携帯で喋っていたんですが、携帯に時刻の記録が残っているので……しかも、その時、道路の反

対側に車など止まっていなかったと言うんです。奥さんがそこまで乗ってきたはずのマークXなどなかったと……」

「………」

「この男性の証言は信じていいと思うのですが、それだと、お隣が聞いたというこの家のガレージから車が出て行く音というのはどうなるんでしょうね。それが六時三十分ちょうどだったとお隣は言ってるんです」

「隣の奥さんが間違えてるだけのことではないんですか」

「いや、今、隣に寄って確認してきたんですが、奥さんだけでなく息子さんも、六時半ちょうどにまちがいないと言ってますからね……でも会社員の証言では、その時刻には、奥さんはもう轢き殺され、道路の端に横たわっていたんです」

「………」

二人は玄関のドアから入ったところで立ち話をしていたのだが、この時になってタイルの床の隅にまた新しい封筒が落ちているのに気づいた……例の速達便が、今日は会社だけでなく、この家にも届いていた……。

しかもドアの新聞受けから乱暴に投げこまれたらしい。封筒が破れ、かすかだが、中身の白い生地が覗いている。それに気をとられた直之は、刑事の「車庫のシャッターの鍵を、奥さん以外でもっているのは?」という質問を危うく聞き落とすところだった。

「私だけです……なぜ、そんなことを訊くんですか」

「いえ、これまで、奥さんが自分の運転する車であの現場まで行って事故にあったと思っていたのですが……二つの証言がどちらも正しいとすると、ひき逃げ犯が自分の車で奥さんを轢いた後、誰かがこの家から車を現場まで運んだ、とも考えられるもので」

「何故、その『誰か』はそんな真似を？　第一、妻はどうやって現場までいったんです？　歩いてですか」

直之は『バカバカしい』と首をふり、「どちらかがまちがえているだけですよ」と言った。

「いや、思いつきをちょっと言ってみただけだから、忘れてください。お疲れの様子なのに、つまらないことで邪魔をして……」

高松は頭をさげ、ドアから出ていこうとして、足を止めた。郵便物に気づいたのだ……直之は顔色を変えたが、刑事はそれを拾いあげ、黙って直之に手渡し、もう一度軽く頭をさげただけだった。

だが、その目はまちがいなく被害者の夫の顔に犯罪と繋がるものを見ようとしていた……。

刑事たちが帰った後、直之は郵便物の封筒を引き破りながら、居間に入った。封筒から出てきたのは、コートの腰部のあたりで、ふちのギザギザが、会社の方に送られてきた右胸部のギザギサと完全に合致した。あと二、三日でジグソー・パズルは完成し、優子が事件の日に着て出かけた白いコートは、その形をとり戻すのだ……だが、事件自体は、逆にバラバラに壊れ、謎の断片となって直之の頭に散乱している。

一体何が起こっているのか、直之にはわからなかった。

わかるのは、何かが、誰かが自分を出口のない迷路へと追い込もうとしていることだけだ……。

どうやら刑事は今度のひき逃げ事件が計画的な犯行ではないのかと疑い始めている……しかも被害者の夫を第一容疑者と考え始めている。そんな警察までが、『鈴木』の嘘に加担し始めたとしか思えなかった。

いや、運命のようなものが『鈴木』の手助けをし、嘘を真実に塗り替えようとしているのだ。

鈴木が接触してきてからまだ二週間しか経っていないが、今の彼が事実を話しても警察は信じてくれないだろう。むしろ彼が本当に『鈴木』に妻の殺害を依頼し、犯行当日自分の確実なアリバイを用意するために愛人と伊豆旅行に出かけたと考えるのではないだろうか……そして弓枝という愛人の存在は、妻を殺す動機としては充分すぎるものなのだ。

それから、この白いコートの幾つもの断片……それが彼の手もとに集まってしまった以上、ひき逃げ犯と自分は無関係だと訴えても誰も信用しないだろう。

最初に『鈴木』が連絡してきた時に警察に話していれば……最初にコートの一部が送られてきた時に警察に届けていれば、彼の言葉も信じてもらえたかもしれない。だが、もう遅すぎる……昼間、会社のトイレで心配したことが、たった半日で現実になってしまった。

確かに彼は無実だった。自分が妻を殺すような酷い男でないことはよく知っている。だが彼の無実を信じられるのは彼だけで、はた目には……特に警察の目には、妻殺しを他人に依頼するほど残忍な男と映っているかもしれない。この数日間に、『鈴木』が被害者の夫をそう見えるよう仕立て上げたのだ。

問題はその鈴木が何者で、何の目的で直之を殺人の依頼者に仕立て上げようとしているか、だ。

七十五万が目的だとは思えなくなっている。

ひき逃げ犯が自分の罪から逃れるために、ただの事故をとんでもない嘱託殺人に仕立て直し、被害者の夫に罪をなすりつけようとしているのだろうか。

そんなことも考えてみた。だが、鈴木だって実行犯の罪を負うことになる……ひき逃げ犯よりずっと重い、極刑にさえなりかねない罪だ。ひき逃げ犯がそんな愚かな真似をするはずがない。

居間の床に並べた犯人からの贈り物は、ほぼコートの形になってきたが、胸から腹部にかけてが、まだ大きく欠けている……ソファに座り、頭を抱え込んでいた直之は、ふと、犯人はその部分を送ってこないのではないか、ジグソー・パズルは永遠に完結しないのではないか、と思った。ちょうど衝突した時に、車の痕跡が残りそうな部分だ……。

　犯人の車には何か、普通の車と区別できるはっきりとした特徴があり、その痕跡が被害者のコートに残ってしまった。だから、かなりの危険をおかしてまで死体からコートを剝いで持ち去った……警察はそう考えているし、それが正しければ、直之のもとにこれ以上犯人は何も送ってこないのではないか。

　直之にだって犯人は、尻尾をつかまれたくないはずだ。

　一体どんな特徴だろう。コートに残る痕跡となると塗料のように思える……たとえば奇抜な色の車とか、日本のものとは違う塗料を使った外国車とか……。

　直之は、そこまで考えて『いや、それよりこのコートの痕跡を消さなければ』と部屋を見回した。明日あたり、また義妹が小田原から出てきて、優子の遺品の整理をしてくれるはずである。鍵を持っていてこの家に自由に出入りする義妹が、このコートを見つけたら、どう思うだろう。すぐにも義妹が近づかない場所に隠さないと……。

　義妹はこの家の車の鍵だけは持っていないはずだから、車の中に隠すのが一番いい。

　妻が死んでから、使っていない車の鍵を鞄の奥からとりだし、直之はその時、刑事が車庫の鍵のことで何か言っていたことを思いだし、妻がいつもバッグに入れてもっていた鍵の束のことが気になった。妻は妻で、直之とは別に家や車庫の鍵をひとまとめにして持っていたのだ。車のキーはあの日現場に止まっていたマークXにさしたままだったというし、バッグは運転席に置かれていたようだ……今、遺品として小さな仏壇の前に置かれているそのバッグの中を検《あらた》めてみたが、鍵の束はなかった。

家の方々を探しても見つからないので、小田原に電話をしてみた。用件を話した後、

「悪いね、こんな時刻に。ただ変に気になるので」

と詫びると、

「私も見てないわ。私がもっているその家の鍵は何年か前にもらったスペアだし……明日、行くつもりだから、よく探してみる」

と言う。電話を切ろうとして義妹は、

「あ、あれから義兄《にい》さんは現場に行った？」と訊いてきた。

「まだなんだ。あれこれ用が重なって……」

「そう……だったら花を手向けてくれてるのは別の人ね」

自分は二度行ったが、二度とも新しい豪華な花束が供えられていた。ランや薔薇の、何万円もしそうな花束は共に和紙のラッピングだったから、たぶん同じ人だと思う……。

「女の人よ、きっと。心当たりある？」

「ないなあ。誰だろう」

と言ったが、直感は、『弓枝だ』と囁いてくる。礼を言って電話を切ると、直之は車庫

に行き、ビニール袋に突っこんだコートの断片を後部座席の下に押しこむと、車を死の現場へと走らせた。

事件当日車が止まっていたあたりに駐車して、道路の反対側に渡り、自動販売機の周囲を見回すと、たしかに歩道のすみに花束が置かれている……だが、この数日続いている真夏のような蒸し暑さのせいで枯れ果てたそれはただの残骸でかすかにも花の色をとどめていない。時折車のライトがそれをかすめた。そのたびに、警察で見せられた現場写真が脳裏に浮かびあがった。生命と共に四十五年の歳月を道路の端に投げ捨て、写真の中の優子の体は死の直後でありながら、すでに遠い日の残骸のようだった。

生前の笑顔や泣き顔、優しさや時々見せたわがまま……優子のすべてを一瞬のうちにただの残骸に変えたひき逃げ犯への怒りが初めて体にわきあがったが、それでも依然、弓枝のことを気にする部分の方が大きかった。

花の残骸を見て、改めて弓枝にまちがいないと感じとった直之は、かならずまた弓枝が花を供えにくるような気がしてならず、明日からは弓枝への電話をやめ、その代わりにここへ来てみようと考えた。……この晩、大きな花の残骸に隠れるようにもう一つ小さな花束が、優子の倒れていた場所に供えられていた。暗い地味な花が数本束ねられているだけで無視したのだが、翌日の夜、帰宅すると同時に小田原から電話が入り、

「今日、そちらで探してみたんだけど、なかったわ、家の鍵。まだ車の中かもしれないから、お義兄さんが自分で捜してみて……あ、それから、あそこに紫のトルコ桔梗を供えたの、お義兄さんでしょう？」

智美がそんなことを言ったのだった。今日この家から帰る途中、現場に寄ってみたのだと言う。

「いや、俺はもっていってない」

「そう？　お姉さんの好きな色だったから、てっきりお義兄さんとばっかり……じゃあ誰か姉さんのことよく知ってる人ね」

「……優子は、紫色が好きだったのか」

「いやだ、義兄さん、知らなかったの。昔から好きだったんだけど、十年ほど前に占いの先生に紫色はあなたを幸運に導く色だと言われてからはインテリアなんか全部……」

直之は居間を見回した。

「だけどカーテンも絨毯も違う色だけど」

「よく見て。模様に必ず紫が入ってるわ……派手な色だから紫一色というのは避けてたのよ。洋服なんかも、紫一色はTシャツくらいしかもってなかったけど」

死んだ時に着ていたブラウスは何色だったのか。何も思いだせず、意外に妻の何も知らないのだと思いながら、電話を切ると同時に直之は忘れてしまった。ただ、その夜、ベッドに上がり眼を閉じると、闇にその色がにじむように浮かんだ……眠りに落ちる直前のもうろうとした意識の中で、義妹は大げさに言っただけだろうと考えた。現に問題のコートはただの純白だったのだ……いや、あのコートにも紫の模様がついていたのではないか。その模様の部分だけ、犯人はまだ送ってきていない……想像はだんだん妄想になってきた。いや、犯人はそれを送ることができずにいる。だから今日はもう会社にも家にも何も送ってこなかったのだ……なぜなら、それはただの模様ではなく、ひき逃げの重要な証拠だからだ……車の色がコートの胸から腰の部分に模様のように残ったのだ……紫色の車……そう、犯人はその色の車で優子を轢き殺した……。

水曜日から金曜までの三日間は、何も起こらなかった。犯人からの贈り物も連絡もとだえたし、夜、現場に行ってみても花の残骸があるだけで、弓枝が来た気配はなかった。土曜の晩、車を現場へと走らせた直之は、ほとんど諦めていて、これを最後にするつもりだった。だから、車のライトが斜め前方の自販機の近くにうずくまる人影を浮かびあがらせた時、優子が死んでからもう何度も見た悪夢の中に迷いこんだだけだという気がした。

直之は少し先まで進んでUターンし、車のスピードを落として人影に近づいた。弓枝にまちがいなかった。足もとで新しい花束がさまざまな色をきらめかせている。弓枝は、優子の紫色への執着を知らないのだ……車の気配を感じとり、弓枝は立ちあがった。ライトの背後になった運転席の男の顔はわからなかったはずだが、それでも直之が車を停める前に、自分から車へと近づいてきた。待ち合わせでもしていたかのように、直之が開けた助手席のドアから、弓枝は自然に車内に入ってきた。直之が、

「どこかで話そう」

と言うと、

「昔、奥さんと最初のデートの時、どこへ行ったか、憶えてる？　そこへ連れて行って」

と弓枝は答えた。

もう一度Uターンし、横浜の山下公園へと車を走らせながら、「何故電話をくれなかった」と訊くと、弓枝はしばらく黙っていたが、やがて不意に、

「あなたが奥さんを殺したからだわ」

と言った。すべての返答を予測できたとしても、この答えだけは直之の想像を超えていた。顔をゆがめながらふり向き、

「電話をかけていったのか、あの男が」

と訊いた。そうとしか思えなかった。

「あの男？　何の話？」

ふり向いた弓枝は、直之を真似るように顔をゆがめていた。嘘ではない。本当にふしぎがっている顔だ。なぜか直之はホッとし、思いきって今日までのすべてを話すことにした。

そして弓枝がその話を信じてくれたら、明日にでも警察に行こうと決心した。

横浜に着くまでに直之は、送られてきたコートが今この車に隠してあることまで話し終えた。その間、何度も信じられないと言うように首をふった弓枝は、最後にもう一度大きく首をふり、

「何が目的でその男はそんなことを……」

と考えこむ様子だった。

「君はなぜさっき、俺が優子を殺したと言った？」

「殺したも同然と言いたかっただけよ。それもあなた一人の責任じゃなく、あなたと私で奥さんを殺したも同然だって」

「…………」

「伊豆から帰って、手相の専門家に訊いてみたけれど、奥さんが言っていた大事な人に不幸が起こることのわかる線なんてないのよ。あれは奥さんの作り話だったんだわ」

「なぜ、そんな作り話を……」

「あなたは予言だと言ったけど、あれは遺言だったのよ。奥さん、最後のつもりで……」

渡ろうとした信号が赤に切り替わった。直之は急ブレーキをかけた。

「優子が自殺したと言うのか」

「ええ。奥さんは私たちのことを知っていて傷ついてた。だから私たちが伊豆に行く日を

選んで……。奥さん、本当に癌だったんじゃない？　再検査の結果、癌じゃなかったっていうのが嘘だったんじゃない？」

「それはありえない。俺も医師から詳しい説明を受けた、胃の写真を見せてもらって。それに……絶対にありえないんだ」

「どうして」

「優子は俺の浮気に傷ついて自殺するほど、俺のことを愛していなかった」

唇の端から声を捨てるように言った。

弓枝は黙って首をふった。信号が青になり、直之は車を出した。

「俺だって愛して結婚したというわけでもないから、仕方がないんだが」

弓枝はもう一度首をふり、「あなたに奥さんの気もちがわかるはずがないわ」と言った。

「自分の気もちだってわかっていない人だから……あなたは今も奥さんを愛してるわ」

「それこそありえない」

俺は妻の死を本当には悲しんではいないのだから……胸の中だけで、そう続けた。

「いいえ、あなたは私に会う前の晩、いつも奥さんを抱いてたでしょう？」

「………」

「大抵、あなたの体から奥さんの匂いがしたわ……かすかだけど、私にはわかったのよ。時々、あなたは全部を奥さんに吐きだして脱殻《ぬけがら》になった体で私に会いに来てるだけだって思った……」

　直之は「ありえないんだ」と首をふった。

「優子は道路に車を止め自販機で煙草を買って、その直後に死んだ……自殺するのに事故を装ったというのか」

「そのことだわ。私は詳しい状況を知らなかったから、奥さんはただ車に跳びこんだだけと思ってたけど……さっきの話を聞いてわかった。奥さんは事故を装ったんじゃなく、殺されたように装ったのよ、きっと」

　自殺するのに殺人を装い、自分が殺されたように見せたかったのだと、弓枝は言った。

　話についていけず、直之が黙っていると、

「ここで止めて」

　突然、弓枝は言った。

「私はタクシーで帰るから、あなたはすぐに家に帰って預金通帳を見て。この一ヵ月ほどの間に七十五万円が誰かに振り込まれていないか……それから今、携帯を持ってる？　調べてみて。メールか電話かわからないけど、鈴木という男の携帯の番号へ発信された記録がないか」

　弓枝の言いたいことがわかってきた。直之は路肩に寄って停車し、急いで携帯の発信記録を調べてみた。だが、それらしい履歴はない……ただ、携帯の履歴は簡単に消去できる

のだ。直之は弓枝に向けて、『何もない』と首をふり、

「だが、警察がサーバーを調べたら記録が残ってるかもしれない」

自分からそう言うと、「君は、鈴木が事実を話してると言うんだな」と訊いた。

「ええ。少なくとも井川直之という男から妻を殺害してほしいという依頼が本当にあったと信じてるはずだわ。その携帯も、それからあなたのキャッシュカードも、奥さんはほぼ自由に使えたんでしょう？」

直之はうなずく他なかった。銀行口座の名義は彼になっているが、よその家庭と同じように家計を預かっているのは妻であり、直之は金銭の動きをほとんど把握していない。優子は今度の事では、そこのところを巧みに利用したのだ、と弓枝は言った。

弓枝の言いたいことはわかっていた。優子は、自殺の決心を固めると、ただ死ぬのではなく、その死で夫に仕返しをしたいと考えた……夫に自分を殺させるか、夫に嫌疑がかかるような状況を作って死ぬか。

いや、それよりもっと簡単な方法がある。殺人を請け負う闇サイトの存在は、新聞か何かで知ったのだろう、優子はそんな闇の住人の一人『鈴木』と名乗る男とネット上で接触し、井川優子の殺害を依頼した……いや、鈴木が男かどうかはわからない。依頼者と実行者は一度も顔を合わすことなく、契約を結び、金銭の授受をおこなうのである。同様に鈴木の方でも依頼者が何者かはわからないのだから、優子は簡単に夫を装って、自分の殺害

を依頼することができた。

声で女だとばれてしまうので、メールのやりとりで報酬の額や、殺害方法、その日時や場所を決めたのだろう。そうしてあの日の夕刻、優子は鈴木を自宅近くに待機させ、六時半に車で外出する自分を追わせ、殺害させたのだ……『彼女は車で外出する際、必ず環八の手前にある自販機で煙草を買う。その時を狙うのが一番簡単だ』鈴木には前もってそう教えてあった……。

弓枝はそう言いたいのだ。そして実際、真相はほぼその通りなのだろう。それで、ほぼ、鈴木が突然、あのわけのわからない電話をかけてきた理由も、報酬の残金が鈴木の口座に振り込まれなかった理由もわかるのだから。

優子がそんな馬鹿な真似をするはずがない……そう言いきる自信は、直之にはなかった。十五年一緒に暮らした妻の何も、自分は知らないのだから。何らかの事情があって死にたくなるほどの絶望のふちに追い込まれ、ただ自殺するよりは夫に殺されたと見せかけたいと考えるような女だったのだと言われれば、そうかもしれないと答える他なかった。

だが、弓枝がどう言おうと、一つだけはっきりと言えることがある。優子は夫のために自殺したのではない。そこまでの執着を優子は夫に、この俺に持ってはいなかった……。優子が本当に、自殺のためにこんな馬鹿げた事件を仕組んだのだとしても、その理由は必ず別にある……。

もっともその問題にこだわっている余裕はなかった。

「通帳を見て、七十五万を誰かに振り込んだ形跡があったら、できるだけ早く警察に行って全部話した方がいいわ。もう充分遅れてしまったけど、まだ手遅れということはないから。今ならまだ無実を証明できる……あなたには奥さんを殺す動機がないもの」

直之は「いや」と首をふった。

動機はある。それは今、彼のすぐ隣に一人の女の形をして坐っている……。

弓枝は首をふり返し、「ないわ、全然」と言った。彼女には似合わない少しかん高い声だった。

「私とのこと？ 私とのことは動機にはならない。あなたが私のことを面倒に思い始めて奥さんのもとに戻りたがっていたから、私から頼んで最後のつもりで伊豆に旅しただけ」

直之はもう一度、今度はゆっくりと首をふった。

「嘘じゃない。あなたは自分の気もちに気づかなかっただけだし、私は口には出さなかったけれど、奥さんの死と関係なく、本当にあの旅を最後にするつもりだったの。……警察にもそう言うわ。私もきっと尋問されるだろうから」

弓枝は助手席のドアを開け、「早く帰って」と言って車を降りた。伊豆の時と同じように別れは突然やってきた。とまどって直之が体を動かせずにいるうちに、弓枝は車の前をよぎって、通りかかったタクシーに手をあげ、あっという間に去っていった。いや、車の前をよぎろうとして、一度だけ、弓枝は立ち止まった。直之が突然ライトを浴びせかけたのだ。なぜ、ライトをつけたのか、自分でもわからなかった。手が勝手に動いた。とまどって動くのを忘れてしまった体の代わりに、ライトの光で女の全身をつかみとろうとしたのかもしれない。この時になって、直之は初めて弓枝が、黒いレースの喪服のような服を着ていることに気づいた。それに似合った白い、さびしい顔が灯の中に浮かんでいた。そのさびしさをごまかすように小さく笑った……いや、笑おうとしただけだ。唇の端をうまくねじれず、笑うのに失敗した弓枝は、次の瞬間にはライトの外へと駆けだし、道路の闇に溶けこみながらタクシーに向けて大きく手をあげ、赤い尾灯とともに去っていった。

　帰路の途中、雨がふり始めた。

　妻が死んでから三度目の雨だった。梅雨入り宣言から半月以上経つのに、奇妙に空も町も乾いていて、雨雲は毎日のように空を覆いながら、どこか力なく、雨滴を絞りだせずにいた。

　その晩の雨も、ふり始めは勢いがよかったのに、すぐにまばらになり、フロントガラスに点々と模様を描いただけだった。その光の点描と夜の闇のおかげで、あの朝坂の途中でふり返った時には疲れ果てて見えた家も、美しさをとり戻して見えた。

　同じように死の闇に包まれて、妻の優子は、生前とは別人のような美しさとなって直之の中によみがえろうとしている……弓枝が車の中で言ったのは、彼を守るための嘘だ……直之の無実を証明するために警察に嘘をつこうとしているだけだ。それがわかっていながら、だが、弓枝の言ったとおり、自分は本当は妻のことを誰より、弓枝より愛しているのかもしれない、これまでそんな自分に気づかなかっただけなのかもしれないと直之は考え始めていた。少なくとも、妻が本当はどんな女だったのか、一刻も早く知るために夢中で家に向けて車を走らせている自分がいる……。

だが、家に着いても、すぐに家の中に入ることができなかった。車庫の前で車を止めてから、家を出る時ズボンのポケットに入れたはずの鍵束がないことに気づいたのだ。落としたのなら、車の中しかない。そう思い、運転席の床やシートを探した。

結局、出がけに持った小さなバッグの中に入っていたのだが、運転席のシートを探った際、その隙間から意外なものが見つかった。

指輪、それも結婚指輪である。伊豆からの帰る途中でなくなったことに気づいた、自分の結婚指輪だ。

こんなところに落としていたのか。

そう思い、同時に直之は首をかしげた。指輪の紛失に気づいた日まで一ヵ月近く、自分はこの車に乗っていなかったはずだ。それなのになぜ……。家の中に入り、改めて明るい灯の下でその指輪を見て、直之はもう一度『おや』と思った。

運転席から見つかった指輪には、自分の指輪にあった黒い点が三つ並んだような汚れがない……自分の指輪の裏には、オリオン座の三ツ星のような点が確かにあったのだ。

念のために自分が今左手の薬指にしている指輪をはずし、その裏を見て、直之は顔をしかめた。妻の遺体の指からぬきとったそちらの指輪の方に三ツ星がある……ということは、妻があの日、車に轢かれて死んだあの日、直之の指輪をはめていたことになり、直之がなくしたのが妻の指輪だったことになる。

サイズもほぼ同じだから、それ以前にとり違えてはめていたことに二人が共に気づかなかったのだろうか。

いや、と直之は首をふった。自分が気づかなかったとしても、妻は気づいたはずだ。むしろ、妻はそれが夫の指輪と承知ではめていたと考えた方がいい。しかし、なぜ……。

居間の蛍光灯の真下に突っ立ったまま考えていた直之は、十分後、やっと謎の答えを見つけた。優子は、この俺と同じことをしたのだろう……ある日、おそらく死ぬ二、三日前、優子は車で誰かに会いにいき、車から降りる直前、自分の結婚指輪をはずし、車に戻った時、それが見つからなかったので、どこかで無くしてしまったと考えた。その日、家に戻った後、優子は後ろめたさから夫の目が気になって仕方がなかった。鈍感なはずの夫の目が、妻が指輪を無くしたことだけはすぐにも見抜きそうな気がした……不安になった妻は、その晩、眠った夫の指から指輪をはずし、自分の薬指にはめた。鈍感な夫は、気づいても、自分の方がどこかに落としたと考えてくれるはずだ……そう期待して。

その期待は裏切られなかった。あの死の前夜、手相を見ると偽って、夫の眼を自身の手に向けさせたが、それでも夫は自分の手の指輪の消失に気づかなかったのだから。だが、妻にそこまでさせた後ろめたさとは何だったのだろう……それは自分が遺体の指から指輪を抜くような真似までした際に抱いていた後ろめたさと同じではないのか。

妻も、夫には知られたくない男と会う時、かならず指輪をはずしていたのではないのか。

やはり、彼の知らない妻がいたのだ。初めて妻に感じた誰か見知らぬ男の影は、五分後、仏間の簞笥のひきだしから二冊の預金通帳をとりだして見た時、いっそう濃くなった。

自分名義の通帳には、まちがいなく三月末に七十五万円がよその口座に振り込まれたという記載があった。

だが、直之が本当に驚いたのは、ひきだしの隅に隠すように置かれていたもう一冊の通帳の方である。

優子名義になっているその通帳は、妻が音楽教室の給料を振り込ませるためのもので、家のローンを引き落とす以外使わないので、以前もう一千万以上貯まっていると聞かされていた……それが、去年の夏あたりからほぼ週単位で十万、二十万と下ろされており、現在の残額は一万を切っているのだ。去年の末には一日のうちに二百五十万近い額が下ろされていた。

それらが『鈴木』に振り込まれたものだとは思えない……週単位と言っても二、三日おきだったり半月も間隔があったり、金額もバラバラである。

男だ。妻が結婚指輪をはずして会いにいっていた男だ。そう直感し、通帳を食い入るように見つめ続けた。無数の数字は、ジグソー・パズルの砕片《かけら》であり、それを完成してできるのは一人の女の顔、直之が一度も見たことがない、いや、見ようとしたことがない妻の顔だ。そして夫の知らないその顔を優子が見せ続けた相手……その男の気まぐれで、荒れた性格を、数字の乱雑さが物語っていた。

直之の頭に、年下のまだ若い、青くさい男の顔が浮かんだ。

一つの色が脳裏ににじみ、そんな優子と男の顔をヴェールのようなもやの裏に隠した……火曜日の夜、優子の死の現場で、豪華な花の残骸の下にあった花の暗い紫……。


翌日の朝、彼は警察署に高松を訪ね、二冊の通帳と『鈴木』が送ってきたコートの断片を提出し、弓枝に言われたとおりすべてを話した。時々質問をはさみながら、長い話を辛抱づよく聞き続けた高松は、別にその話を疑う様子もなく、最後には「いや、よく話してくれました」と礼まで言ってくれた。

部下にコートの断片と封筒を鑑識にまわすよう頼み、七十五万のお金の振込先を調べるよう指示してから、

「鈴木という男のことは初めて聞きますが、奥さんに男がいることはわかっていました。実はまだ一昨日ですが、ご近所の聞きこみで、今年の一月に奥さんが若い男の運転する車から降りてくるのを見たという人が現れて」

と言い、「青みの強い紫の車だったそうです。他にもあの日、事件の発生した時刻ころ、紫の車がお宅の近くに止めてあるのを見たという人もいて……」と続けた。

「その男が妻を轢いた犯人だと？」

直之の質問に、高松は黙ってうなずいた。詳しくは言わなかったが、警察では、事件当日二人が紫の車で外出したと考えているようだった。夕方、一旦家の近くまで戻ったが、優子が『さっきの自販機まで戻ってくれ』と言いだした。運転していた男は言われたとおりにし、優子が煙草を買っている間に車をバックさせると、買い終わった優子が道路に足を踏み入れた瞬間を狙って一気にアクセルを踏んだ……その後、優子の体を歩道に移して隠し、紫の車で優子の家近くまで行き、優子のバッグの中にあった家や車の鍵で車庫を開け、マークXを運転して現場に戻って止め、優子が自分の運転でその場に来たように偽装し……その後歩いて紫の車を止めた場所に戻り、逃亡した……。

高松がヒントのようにくれた幾つかの言葉の断片から、直之はそう想像した。

「優子さんの通帳にあった二百五十万は、その車を買ったお金じゃないですかねえ。日付がクリスマス直前だからプレゼントしたんじゃないかと……紫のペイントというのはめったにないから、おそらく特注でしょう。販売店とかを探せば簡単に割れるかもしれない……今のところ、茶髪のホストのような男とわかっているので、その種の店も洗うつもりですが」

高松はそう言い、また、「七十五万の方も、優子さんがその男に送ったものだと思いますよ。たぶん架空名義の口座で、男はその金が、あなたの口座から振り込まれたと知って、鈴木という架空の殺人請負業者を作り出し、罪をその鈴木とあなたになすりつけようとしたんでしょう」と確信に満ちた声で言った。

この推理が的を射ていたことは、一ヵ月後に逮捕された小村隆一という三十二歳の元ホストの告白でわかった。

男の身元はなかなかつかめなかった。だが、優子の妹が『姉さんが「ヴィオラ」と書かれたメンバーズ・カードを持っていた』ことを思いだしてくれた。『ヴィオラ』は渋谷センター街のホストクラブで、去年の夏にやめたホストが、今年に入り紺色か紫の車に乗っているのを元同僚が目撃していた。

小村が店をやめたのは、客だった優子が客以上の存在になりたがったからで、その後の贅沢な生活はほぼ優子が支えていた……今年の三月、新しい仕事を始める資金だと言って優子に七十五万を出させ、その金で、新しく関係のできた若い女と東京を離れ、新しい生活を始めるつもりだったらしいが、それを察知した優子がさまざまな手を打ってきた。どの手も一時しのぎで、いよいよ小村の方ではこの一回りも年上の、並の容姿と年齢《とし》相応の疲れた肌しか持たない女が疎ましくなっただけである。六月のその日も、優子は横浜に出かけ男に夏物のスーツを買い与えて機嫌をとったが、男の機嫌のよさは長く続かず、帰路にまた言い争いが始まった……。

　こういった事情を、直之は逮捕から三日目、警察署に呼ばれ、高松から聞かされた。署で見せられた写真の小村は、ただの真面目そうな地味な男だった。

　ヤクザな義兄がついていて、振り込め詐欺の手伝いをした時期もあったという。その時手に入れた架空名義の口座を今も使っていて、その口座に七十五万を振り込ませたわけだが、そんな裏のある男とは到底見えなかった。

　もっとも小村がどんな男かなど、直之にはどうでもよかった。この男に妻が、自分の知らないどんな顔を見せていたか……それだけを知りたかった。弓枝と別れたあの夜以来、直之は優子という女に初めて出会ったような気がし、自分が見落としていたいろいろな顔を見てみたかった。もちろん死んだ以上、どうにもならないと諦めていたのだが、その日、警察署で意外なチャンスが訪れた。

　高松から逮捕の経緯をくわしく説明され、直之が、「それで、小村隆一は殺害を認めたのですか。テレビでは死体遺棄の容疑での逮捕だと言っていましたが」と訊いた時である。

「いいえ、自分はUターンをして逃げだそうとしただけで、自販機横の空地へと向けた車に奥さんの方から跳びこんできたのだからあれは自殺だと言い張って……証拠もあると言うものだから」

　高松はそう言うと、唐突に奥さんの最後の顔を見る勇気があるかと訊いてきたのだった。紫の車にはビデオカメラが取り付けてあって、衝突の瞬間が撮られているという。最後の顔を見るのはさすがにつらい気もしたが、少し迷っただけで直之は「お願いします」と言った。

　モニターのある部屋に連れていかれ、すぐにディスクの再生が始まった。東京がこの年の最高気温を記録した日だったが、狭い部屋にはエアコンがなく、全身から汗が噴き出した。奇妙によどんだ空気の中、モニター画面では街路が流れ続けた。音声はなかった。水《みな》底《そこ》のような静寂の中、フロントガラスの向こうから道路がただこちらへと流れてくる……すでに街は暗く、車のライトが道路の右斜め前方に煙草の自動販売機を浮かびあがらせるまで、それがどこか直之にはわからなかった。車が停まり、白いコートを着た女が車の前をよぎり、道路を斜めに渡って自販機に煙草を買いにいく。優子だ。腰をかがめて煙草をとろうとした時、車は一度バックしてから、勢いをつけて前方に飛び出した。すぐにハンドルが大きく右へ切られ、フロントガラスの右端から優子が画面に飛びこんでくる……小村の主張通り、優子の方から跳びこんできたようにも見えたが、逆に車が優子を狙ってぶつかっていくように見えないこともない。

わかったのは、車の正面になった優子が、逃げようとせず、ひどく静かにその場に立ち尽くし、一瞬、運転席の方を見て顔をゆがめたことだ……いや、笑ったのだ。確かに微笑んだ……優子は失くしたと諦めていたものをそこに見つけたように、かすかだが、本当に嬉しそうに笑い、次の瞬間、車にぶつかり人形のようにはね飛ばされた。直之は目をつぶった。

目の奥に、その顔は静止画となって焼きついていた。自分の生命と引き換えに、これで自分は運転席に坐った男のすべてをつかみとった……四十五年の歳月の全部をその一瞬につぎこみ、優子はきらめくように美しかった。だが、その顔は運転席の男のもので、夫だった男のものではないのだった。

目を開けると、今度はスロー再生が始まっていたが、「もういいです」と言うと、立ちあがり、画面に背をむけ部屋を出た。

ひとつ蘭

「わかりました。それではお待ちしてます」

と受話器に声をかけた柚子《ゆうこ》は、相手が「ええ」と答えながらも語尾の余韻をいつまでも粘りつかせて、なかなか電話を切ろうとしないので、「やはり誰かを迎えにいかせましょうか」と声をかけ直してみた。

湯河原駅から突然「あのう、一人で旅に出てきた者ですけど、今夜お部屋空いてませんか」と電話をかけてきたのである。

かすれるほど細い女の声はかなりの高齢を想像させ、駅から歩いて五分ほどの道のりもおぼつかなさそうだった。

「いいえ、その必要は……昔二、三度泊まってますし……歩いているうちに思いだすでしょうし」

切れ切れの糸をつなぐように言う。

「昔とおっしゃるといつ頃でしょうか。七年前に玄関だけ改築してますけれど」

「でも……一つ蘭はそのままでしょう？」

「ええ」

柚子は玄関先の暖簾《のれん》へとちらりと視線を流した。この紋を憶えているのなら大丈夫だと考え「それなら、お待ちしています」と改めて声をかけ、相手が電話を切るのを待った。七年前、玄関の改築直後に嫁いできて最初の失敗は、団体の予約を申しこんでくれた馴染み客からの電話を相手より先に切って怒らせてしまったことだった。その失敗自体より「やっぱり腰掛け程度の会社勤めしかしたことのない人には無理かしらねえ、こういう仕事は。まさかウチに嫁いできたのも腰掛け程度の気もちじゃないんでしょうね」姑《しゅうとめ》の喜世《きよ》が初めて口にした露骨な厭味が胸をえぐり、以後今日までどんな相手からの電話でも自分の方から受話器をおくことはせずに通してきた。

だがその電話は、雑踏の音ばかりを伝えてきて、いっこうに切れる気配がない。

「あのう、まだ何か」

と声をかけてみたが返事がない。一分近くも待って、柚子はそっと受話器をおいた。駅前の公衆電話からだったらしいが、受話器をかけるのを忘れたのだろうか。

そう思い、同時にほんの一瞬わざと電話を切らずにおいたのかもしれないと疑った。なぜか、冬の枯れ草のような白い指が公衆電話の棚に受話器をそっとおいて、その指で口もとを覆い、いたずらでも楽しむように微笑んでいる美しい老女の顔が一瞬、胸をかすめた……。

だから、それから十分ほどして暖簾をわけて入ってきたいかつい体軀《たいく》の年寄りと電話の声の主がすぐには結びつかなかった。

「あのう、今駅前から電話をかけた者ですが」

まだ耳にからみついている糸のような声がなければ、駅からつい二十メートルほど先まで続いている商店街の住人がひょっこり顔を覗かせたと誤解しただろう。

まだ残暑のきびしい時季とはいえ、贋《にせ》のろうけつを模様にした地味なワンピース一枚だけの、旅客とは思えない軽装であり、巾着型の布のバッグに紙袋をさげているだけである。

もっとも服装で客を値踏みしてはいけないというのも、姑の厳しい戒めの一つであり、若女将《わかおかみ》として働いたそれなりの七年のうちに、貧しい身なりの客が意外に金持ちだという例も何度も見ている。とはいえ、この年寄りの客はどこかおどおどしている。

水色の地に白抜きで一つ蘭の紋が浮かびあがった暖簾を、想像とはかけ離れた日に焼けて太い指でかきわけながら、中を覗きこんでしばらくためらっていたようだし、柚子がにこやかに、

「立松さまですね。お待ちしてました。道にお迷いになりませんでしたか」

と声をかけながら、三和土《たたき》におりて荷物をもとうとするのにも遠慮がちに首をふり、何度「どうぞ」と言っても、すぐには上がろうとせず、卑屈なほど何度も柚子にむけて頭を

さげた。

　客とは思えない控えめすぎる態度は、一階の奥の『胡蝶の間』に通してからも続いた。一階と二階あわせて八部屋あるうちの最も狭い、六畳に一畳半の次の間がついただけの部屋だが、その狭さにも遠慮して柚子がすすめた床の間を背にした座椅子のふちを選んで座った。岩のような頑丈な体をしているだけに、思いっきり肩を縮めて柚子の一言一言に頭をさげる恐縮ぶりが目立った。

「玄関はきれいになっても、中はご覧のとおり昔と変わらない安普請《やすぶしん》ですから、本当にご遠慮なく」

　と言い、柚子は「電話では昔お泊まりいただいたというお話でしたが、何年前に？」とさりげなく質問をむけた。

「そう……もう十六年前です、続けざまに二度ほど」

　そう答えてからやっと顔をあげ、

「女将さんの娘さんですか」

　と訊いてきた。

　目鼻だちはよく見ると整っているが、素焼きの瓦を思わせ、土くさく田舎びている。皺の波に沈んだような奥まった目で遠慮しながらも、不躾《ぶしつけ》なほどしげしげと柚子の顔を観察している。

「いいえ、七年前に嫁いできまして」

「そう、じゃあ、一人息子さんがいると聞いたけれど、その……」

「はい」

と答えながら、柚子は老女の声に混ざる訛りが姑や舅《しゅうと》のものと同じであることにやっと気づいて、

「もしかして、義母《はは》と同じ島根の方でしょうか」

と訊いてみた。

「ええ」

緊張を少しだけ解いてうなずき、柚子に微笑をむけてきた。

「あのう……義母のお知り合いの方なんでしょうか」

「ええ、まあ」と言い、すぐに「いいえ、知り合いと呼ぶほどでは」と打ち消し、「女将さんは達者ですか」そう訊いてきた。

微笑むと瓦が綿のように柔らかくなり、柚子は気を許して、

「はい。ただ生憎《あいにく》今日はお得意さんに誘われて仙台の方の温泉に出かけておりますけど」

と答えていた。

微笑が不意に硬くなり、

「ご主人が癌で倒れていると言うのに、あの人、温泉に遊山《ゆさん》ですか」

糸の声を細いまま針金のように鋭くしてそう言い放ち、だが、その声は自分でも意外だったのか、うろたえた気配を見せ、「余所《よそ》様の家の話におかしな口出しをして」と頭をさげた。

舅の辰次は確かに半年前吐血し、胃癌で小田原の病院に入院している。

「遊山と言っても、旅館経営に役立つような旅館があるというのでその見学がてらですから」

柚子は慌ててそう言い繕った。繕い以外の何物でもない。夫の容態が一昨日の晩から悪化しているというのに、姑の喜世は東京の証券会社の副社長に誘われ、いそいそと出かけていったのだ……。

見知らぬ女客はそのあたりの喜世の性格まで知っているらしい。今の針金の声には『あの人らしいやり方だ』と詰《なじ》っているような響きが感じとれた。

「義父《ちち》が入院してること、ご存じなんですね」

と訊くと、

「ええ、まあ。ちょっとした噂で……」

と答え、老女は不意に部屋を見回し、

「十六年前も通してもらったのこの部屋でしたよ。昔と何も変わってなくて……いいですね、頑丈な造りの宿は年とればそれだけ風格が出て」

と言った。誤魔化すために話を逸らしたかのように思えたのだが、続けて、

「ウチなんかはもうすっかり老いさらばえて……まあ、切り盛りする女将の差なんでしょうねえ。私なんかはこの十六年のうちにすっかりお婆さんになってしまったけど、ここの女将さんは相変わらず、若くて華やかなんでしょうね」

そんな風に好奇心を覗かせながらも、

「お客さまも、旅館を？」

「ええ、島根で……ウチは民宿に毛が生えた程度だけれど」

「そんな関係でうちの義母のことを？」

「ええ、まあ」

と柚子の質問をはぐらかすように逃げようとする。

いわくありげな客だと思いながらも、あくまで顔には笑顔を保って、「すみません、お茶が遅くなって。すぐに持ってまいりますから」と一旦引きさがり、再びお茶の用意と宿帳をもって戻ってきた。

女客は庭に面した窓を開け、年寄りくさく腰をまげ何かを見ている。

柚子がお茶の支度をして「どうぞ」と声をかけても、その姿勢のままじっとしている。

立ちあがり、柚子が近づくと、

「ほら」

と窓の手すりのふちにおいてある植木鉢を目で示した。

七年前、この旅館に嫁いだ際、結婚祝いにもらった胡蝶蘭の植木鉢である。蘭の手入れは難しいと聞いたが、柚子にとっては結婚の祝いとして思い出の人がくれた花だけに、大切に守り続けたので、今でも見事な花を咲かせる。

今年も四月にいっぱい花をつけ、窓際の冷蔵庫の上に鉢ごとおいておくと「今年の花見は雨で流れたのに、こんなところで思いがけない花見ができた」と爛漫の花を喜んでくれる客もいた。

梅雨前に花が終わり、茎の先端近くを切って次の開花に備え、出窓の外においておいたのだが、夏も終わろうとして早くも一つだけ花が開いている。

それだけではなかった。もう一つその純白の艶《あで》やかな蝶を思わせる花のすぐ下に、別の花が……朝顔の花が一輪咲いているのだ。

「蘭の茎にどうして朝顔が、と思ったのだけれど、ほらね」

老女のいかつい指で示されて、出窓の下の庭の隅から朝顔の蔓《つる》が伸び、胡蝶蘭の茎にからみついたのだとわかった。夏の盛りにその出窓の下に朝顔の双葉が出ているのを見つけた。庭の日当たりのいい場所に四つ目垣が組んであり、毎年朝顔をからませて夏の風情としている。たぶん土に混じって残った去年の種が、掃除の際に竹箒でこの隅へと追いやられたのだろう。日陰に開いた双葉はいかにも弱々しげで育つとも思えず、支柱も立てずに放っておいたのだが、いつの間にか本葉《ほんば》を繁らせ、蔓の一本が自力で手すりまで這いあがり、さらに胡蝶蘭の茎へとからみついたようだ。そうして、夏の終わりを察知したのか、生き急ぐように最初の花を開いた……。

褪せていく季節を写しとって、うす紫の花の色は消え入りそうに淡い。まだ熟しきっていない幼ない色のうちに、去ろうとしている夏を必死に追いかけて無理やり花を開かせたかのようでもあった。

柚子は嫁いですぐに妊娠しながら、三ヵ月で流産している。その朝顔の色に一瞬、生命に成りきらないまま葬られたものの影が脳裏を流れたが、柚子はすぐにその影を追い払った。

この朝顔は決してか弱い花ではない。

午後の三時を回った今ごろは、普通の朝顔なら血をにじませるような無残な色に変わって萎れてしまうのに、かすむほどに淡いとはいえその淡い色調を必死に保って、蘭の華麗な純白に戦いを挑んでいるようにさえ見える。

「元気な朝顔だこと」

老女も同じ思いなのか、そんなひとり言を呟くと、出窓に浅く腰をおろした。神経痛でもわずらっているらしい、しみの貼りついた脚をさすりながら、

「一つ訊きたいことがあったんだが、この高級旅館がよく飛び込みの……私みたいな客を

歓迎してくれたもんだね。玄関先の札にはぎっしり今夜の客の名前があったし、別に客に困ってるわけじゃなさそうなのに」

急にうちとけた訛りの強い言葉になってそう訊いてきた。

「高級なんて……」と柚子が首をふると、

「女将さんが留守でよかったよ。女将さんなら私のような客は親切丁寧な声で追い返されたろうから。喜世さんは贅沢が好きな女で、客だってより好みしてるだろう、今も」

言われた通りである。やはりこの客は喜世のことをよく知っている……。そう感じたが、そのことは口にせず、

「いいえ、女将は私なんです」

と柚子は微笑んで言った。

「おや、喜世さんはもうあんたに代を譲ったのかい」

「いいえ、この旅館は相変わらず義母の采配一つで動いていますけど、この部屋だけ私の采配にさせてもらっているんです。この部屋だけの女将なんです、私。お婆さんみたいなお客さんは大歓迎ですから、ご心配なく」

事情を詳しく説明するわけにもいかず、それだけを言うと、しばらくきょとんとしていた老女は、それでも派手な姑と地味な嫁とのあいだのそれなりの確執を見抜いたらしく、納得したようにうなずいて、

「運がよかったよ。いえね、さっき喜世さんなら私を追い返しただろうと言ったのには別の意味があったんだけど」

　と言って、思いだしたように、

「女将さんは、いえ、喜世さんはいつ帰ってくるかね」

「明日の晩ですけど」

「そうかい。辰次さんは小田原の病院だと言ったけれど、容態はどうだね。あんた、今日か明日にでも見舞いにいかないかね」

　と質問をたたみかけてきた。

「一昨日の晩はちょっと危なかったので、昨日は私も二、三度、覗きましたが、一応もち直して今日は主人が行ってるんです。夜遅くに私と交代することになってるんですけど」

「だったら、その時に私も連れていってもらえないかね。いえね……喜世さんが留守なら何も言わず一晩泊まって島根に帰ろうと思ったんだが、あんたには何でも話せそうな気がするから、思いきって言うけれど」

　柚子の顔から蘭の鉢へと視線を移し、二種の競い合った花を年寄りらしく遠く目を細めて見守りながら、

「癌で死ぬと聞いて、私、喜世さんからあの人を奪い返しに来たんだよ」

　そう言った。そして柚子に声を挟む余裕も与えず、「喜世さんが留守だからと言って遠

慮することはないさ。喜世さんだって、私の留守中に亭主を奪いとっていったんだから。あんた、そんな昔話、喜世さんから聞いてないかい」と言い、ため息を挟んで、

「客までより好みをするほど贅沢物好きの女が、山陰の、あんな潰れかけの宿の貧乏ったらしい亭主を奪いとっていくなんてねえ」

そう続けた。

八年前の、今と同じ残暑のきびしいころである。

柚子は当時勤めていた建設会社の上司だった男に誘われて、初めて湯河原に旅をし、この宿に泊まった。

一回り歳の離れた妻子ある男との関係は、何の発展もないまま三年目を迎えようとし、柚子は男の『妻とは折りを見て離婚するから』という二年間ただ三文判のようにくり返されるだけの言葉に窒息しかけていた。二年間が終わるころには男の口癖のような『離婚』という言葉が実は妻に直接向けられない愚痴を、愛人にぶつけて気休めにしているだけではないのかという疑いも抱くほど賢くはなっていたが、理性で冷めたぶん、逆に感情は熱くなって最初のころ以上に男への想いは募っていた。

「来週で三十になるし、そろそろ決心しなければ駄目だわ」

と言うと、柚子が自身にむけたその言葉を男は自分への離婚の催促かと思ったのか「そ

うだな。誕生祝いに温泉にでも行って、気もちに区切りをつけるか。旅から帰ったら必ず離婚の話を切りだすから」そう答えた。

最初に男が『離婚』と口にした時から、信じていいか、信じてはいけないかの瀬戸際の崖に立たされているような危なっかしい心地がしていたが、二年が過ぎ、東京駅で列車に乗りこむ時も、湯河原の旅館に着き夜も更けて男が体へと手を伸ばしてきた時も、まだ二年の歳月が何の意味もなかったとしか言いようのない瀬戸際の崖にしがみついて焦っているだけの自分を柚子は感じとっていた。

この時電話が鳴った。灯を消そうとして枕もとのスタンドへと伸ばした手で男は電話をとった。もう一方の手で柚子の右胸をつかんだままだったが、その手が不意に柚子の体を離れた。

「わかった。母さんにすぐ帰るからと……」

そう言い電話を切った男は「悪いが、下の娘が三十九度の熱を出したというから」とすぐに着替えを始めた。

「奥さん、この旅館に泊まっていること知ってたんですか」

「ああ……ただ出張とだけ」

そう答えかけた途中で、男はハッとふり返り、すべての動きを止めた。そうして冷たく視線を引き今までで一番遠い距離をおいて柚子を見ると、こう訊いた——「君が妻に電話したのか？」

十五分後一人になった部屋で柚子は泣いた。確かに風呂に入る時間を利用して、ロビーの電話から男の妻に「ご主人は私と温泉に来ています」と伝えたのは柚子だった。一度も妻に逢ったことはないし、自分の名前も名乗らなかった。

「もう二年間です。私、疲れているんです。奥さんの手でご主人をとり返して下さい」

そうも言った。

だが、その電話をかけた後も、男が自分の体へと手を伸ばした時も、着替えを済ませた男が帳場に電話を入れてタクシーを呼び部屋を出ていった時も、まだ男がこれを機にふんぎりをつけ妻と離婚をしてくれることをどこかで望んでいた。確かな答えが欲しくなって、さらに一歩崖っぷちへと自分を追いつめただけだった。

男が部屋を出るまでに何を言ったのかはもう憶えていない。何も言わなかったのかもしれない。家庭の愚痴を言う以外は無口な男だった。部屋を出ようとした男の背にむけて、自分が何を言ったかはよく憶えている。

「あなたが自分でも気づかないでいる気もちを教えてあげたかっただけだわ。でも奥さん、卑怯よ。上のお嬢さんってまだ小学生なんでしょう？　自分で電話をかけないで、そんな小さな子供に電話をかけさせるなんて……子供を人質にしてあなたを奪い返そうとするなんて」

その子供から父親を奪いとろうとした自分の卑怯さがわかっていながら、柚子はそう言わずにいられなかった。

一時間経っても男は戻ってこなかった。その時にはもう目の涙も乾いていたし、自分が泣いたのは、男を失った悲しさや妻に負けた悔しさよりも、ただ崖っぷちからやっと解放された安堵のためかもしれないと考えられるほどになっていた。

それでもまだ体に溜まって残っている涙を洗い流すために地下の檜づくりの浴場におり湯につかっていると、宿の女将が入ってきた。

「今夜は他がお年寄りの客ばかりで皆さんもう寝てしまったから……失礼しますよ」

そう言い、さりげなく柚子と肩を並べるように湯に体を沈め、

「お子さんから電話がかかってきた時、だいたいの事情はわかったから、お繋ぎするのやめようと思ったんですが……ごめんなさいね。でも、私、あなたのようなしっかりした娘さんはこんな馬鹿な関係を続けるよりも普通の結婚をした方がいいと思ったから。出しゃばりは私の悪い癖だとわかってるんですが」

と優しい声をかけてきた。商売がら、入ってきた瞬間から客同士の関係は、特に男女の関係は見抜けるからとも言った。

そうして、柚子の背中の右肩のすぐ下のところにもみじのような形の痣《あざ》が、薄く白粉《おしろい》でもはたいたように浮かんでいるのを見て「うちに縁のある方かもしれませんね」と言った。

その痣は湯につかったり体が熱くなった時だけ肌に現れるもので、背中にあるそれに柚子は高校のころ、体育の授業のあとの更衣室で友達に指摘されるまで気づかなかった。母親に聞いても、心当たりがないと不思議そうな顔をされた。生まれつきかもしれない……。

　誰かの手が背後から肩を摑もうとする、その手の影が幻のように白く落ちているようにも見える。全身の肌がピンク色に染まった時だけ、そこだけ染め忘れのようにほの白く浮かびあがる痣を、男は「生まれつき男の手に摑まれている体だね。それに自分が気づいていないんだ」と冗談めかして言ったことがある。

　それを女将は、この旅館の『顔』にしている一つ蘭の紋に似ていると言った。

「そんな若い綺麗な体をしてるんですもの。もっとその若さや美しさにふさわしい男を選びなさいよ」

　と慰めてもくれたが、柚子には五十代の半ばになったというのにしみ一つない、女としての豊かな実りを誇示しているような女将の体の方が羨ましかった。

　その後、銚子とつまみをもって部屋に来た女将に、柚子がすべてを語ったのは、その体が羽布団のように柔らかく自分の傷を包みこんでくれそうな気がしたからだった。事実、

「あなた、いい生き方をしてる。もっと自信をもった方がいいわ。それに子供を人質にした奥さんのことだって恨んじゃ駄目よ。そのおかげで、男の方もあなたも子供だけが理由で別れたのだと……二年間の愛をきれいな思い出にできたんじゃないの」と、すっかりう

2022 12 中公文庫 新刊案内

たおやかに輪をえがいて

窪 美澄

風俗に通う夫、危険な恋愛に耽る娘。結婚20年、穏やかに収束するはずだった主婦・絵里子の人生に家族の〝秘め事〟がつきつけられ……。〈解説〉島本理生

●880円

ここだけのお金の使いかた

書き下ろし

アミの会 編／大崎 梢・図子 慧・永嶋恵美・新津きよみ・原田ひ香・福田和代・松村比呂美

給料は安いし、貯金も少ない。ムダなお金は一円だって払えません！ 七名の人気作家が「お金」にまつわる悲喜こもごもを描いた、短篇小説アンソロジー。

●770円

月《つき》人《ひと》壮士《おとこ》

澤田瞳子

母への想いと、出自の葛藤に引き裂かれる帝――国のおおもとを揺るがす天皇家と藤原氏の相克を背景に、東大寺大仏を建立した聖武天皇の真実に迫る物語。

●836円

コイコワレ

乾《いぬい》ルカ

日本の敗色濃厚な大戦末期。相剋するふたりの美しい少女が、目覚め、祈るとき……。新しい世界の物語が始まる。特別書き下ろし短篇収録。〈解説〉瀧井朝世

●880円

もののふの国

天野純希

源平、南北朝、戦国、幕末――この国の歴史は何者かに操られている。武士の千年に亘る戦いを一冊に刻んだ驚愕の歴史小説。特別書き下ろし短篇を収録。

●946円

ち溶けた声で慰めてくれた。

その時、部屋の電話が鳴った。誰からの電話を帳場が繋いできたかはすぐにわかった。女将は黙って目だけで柚子に合図を送り自分が電話に出て、「ご一緒だったお客さまなら、今、うちの息子と飲みに出かけてますけど」と言い、電話を切り、

「いいですね、これで」


　柔らかな頬に切れ長の目を沈めるように微笑んでそう言った。

この最初の時から、女将の喜世は柚子のことをひとり息子の嫁候補として考えていたようである。

その後会社をやめるという形で男との関係にもう一つの確かな区切りをつけた柚子は、翌月にも女友だちを誘って旅館を訪れ、さらに十二月にもまた一人で出かけた。

三度目のその時、喜世は息子の浩之に車で柚子を箱根に案内させている。

喜世の十八の時の子供だという浩之は、三十七になっていたが、好青年の印象をまだ残していて、既に一度結婚に失敗していることを若者のような悪びれのなさで告白し、それが少しも不自然ではなかった。


　家業を継ぐのが嫌で大学卒業後も東京に残ってサラリーマン生活を続け、両親の反対を押し切って会社の同僚と結婚したが、母親の言った通り、その結婚は半年で破綻した。その後、湯河原に戻り家業を継いだのだと言う。

「相手の女だけが悪かったんじゃないですよ。俺の方も相手のちょっとしたミスにもささくれだつほど度量が小さくって……。今では若気の至りということにしてるんです」

冬の、洋風の枯山水といった落ち葉色の芦ノ湖畔に立ち、そう言った浩之は、その後

「母からちょっと聞いたけれど、あなたのことだって若気の至りでいいんじゃないですか」

と続けた。凪に言葉を託すような静かな声は、年齢にふさわしい度量を身につけたようで、この時すでに柚子は結婚したいという気もちをもった。その後自分から訪ねるだけでなく、浩之の方からも東京に来て頻繁に逢うようになり、湯河原を訪ねた際は「宿泊料の代わりに手伝ってもらえないかしら」と頼まれて仲居の真似事もするほどになったものの、浩之は特別な関係になることを要求してこなかったし、柚子の方には何より女将に不倫の恥ずかしい現場を見られた後ろめたさから、自分が湯河原でも伝統の古さと高級さとで名高い『かしづ屋』の嫁として求められている可能性など考えてもみなかった。

いや、女将の笑顔や浩之の優しさにそう自惚れることはあったが、そのたびに後ろめたさから慌てて打ち消した。

だが、半年後、梅雨の最中《さなか》に「久々に歌舞伎座にいきたいけれどご一緒してくれない」と喜世から誘われ、観劇後、上京の折りには必ず寄るという東銀座の裏手の小料理屋で、「本当なら浩之自身の口から言うべきことだけれど」と前置きし、突然のように浩之の求婚の言葉を伝えられた。

「私からの求婚でもあるのだけれど。この半年はいわば私としては『かしづ屋』の次の女将を決める試験期間のつもりでしたからね」

　そう言われ、反射的に柚子は首をふった。

「私が傷物だってことはウチの母より、女将さんの方がよくご存じじゃないですか」

「だからなのよ」

　にっこりと首をふり返して、女将はこんな話をした。

「傷物は浩之も同じだし、誰より私がそうなのよ。嫁になってくれるかもしれない人に隠し事は嫌だからすべてを話すけれど、それを私の履歴書と思って聞いてくれます？　賞罰というなら罰に書きこむことの方が多い人生なんですよ、その一番が浩之は今の夫の子供じゃないこと……。私は宍道湖《しんじこ》って湖に面した松江の、町はずれの小さな酒屋の娘なんです。貧しかったから十六の歳には父が商いの関係で出入りする旅館を芸者さんと一緒に回って、今でいうコンパニオンみたいなことをして貧しい家計を助けていましてね。そのお座敷でまだ四十代の、今の浩之と生き写しのような県会議員さんと出逢って……そんな仕事でも私はまだ幼くて女としては扱われなかったし、身もちの固い娘で通っていたけれど、その男はどっか私を可愛がってくれてた兄と似た男気のある人で、誘ったのはむこうでも私の方で初恋みたいに惚れこんでしまって……小さな待合でこっそり逢うようになって、偶然にもあなたと同じで二年が経ったころにそれが奥さんに露顕して、別れさせられて……妊娠に気づいたのはその後だった。家族にも反対されたし、相手の男は『もう別れたんだから』と堕胎のための費用を十万出しただけ。でも私は意地になったこともあってその金で京都に出て一人で子供を産んだんです。若いがゆえの怖いもの知らず……でもそれは所詮世間知らずってことでもあって、成人前で子供抱えてじゃあ、すぐに食いはぐれてしまうこともわからずに……結局松江に戻って、私の我儘に呆れながらもそれなりに味方になってくれていた兄夫婦が『ウチは一人娘しかいなくて心細かったから』と言ってくれたので、里子に出すも同然に子供を預けて、ひとり身のような顔で旅館の仲居を始めて。でも世間の口だけには戸は立てられないもので、子供を産んだ話は少しずつ周りに知れて……でも持ち前の勝気さで噂も陰口も撥ねのけてたけれど、どんな勝気さもこのお腹を痛めた子供が『叔母さん』と他人行儀に呼ぶ声には負けましたね。何よりそれが辛くて、浩之が中学にあがる年に、思い切って遠くで一人生き直すことに決めて……湯河原に来て、『かしづ屋』で仲居として働きだしたんです。勤めだして五年目に女将が持病の心臓弁膜症を悪化させて入退院をくり返すようになって、何かにつけて自分が頼りにされるようになったんだけど」

　これが履歴書の二番目に大きな罰でしてね、と続けて喜世は顔をしかめて笑い、「病床の女将さんに申し訳ないと思いながらも主人から誘われるままに男女の関係ももってしまって」と言った。切れた目尻からすっと視線が流れだし、柚子の顔を色づいた針で釣りあげるように見た。

「でも私は徹夜で女将さんの看病をしたり、仲居としても女将代わりに人一倍……いいえ、二倍も三倍も働いて『かしづ屋』には尽くしきって。でもその甲斐もなく……」

女将は死に、その三回忌を済ませた後、主人樫津秀造の後妻となり、かしづ屋の女将となった。ところがその翌年には今度は主人の秀造が脳溢血で倒れ、半年の看病も空しく亡妻の後を追うように逝ってしまった。

「亡くなった女将さんは、うっすらと私と秀造との関係にも気づいていたようですが、私の献身的な努力を見て、死ぬ前には後のことは私に頼むと言ってくれて……その言葉を私は旅館だけじゃなく男としての主人のことも含んでいるんだと思ったけれど、愛人だった女の自惚れでしたね。女将さん、主人を私になんか渡したくなくてあの世に引っ張ったんですよ、きっと。……それからの五年間は地獄でした」

家業を継ぐ意志はないと言って湯河原を離れていた秀造の長女夫婦に加えて、弟夫婦までが乗りこんできて、遺産相続の泥仕合となり、結局喜世は旅館と土地を担保に一億の金を銀行から借り、他にも当てをすべてまわって六千万の金を作り、合わせて一億六千万の全額を二人に渡して引き下がらせ、何とか女将の立場を守った。

「周囲にゃさんざん言われましたよ。遺産と言ってもあの土地だけ、一億六千万の借金まで背負うくらいなら、あの家を出た方がどれだけ楽だったか。おまけに女将さんが亡くなる頃には、新式のホテル風温泉旅館があちこちに建って幅をきかせ、古さしか取り柄のない『かしづ屋』の暖簾なんて、新時代の風に今にも飛ばされそうに薄っぺらで、他の小さな旅館とともに湯河原の隅っこに吹き溜められそうでしたからねえ……それを何とか私の才覚と頑張りで借金も返し、逆に古さを誇りにできるほどの宿にしたというのに、今でもあの長女なんかは私のこと盗人呼ばわりですよ。私が先代夫婦を殺したも同然だという噂が流れて、その噂の火をつけたのが私の一番信頼していた旅館組合の幹部の奥さんだったと知った時には、さすがの私も泣きましたよ」

　喜世は「ごめんなさい、愚痴になって」と豊かな笑みで暗くなった声を撥ねとばした。

「でも今となってはそんな逆境だったからこそ、私みたいな意地っ張りな女は花開くことができたのだと感謝してるんですよ、私を苛めぬいた連中にも」

　先代の秀造が死んで五年後には一億六千万の借金の半分を返し、残りの半分の返済の目処もたって、喜世はかつて島根時代に仲居として世話になり、借金の際も六百万もの金を笑って貸してくれた松江の旅館経営者と結婚し『かしづ屋』の主人に据えた。もちろんその男に惚れていたからだが、遺産相続の泥仕合の最中で、自分の後ろ楯としての男が欲しかったこともある、と正直に語った。

　ちょうどその頃、大学卒業後東京の旅行代理店に勤めていた浩之を引き取ることにもした。浩之の高校の頃には既に母子の名乗りも終えていたが、浩之は養父母への義理があって実母の喜世には近づこうとせず、と言って自分を棄てた母親への反抗心があるというのではなく、逆に実母を憐れむ気もちもあって兄夫婦のもとも離れ、東京に出ると自力で苦学して大学を出たのだという。

喜世は松江に行って兄夫婦に泣きつき、養父母の説得で浩之は一旦は喜世夫婦の籍に入り、『かしづ屋』を継ぐ決心もしたのだが、初めて母子一緒に暮らすようになると、それまで隠していたさまざまな思いが露出してしまい、半年足らずで家を出ると東京に舞い戻って結婚した……。

後はほぼ浩之自身の口から聞いたとおりだった。東京に戻って勝手に結婚した息子を、はらはらしながらも喜世は遠くから見守る他なかったが、その結婚に失敗すると再就職先での仕事も巧くいかないまま、喜世のもとに戻ってきた。喜世は浩之の東京での結婚生活がどんなものであったか、相手の女のことまで含めて詳細は何も知らなかったが、浩之にとっては大きな人生体験となったようである、むしろそんな我儘で、自分を棄てた母の我儘をも相殺したかのように、やっと喜世のことも母親と認めてくれ、家業を継ぐべく旅館の仕事にも本腰を入れてくれるようになった——喜世は、細く描いた眉を縮らせて微笑み、そう言った。

「あれから十年、今では借金は一円もないし、浩之が最初の結婚で受けた傷も癒えていますしね」

そうも言った。

この日、喜世は越後上布《じょうふ》だという麻の着物をまとっていた。紺の細い三日月模様が何カ所かに散らばっただけの白地の着物だったが、夏向けにあっさりとしたはずのその白地がさっきまで見ていた歌舞伎の舞台を写しとって、鮮やかな色を波うたせているような錯覚を何度も柚子はおぼえた。

舞台で遊女が手鞠をつく場面があったが、喜世の体の芯にも極彩の色糸をからませた手鞠があって、絶えず弾《はず》みながらその色を肌へと、さらに網一枚の肌のような白地の着物へと滲みださせている……そうも感じた。

暗い身の上話が、華やかな色をちりばめた走馬灯がくるくると激しく回っている印象だったが、最終的に柚子がうなずき、

「お母さんからのプロポーズは受けさせてもらいます。でも浩之さんのプロポーズは本人の口から聞きたいんです」

と言ったのは、その走馬灯の眩《まばゆ》さにひきずられたからかもしれない。

喜世は満足げな笑みで顔を色づかせ、

「こんな誰にも語ったことのない話を打ち明けたのは、あなたが私と似たところがあるからですよ。あなたは私と同じどんな逆境でも必ず自分で切り開く力をもってる。私の建て直した『かしづ屋』にふさわしい嫁だわ」

眸《ひとみ》までも手鞠のように弾ませてそう言ったのだった。

今は、あの時の選択が本当に正しかったのかと考えこむことの方が多くなっている。嫁として大切にされたのは最初の数カ月だけで、妊娠を喜んでくれたのも束の間、流産すると同時にてのひらを返すように、喜世は普通の姑よりも厳しい顔を見せるようになり、柚子のことを旧家の嫁のように跡継ぎを産むためにだけ迎え入れ、その役目を果たさなかった女にはもう嫁の資格はないから仲居としてこき使えばいいのだと考えているとしか思えないほどの露骨な苛め方をすることもある。一度の流産がなぜ姑の態度を豹変させたかよくわからないまま、柚子に妊娠の兆しが再び訪れることはなかった。一度の流産で跡継ぎを産めない体だと、鋭い姑の目が見ぬいたのかもしれない。

とはいえ、あの歌舞伎座裏手の小料理屋で喜世は嘘を言ったわけではなかった。

喜世の言葉どおり、柚子はどんな時でも最後には『これもこの旅館の女将としての大きさを身につけさせるための笞《むち》なのだ』と考え直し、今時珍しいこんな女だからこそやれるのだと無理に自惚れることを慰めにして、今日まで頑張り通した。唯一の喜世の裏切りは、その逆境を自らの手で柚子に与えてきたことだろう。

それに浩之が決して悪い夫ではないことも、柚子には大きな救いだった。喜世は柚子の些細なミスにも叱り声をあげるが、そんな時には浩之はかならず柚子の味方についてくれる。喜世は母親としての後ろめたさがあるせいか、浩之の言葉には何でも従うので、浩之の前では柚子に厳しくすることはすぐになくなったが、そのぶん、浩之の目の届かないところで辛くあたり、それも柚子が決して姑の悪口を夫には言わない性格だということを見抜いた上だからタチが悪い。だが、夫さえ優しければ姑の仕打ちも何とか我慢できるものだということを、身をもって学んだ七年でもあった。

完璧な夫とは言えない。浩之が完全に母親から自立しているかというと、そうではなく、柚子の味方をしてかなりな口答えをすることはあっても、他の場合はすべて従業員のように素直に母親の言葉に従っていて、三十年近くも母親と離れて暮らしただけに、まだどこか青年っぽさを残した顔や体には普通以上に色濃く母親の影がしみついていると感じとることもある。

結婚してひと月が経つころ、夜更けに目を覚ますと浩之の姿がなく、不思議に思って廊下を覗くとトイレとは反対の母親の部屋の方から夫は戻ってきて「いや、母さんが体を悪くして苦しんでいるような夢を見たからちょっと心配になって覗いてきたんだ」と言ったことがある。一度ならず五、六度も同じことがあって、それが必ず新妻の体を若者のような激しさで愛した夜だったから、普通ではない母親への執着から、柚子の体に溺れた自分が後ろめたくてそんな夢を見るのではないかと心配した。

もっともその心配は新婚のごく初期のことであり、流産後浩之が自分の味方をしてあの喜世がたじたじするほどの刃向かい方をしてくれた時から、この人には普通以上に母親にこだわらなければならない哀しい過去があったのだと好意的に考えられるようにもなった。

苦学して自力で大学を出たというだけあって、予想以上の働き者で、料理は得意ではなく板場では先代の頃から『かしづ屋』の味を守り通している初老の板前の助手程度にしか役立たないものの、庭の手入れではプロの庭師も顔負けの腕を発揮し、血のつながりのない父親にも優しい心遣いを見せ、すでに柚子が嫁いだ当時から体が弱かった父親を助けて、睡眠時間を削って経理や事務の仕事をすることもあった。

柚子が口には出せない不満を読みとって、

「あれではただの仲居さんと変わりなくて柚子が可哀相だから」

と、一番狭い『胡蝶の間』を柚子の采配に任せてやってほしいと頼んでくれたのも、浩之である。

喜世が素直に「それはいい考えだ」と同調したのを、ただの息子への後ろめたさのせいかと柚子は考えたが、その後、初めての一人客はすべて柚子に回していっさい余分の口出しはせず、そういった客が柚子のサービスに満足して喜んで帰っていってもなかなか常連として定着しないのを知ると、それなりにいい助言をくれ、つい先月も胡蝶の間が以前以上のいい数字を出しているとわかると『やっぱり柚子さんを見る目は浩之の方が確かだわね』と素直に褒めてくれたりもしている。

それもすべてが浩之のお蔭というわけではない。喜世は時おり、柚子がその厳しさに耐えられなくなりかけると、限界の一歩手前で不思議な優しさを見せることもあったのである。

五年前、柚子の実家の父親が会社の部下の不始末の穴埋めに一千万の金が必要となった時、旅館の玄関の改築での借金が二千万近く残っているにもかかわらず、「困った時はおたがいさまだから」と無利子無期限でポンと一千万の金を貸してくれたこともある。廊下の挨ひとつでも、あれじゃあ若女将が可哀相すぎると仲居たちが同情するほどの厳しい叱り方をしながら、時には仲居たちの前で柚子のちょっとした接客態度を褒めてくれたりもする。褒める数は叱る数の何分の一かだが、それでも実に柚子の気もちを見ぬききったかのような好機を狙っての褒め言葉はほんの二、三日でも柚子に姑の鬼のような叱り声を忘れさせてくれる。

胡蝶の間だけを柚子の自由にさせてくれるのは、逆にこの旅館の他のものは何一つ嫁に与えるものかという独裁者としての喜世の巧みな計算であること、実家に金を出したことだって、その金で逆に柚子をこの旅館に縛ろうとする魂胆があったこと、柚子を時々褒めることも仲居たちの手前があって鬼のような女将だという評判を立てられたくないためだということ、いや、誰より柚子自身の手前があって時には餌も与えなければと考えていること――そういうことのすべてがわかっていながら、柚子は忍耐の限界を『お義母さんも悪い人じゃないから』と人好く、もう一つ先に伸ばして今日までやってきたのだった。

機嫌のいい時の喜世は、七年前の小料理屋の笑顔と少しも変わらず、そういう意味でもあの時の喜世の言葉が嘘で塗り固められていたとはいい切れなかった。

あの夜の身の上話で唯一の嘘は、喜世の今の亭主の辰次に関することだけである。あの時の話では、辰次は若い頃妻を亡くした後五十代後半のその歳まで独り身を通して潰れても不思議でない小さな宿を経営していた、だから婿として『かしづ屋』に入れ樫津姓を名乗らせても何の問題もなかった。そう聞いたが、その嘘が七年が過ぎ、突如客として訪ねてきた一人の老女の口で暴かれたのだった。

「亭主を返してもらいに来た」

と言った老女はその一言でこれまで我慢していた言葉を堰でも切ったように口に迸《ほとばし》らせ、

「喜世さんは、まだ二十歳の頃下働きのようにウチで働いてた時、もう辰次と出来て……しかも一回り年上の辰次を貴世さんの方が誘ったんだ。あんたも知ってなさるだろうが、辰次は朴念仁で自分から女に手を出せるような男じゃないからね。その後この湯河原に流れて、十年以上も音沙汰なしでやっと私も恨みを捨てかけたころ、私には内緒で松江に六百万の金を借りに来て……いいえ、借りたんじゃない。最後には私に内緒で亭主と逢いびきして挙げ句はその金ごと亭主まで奪っていったんだ」

辰次がある日書き置きもなくいなくなり、喜世が湯河原から何度も密会に来ていたとわかった時にはすでに離婚届が提出され、この湯河原で喜世との婚姻届までが出された後だった。よほど裁判にして夫を奪い返そうと思ったし、何度も湯河原まで来たが玄関払いされ、何とか喜世の留守を狙って二、三度客として『かしづ屋』にあがり亭主とは会ったのだが、喜世に腑抜け同然にされた辰次は最早亭主だったころの俤《おもかげ》の片鱗もなく、怒りより馬鹿馬鹿しさの方が勝って、こんな亭主は自分の方で払い下げだと自分の胸にだけ啖呵を切って松江に戻った。その後は妹やその娘に手伝ってもらって何とか一人旅館を切り回している——。

火を吐くような声で一気にそう語った後、老女は柚子が眉間に走らせた皺に気づいて、

「悪かったね、あんたには関係ない話なのに。……ああ、でもこれだけ言わせてもらってすっきりした。今さらどうなるものでもなし、あの人にも逢わずに帰るよ」

さっぱりした顔になった。

「私が来たことは喜世さんには内緒にしておくれ。喜世さんの息子……あんたのご主人とは一度も顔を合わせたことがないから、あんたさえ黙っててくれたら大丈夫だから」そうも言い、宿帳に立松比奈子と偽名を書き、「これは学校時代の先生の名前で、本当は増井千代。年齢ぐらいは気づかないだろうから六十九歳と正直に書いておくが」と言った。

皺を集めて奥まった目は結構しっかりとしていて、柚子と喜世の関係が巧くいっていな

いことも見抜いたようだ。

　増井千代の話は決して、柚子と無関係ではない。浩之は結婚当初から柚子が島根の話に触れるのを嫌がる節があった。浩之だけでなく喜世も結婚前にあれだけの打ち明け話をしながら、柚子が島根の話をしようとすると細い眉をつり上げ不機嫌な顔になった。結婚式も自分の方は再婚だからと強引にごく身内だけであげることに決め、柚子が養父母や親戚すじにも逢ってみたいし「私に遠慮することはないから」と言うと、「島根のことはこの家に入った段階ですべて切り棄てたんだ、養父母のことも。恩知らずと言われても長い目で見ればその方がいい」と視線を逸らした。

　七年のうちに三、四度は「あなたやお母さんが育った町を見てみたいわ」と口にしていたが、そのたびに不機嫌な無言に出会う。喜世にも同じことを言ったことがあるが、「それは私への厭味？　私が古傷は忘れたいと知っていて」と機嫌とりのつもりが逆に怒る理由を与えてしまった。

　その理由がやっとわかったのだ。喜世は、県会議員との間に子供までもうけた話や『かしづ屋』の先代との関係まで打ち明けながら、柚子が舅と呼ぶことになる男を妻から奪いとった話はさすがに隠しておきたかったのだ。

　どう返事していいかわからずにとまどう柚子にもう一度「悪かった」と千代が謝った時、団体が到着した。それを機に一旦部屋を辞し、六時になって千代を風呂場に案内した後、団体の一室一室に女将代理として挨拶にまわり、その後胡蝶の間に戻って食事の準備をした。カーテンを閉じようとして、柚子は出窓の鉢にまた目を止めた。

　初秋の夜は早や庭を暗く包み、窓のすりガラス越しの煙るような灯火を浴びて、蘭だけが潔癖なほど白く浮かんでいる。朝顔の方はつい三時間前の姿さえ幻だったかと思わせるほど無残に萎れている。それは純白の中に無数の色を秘めた一輪の蘭が、朝顔の一日だけの生命を吸いとっていっそう燦然と自分の王座を誇っているようにも見えた。

　蘭が喜世なら、赤く萎れ痛々しい血を流しているようにさえ見える朝顔の方は千代なのか、それともこの自分なのか。

　萎れながらも蔓だけは必死に蘭の茎にからませている朝顔が、浩之のようにも見える。それとも誰より義父の辰次なのか……。

　柚子が嫁いだ頃にはまだ何とか主人として経理や事務をやっていた辰次だが、その頃からすでに何一つ喜世の言葉に逆らうことなく、仕事以外の口を滅多にきくこともなく、白髪や痩せた後ろ姿だけが目立ち、どことなく廃人の影が感じとれた。喜世が夫に選ぶだけの昔の美丈夫の俤は通った鼻すじに残っていて、よく言えば床の間の骨董品だが、それもひびわれ今にも他の飾り物にとり換えられそうである。

　そう思うのは、喜世はその頃から仕事のためと称して得意客の中でも特に地位や金のある男を選んでよくよその温泉地を訪れていたからである。そんな時に限って「そろそろ、柚子さんにも女将の仕事を覚えさせたいから」と言い訳をし、四、五人で出かけるというのも嘘で大概は男と二人きりだということにも柚子は気づいていた。半年前に夫が入院してからは頻度が増している。確かに上客は団体なども紹介してくれるから仕事の一環にはちがいないが、柚子は喜世が自分を嫁に選んだのは、かつて妻子ある男との愁嘆場を目撃された柚子にだけはどんな姑の不埒をも責める資格がないと考えたからではないのかと疑うことがあった。いや、それは辰次も同じである。妻が男の客たちと何をしにいくかを見抜いていないはずはないのに、皺を刻んだ笑顔で送りだす舅を見ていると、柚子は六十になってなお喜世が全身に溢れさせている若々しい生命力は、辰次の余生を生き抜くぶんをことごとく吸いとったからではないかという気がしてくる。

赤く萎れた朝顔は、最後に吐血して倒れた舅そのものの姿だ、とそんなことを思っていると、

「どうしたんだ」

と声が背中にかかった。

病院で父親につき添っているはずの浩之が、半纏を着て廊下に立っている。

「親父はひとまず大丈夫だからというので戻ってきた。それよりまた飛び込みの客を入れたって？　料理は仕込みがあるから、と茂さんがこぼしてたから気をつけてくれよ」

「でも、お年寄りだから料理は二、三品でいいとおっしゃるし」

「いや、板前としてはその言葉が気に入らなかったんだよ。まあ、茂さんもおふくろに何も言えないぶんどうしてもお前への文句になるようだが、後でちょっと愛想見せておいた方がいい」

叱るというのではなくいつも通りのもの静かな声でそう浩之が言った時、湯上がりの千代が戻ってきた。浩之は主人として丁重に挨拶をして去り、

「先代さんの息子さんなんだろう？　それなのに何だか辰次の若い頃に似ているねえ」

詳しい事情までは知らないらしく、そんなことを言って驚いている千代に、柚子は辰次の容態が安定したことを告げ「あの人、お父さんのことは実の親と変わりなく大事にしていますから、顔まで似てきたんでしょう」と言った。

「そうかい、だったら辰次もそれなりに幸せだったんだ、ここで」

と千代はため息をついて、「あんまりこの部屋に関わりあってるとご亭主に怪しまれるから、誰か他の仲居さんに代わってもらえないかね」そう言った。喜世の悪口を言ったことを悔いて、柚子を避けたい様子だった。

素直に「わかりました」と頭をさげて部屋を出ようとする柚子を、

「あ、一つ差し出口させてくれないかね」

と制《と》め、

「ご亭主、今浮気していないかい？」

唐突にそんなことを言ってきた。

「え？」

「いやね、病院にいたと言うけど、風呂に入ってきたよ、あの人。つぶれかけと言っても一応は島根の温泉旅館切り回してきて、湯のことは詳しいが、ご亭主が頭をさげた瞬間に硫黄泉の匂いがした。ここの湯はもちろん違うし」と自分の腕の匂いを嗅いで「このあたりじゃ、箱根の強羅《ごうら》だろうね。朝、出かけていったと言ってたね」と言った。

そして柚子が返答に詰まっているうちに、

「ま、あの女の息子だということで色眼鏡で見ているのかもしれない。それに亭主を寝とられて長いこと気付かずにいた私の言葉だから、当てにゃならないが」

笑いながらも一転針のような鋭い目で柚子の反応をさぐった。

その夜、柚子はおかしな夢を見た。

いつものように夫と布団を並べて眠ったはずなのに、夜明け近くに目を覚ますと隣りの布団に夫がいない……。

布団の白さと呼応するような障子の白さが妙に気になって、肌襦袢《じゅばん》姿で起きあがると、障子を開けてみた。薄靄《もや》が立ちこめていて何もはっきりとせず、なぜか波の音がしている。

いつもの部屋だからそこにあるのは裏庭だとわかっているはずなのに、夢の中の柚子はそこに靄に隠れて広がっているものの正体が別のものだと確信している。湖なのだ……姿を隠しながらも湖は柚子の体を一滴のしずくとして飲みこむように広漠とひろがっている……。

波の響きにまじり赤ん坊の泣き声が聞こえてきて、その幻の泣き声で目を覚ました。湖は、昨夜食事後に胡蝶の間に顔を出した際、千代の旅館が宍道湖のほとりに建っていると聞かされて、湖が胡蝶蘭の花の形で脳裏に残ったせいだろう。赤ん坊の泣き声は先月から生理がとまったままで、ただの疲労からくる不順だろうと思いながらも一応は妊娠の可能性も考えていたからだ。夫の布団が空っぽだったのは千代の口にした『浮気』という言葉のせいだ……。

だが、それよりもパジャマ姿の柚子には夢の中の肌襦袢の女が自分だとはっきりわかっていながら、同時に自分ではなく別の女だと……浩之の浮気相手の女だという奇妙な感じが夢の靄とともに粘りつくように残っていて、隣りの浩之の寝顔を見つめながら、結婚し流産してふた月が過ぎるころにかかってきた浩之の前妻からの電話を思いだしていた。

名前は名乗らずに「前の妻ですけど」とだけ言うと、浩之が留守だと聞いて昨夜の千代以上に不意に、「浩之さん、浮気してるんじゃないのかしら？」と訊いてきたのだった。

「浮気って誰とですか？」

と訊き返し、ふっとカンに触れてくるものがあって「あなたとですか？　今、浩之あなたのそばにいるんですか」と訊き直した。

「馬鹿ねえ」と乾いた笑い声をたてた女は「浮気相手はあなたじゃないの」と言って、柚子がその意味を問い返す前に電話を切った。

その頃、浩之が浮気をしているのではないかと疑っていたことは事実である。注意深くしていても何の痕跡も発見できなかったが、喜世の留守を狙って頻繁に出かけるのが、何か後ろめたさのある外出に思えたのだ。その相手として前の妻を考えたこともある。

女の最後の謎めいた言葉は、『自分が依然浩之の妻で、柚子のことは妻と認めていない』という意味だとしか考えられなかった。だが、思いきって帰ってきた浩之に尋ねると、一笑に付され、「そんな厭味なことをしそうな女だから別れたんだ。今後も何か言ってくるかもしれないが相手にしちゃ駄目だ」と言われた。

別段嘘とも言い訳とも思えず、その後電話もかかってこなかったので、柚子は自分の考えすぎとして忘れた。

それからずっと浮気の心配をしたことがなかった。特に昨日は病院に行ってると信じこんでいたし、留守にしていたのは半日足らずである。

さりげなく浩之に接近して自分の鼻で嗅いでみたが硫黄泉の匂いなどしなかったし、柚子への態度も普段と何一つ変わりない。千代が一種の喜世への『仕返し』のために嫌がらせを言ったのかとも思えた。だが、初めて逢ったばかりなのに、柚子にはその年寄りがどうしてもそんな性格とは思えず、また改めて思いだすと三月と五月、やっぱり母親が他の客と温泉旅行に出かけた留守を狙うように浩之は上京しているのだ。自分の浮気が柚子よりも母親にバレるのを恐れているというのは、いかにも二人の母子関係にはありそうなことだ……。

夫の寝顔はいつものようにどこか無垢に幼い。やはり考えすぎだろうと思いながらも、柚子は朝の仕事が一段落したら病院に電話を入れ、舅の容態を尋ねるついでにそれとなく昨日夫が病院にいたかを確かめようと決めた。

朝の時間はいつもどおり、時計の針に追いつけない焦りの中で瞬く間に過ぎた。

増井千代は熱海から一時すぎの新幹線の切符が買ってあるからと朝食後も風呂に入ったり、庭を眺めたりしてのんびりしていた。

正午に柚子が勘定書をもっていくと、既に身支度を整えている。藤色の浴衣から着替えた姿は、昨日初めて見た時より貧しげである。

柚子は半額にさせてもらう、この部屋は私が女将だから遠慮することはないからと言ったのだが、「私にも意地があるからね、それだけは許しておくれ」と言って薄っぺらな布の財布から四万を出した。

そのお釣りを帳場で用意している時に、電話が鳴った。後になって思えば、昨日千代が突然かけてきた電話とその電話とが、その日、柚子の運命を変えてしまうことになるのだが、もちろんそうと気づく由もなく、何の予感もない普通の手で受話器をとった。

電話は高岡という柚子が嫁ぐ以前からの得意客で「今夜部屋を頼む」と言われた。だが今夜は満室である。いつもなら、得意客のために一室は必ず空室を用意しておくのだが、昨夜に続き団体客が入っている。

そう伝えると柚子では埒があかないと思ったのか「女将を呼んでくれ」と言い、「生憎留守をしてまして」と答えると、

「あ、それなら……今朝見かけたのはやっぱり女将だったんだ。声をかけて頼んでおけばよかった。箱根に来てるんだろ、女将」

そう言ったのだった。

どうやって電話を切ったかは憶えていない。思いだせるのは、今強羅の旅館にいるという高岡の声とともに受話器から黄緑色にただれた硫黄の匂いが流れだしてくるような気がしたことだけだった。

いや、ちょうどこの時奥から現れた浩之に、「すみません、桔梗の間の障子が破れてたからちょっと繕っておいて」と頼んだ声は後から思いだしても、脳裏に膿《うみ》のような痛みで滲みだした疑いとはかけ離れて、ただ冷やかなほど落ちついていた。

破れたのは障子ではなく、何も知らずに通した七年の歳月が空白となって体に広がり、

その一ヵ所が突然大きく破れて、極彩の手鞠が転がりだしてきた。ほつれた一本の糸を長くひきずり、その糸の端に別の色の糸が繋がった……。

浩之の背が階段をあがっていくのを見守り、その足音が二階の廊下の奥に消えるのを待って、柚子は小田原の病院に電話を入れた。

舅の容態を訊こうとする前に「樫津さんなら今奥さんが見えてますよ」と言われた。

柚子は喜世を電話に出してもらうよう頼んだ。ずいぶんと待たされてやっと電話に出た喜世は「仙台から朝一番の新幹線で帰ってね。心配だからまずこっちに寄ったのよ」とのんびりとした声を出した。

「私も今から行きますから、待ってて下さい。ちょっと病院でお話ししたいことがあって」

そう言い、流産以後初めて相手の返事も待たずに自分から電話を切ると、その手でまた電話をかけタクシーを呼んだ。

そうして胡蝶の間に戻り、「私も出かけるところがありますから、タクシーで駅まで送ります」と千代に言い、三分後にやってきたタクシーに一緒に乗りこんでから、

「せっかくだから、やはり義父の見舞いをして帰って下さい。義父が後で知ったら悲しむかもしれませんし」

そう言ったのだった。

「悲しむなんてこと」

と首をふりかけた千代は、だがその途中で思い直したのかガクンと首を折るように頷き「そうだね、行って恨み言の一つも言わせてもらうか」と言ったのだった。千代が頷くことはわかっていた。二時間近く前、昨夜に続いて胡蝶の間の世話をした仲居頭が「あのお婆さん、紅《べに》さしたいから貸してもらえないかと言うんですよ。貸してあげたのが気にいらなかったのか、結局半分も塗らないうちにやめてしまったけど」と含み笑いで言った時から、辰次に逢う気もちが消えていないとわかっていたのだ。

後窓をふり返ると、二階の窓から浩之が顔を覗かせ、置いてけぼりにでもなったようにこちらを見ている。だが、走りだした車はその顔を一瞬のうちに押し流し、初秋の澄んだ光だけが窓ガラスに広がった。

通い慣れた病室のドアが自分を固く拒んでいるように見えたが、短いためらいの後ノックし、同時にドアを開けた。

ベッドの枕もとの椅子に座り、頭を窓にもたせかけて居眠りでもしていたらしい、喜世はドアの音で厚い瞼をめくるように目を開け、すぐにしゃんと背筋を伸ばした。

顔が強張《こわば》ったのは、柚子の背後に誰がいたかを知ったからである。

千代の方はギクッと肩をふるわせ反射的に逃げようとした。その肩を庇うように抱いて、柚子は制《と》めた。帰すわけにはいかない。辰次に会わせるというより、喜世に引き合わせたくてここへ連れてきたのだ。

「昨日から胡蝶の間に泊まって下さっているお客さんです。お義父《とう》さんのお見舞いにわざわざ島根から出てきてくれたのに、遠慮なさるから、私がお連れしたんです」

柚子は冷静にいつもと変わりない声でそう言ったが、もちろんこれほど姑に挑むような言い方をするのは七年で初めてのことだった。

柚子は千代の体を前に押し出そうとしたが、千代は一歩背後に逃げて、卑屈なほど体を縮めて頭をさげた。

喜世の方は狼狽しきらぬうちに立ち直って、落ちつきはらった声で、

「だったら起こしましょうか」

そう言った。辰次はもう死んだかのように眠っている。死の影に削りとられた細い顎《あご》で弱々しく宙を突き、頭を深く枕に沈めている。

千代はさげたままの頭を小さく振って「いいえ」と遠慮している。

雀色の小紋を着た喜世は立ちあがると、見下すような目で田舎者としか言いようのない恰好の千代を見た。衣装の相違より何より、そんな態度の相違が喜世を豪華な花に見せ、千代を萎んだ、花の残骸とも呼べないものに見せてしまうのだ。千代の卑屈さがこの七年の自分と重なって見えてきて、柚子はいら立った。

「そうねえ……」

喜世は言った。「あなたもずいぶんとやつれたようだし、おたがい変わり果てた姿を見合っても傷つくだけじゃないですか」そうも言った。

喜世の言い方に、さすがに千代は顔をあげたが、喉を震わせただけですぐに視線を折り、黙って布団の端から覗いた昔の夫の筋ばった足を見続けた。柚子は舅がこんなに背丈があったことを初めて知った。舅は猫背気味の背中ばかりが目立って、もっと小さな男だと漠然とそう信じていたのだ。

喜世の方では千代から目を離さずにいる。その目は、そばに立った柚子を黙殺していた。だが、今だけではないのだ。この七年、自分はあの家で無視され続けてきた。若女将として、妻として、何より女として……。今になって浩之の以前の妻があの電話で最後に口にした「浮気相手はあなただ」と言った意味がやっとわかった。あの時、浩之の別れた妻は電話に出たのが浩之の嫁ではなく母親の喜世だと間違えたのだ……。浩之の母親に向かって「浮気相手はあなただ」と言ったのだ。

今になってまた母親が留守の時に限って浩之が留守をする意味もわかった。得意客との旅行は二度に一度は本当だったかもしれないが、それも母親と息子の普通ではない旅の隠れ蓑にすぎなかった。結婚当初、夜中に浩之の姿が消えるたびに、ちらりとその想像は柚子の脳裏をかすめた。息子の方が成人するまで他人として暮らした母子には普通の母子関係とは違うものがあったろうし、喜世の美しい体は、母親としてより女としての意味を大きくもっていた……。だが母子が一つ布団の中にいる姿を想像するなどいくら何でも二人に悪い気がしたし、何よりそんなことが母子の間に起こるなど信じたくなくてすぐに頭から追い払った。

今ベッドに残骸として横たわった一人の男は、その関係を誤魔化すための飾りとして喜世に選ばれただけだ。そしてそれは柚子も同じだった。傷物の置きもの……。そんな傷物だからこそ……柚子が上司との関係で傷を負った現場を弱みとして握ったからこそ、喜世は嫁として柚子を選んだ。

柚子はその病室でそこまでくっきりと考えていたわけではない。体が勝手に動いて、千代をこの病室に引っ張ってきた。想像が確かな結論を出す前に行動しなければ、何もかも棄てて逃げだすしかないほどのおぞましいことだ、そう感じていた……。

「千代さんは、昔のご主人を返してもらいに来たんです」

言葉も勝手に口を突き、「もういいから」と言うように千代が制してきた手を払って、姑に近づいた。

「何を聞いたのか知らないけれど、あなたの口出しすることじゃないわ。千代さん、これはあなたと私だけの問題じゃないの、関係のない嫁を巻き添えにしないで頂戴」

小声ながらそう喜世が言い放った時、柚子は思わず自分の顔が歪むのをはっきりと感じとった。その歪みのまま、まっすぐに姑を見た。いや、姑ではない。自分があの旅館でも家でも嫁だったことなど一度もないのだから。

今も喜世の目はすぐそばにいる柚子のことなど黙殺している。柚子はゆっくりと口を開いた。

「お義母さんの髪、硫黄の匂いがするわ。仙台に硫黄泉、あったかしら」

七年間で初めて自分の方から姑に投げつけた蔑みの声が他人のもののように聞こえた。

喜世がギョッとしたように柚子を見た。それは千代も同じだ。

「昨日、千代さんが浩之の体からも同じ匂いがするって……」

喜世の顔が大きく崩れた。だが、それは自分の顔だったかもしれない。次の瞬間この七年間我慢し続けてきたものが涙となって目に溢れだした。

「何おかしな想像してるのよ、馬鹿ねえ。そんな、あなたが泣きだすようなことは何もないのよ」

喜世は不意に猫撫で声になり、優しさを装った手を伸ばしてきた。反射的に悪寒《おかん》が走り、柚子は一歩体を退《ひ》いた。

千代の体がその隙へと回りこみ、柚子を守るように立ちはだかった。

「柚子さんだったね。こんな時に泣いたらあんたの負けだからね」

そう言い、喜世をしっかりと見据えた。喜世がひるむのが涙だらけの目でもわかった。

「そんな顔、喜世さん、あんたらしくないからやめた方がいいね」

千代は静かな声でそう言った。

「それに怖がることはないさ。私が言いたいことは一つだけだから。今さらこんな男を返してもらいになどくるものかね。ただあんただって自分のしたことがわからないほど馬鹿じゃないだろうし、私に詫びたいだろうから、一つだけもらいたいものがある」

そう言い、柚子の腕をしっかりと摑んで、

「この人だよ。もちろん今すぐとは言わないが、万が一にもこの人が島根のうちの旅館を継いでもいいと考えてくれた時には私にもらえないかね」

柚子は思わず涙をとめて、千代の皺だらけの顔にからんだ笑みを見た。

「この人の実家があんたから借りてる一千万の借金ごと……。それからもう一つだけ。旅館経営の先輩として忠告するけど、女将の留守に悪口を言う仲居頭なんか『かしづ屋』が置いておいちゃ駄目だね。まあ私がああいう女は扱い慣れてるから、嫁いじめの酷さから実家の借金まで簡単に聞き出したんだが……」

そう言うと、喜世の反応も待たずに柚子に「冗談じゃなく本気で考えてることだから、気がむいたら島根に電話くれないかね。私はもう帰るが、この病人にはあんたの口から死ぬ前に昔の女房が訪ねてきたけど顔も見ずに帰っていったと言ってやってくれないか」そう声をかけ、ふり返ることもなく病室を出ていった。

柚子は数秒立ちすくんでいたが、ハッとして千代の後を追った。千代は神経痛の足を引きずりながらも、早足で廊下を去っていく。

玄関にちょうど客を降ろしたタクシーがあり、千代はそれに乗りこもうとして病院の外まで追いかけてきた柚子に気づいた。

「もう一つだけ言わせてもらうが、あんた妊娠してないかい、肩で息をする具合が」と言いかけて「まあ、子供を産んだ経験のない私が言うんだから、当てにはならないが」と笑い、その笑い声がまだ柚子の耳から消えないうちに車は走り去っていた。

病院の中に戻ると待合室まで出てきて、喜世が看護婦と喋っている。

柚子は自分から喜世を無視し病室に戻った。

舅はまだ眠っている。いや、眠っているふりをしているだけだ。二人の女が戦っている最中も、この男は……最早男ではなくなった男は、目を覚ましていながら眠ったふりを、ひび割れた骨董品のふりをしていた……。

柚子がそう感じとったのを見抜いたように、うっすらと病人は目を開いた。閉じていた方がまだ生きている感じがするほど、その目は暗くどんよりとしている。

それでも柚子とわかったらしい。かすかに指を動かして手招きした。

柚子が近づけた耳にか細い息のような声が流れこんだ。

だが、柚子は舅の話を最後まで聞かなかった。途中で吐き気を感じ、何とかトイレまで走って、キャビネの上で体を二つ折りにして胃の中のものを吐きだした。

黄色い液は七年の間に体の奥底に溜まっていた膿のように思えたが、柚子にはそれが今舅から聞かされた話のためか、妊娠のせいか、わからなかった。

柚子は旅館に戻るとひと足先に帰っていた喜世に「さっきはすみませんでした」と謝り、喜世から何も聞いていないのか、それとも聞いていながら七年間の演技の続きをしているだけなのか、普段の顔のままの浩之に自分の方も普段の顔で接した。

そうして一週間、七年間の延長の顔で働き、その夜「実家の母が風邪を引いて寝込んだのでちょっと……」という嘘で家を出ると、小田原の病院に寄って舅を見舞い、その足で小田原駅から下りの東海道本線に乗りこんだ。

荷物は「母が前からほしがっていたので」と嘘を重ねてもってきたあの胡蝶蘭の鉢植えの他は紙袋一つだった。

柚子は自分がなぜ島根に向かおうとしているのかよく知らずにいた。もしかしたら喜世が結婚前に言ったように自分が喜世と同種の女であり、二十五年前喜世が島根から湯河原へと流れてきた旅を逆行して島根へと流れていくだけなのかもしれないと思った。

舅が「自分が死んだら、千代にあれから何度も島根に戻って家のすぐ近くまで行ったが、どうしても敷居を跨ぐ勇気がなかったと伝えてくれないか」そう言ったのを電話ではなく、じかにあの老女に伝えたいと思ったのか。

それとも一週間前、舅が遺言がわりのように柚子の耳に残した言葉のためなのか。

「あんたはあの家を出た方がいい。もっと早くに言いたかったが、今日までその勇気がなかった。あんたも私と同じただのあの夫婦の飾りだった……あの二人は母子じゃない。喜世は一度も子供を産んでいない。人一倍世間体を気にする喜世が、歳の離れた男を『かしづ屋』へ亭主として迎え入れるわけにはいかず、それでも一緒に暮らすためには、あんたや私という飾りが必要だっただけだ……」

柚子の嘔吐は、その一言を聞いたためだった。母子が同じ布団に寝ているという泥絵よりもっと汚れた、もっと残酷な裏切りを舅の告白は秘めていたのだ。浩之の最初の妻が、喜世ではなく柚子だとわかっていて、「浮気相手はあなただ」と言ったとすれば……。

七年間自分でも気づかずにいた体の膿を吐き出しながら思いだしたその一言や他のさまざまなことが心当たりにはなったものの、まだ舅の言葉を信じてはいない自分がいて、一度も逢ったことのない喜世の兄夫婦や問題の県会議員に逢えば、それがはっきりすると考えたからなのか。

それともあの翌日産院にいって間違いなく自分の体に宿っているとわかった生命が、柚子の想像よりもう一塗りどす黒く塗りこめられていたあの家の闇を怖がって、母体に逃げた方がいいと訴えているからなのか。舅の言葉が事実なら、あの二人は自分たちの子供として柚子のお腹の子供を奪いとろうとするに違いない。柚子はあの二人が作れない子供を生むためにもあの家と旅館におびき寄せられたのであり、流産でその可能性が小さくなると急に厄介者扱いをしはじめた……いや、浩之は本当にただ芝居だけで自分に優しかったのか。その答えも島根という見知らぬ地に埋もれていそうな気がする。それとも七年間何より重い空白を背負ってきたと気づいて疲れ果ててしまった体には、そんなことすらどうでもよく、ただ無性にもう一度増井千代に逢いたいと思うだけなのか。

それともまた夢の中で見ることのできなかったあの湖を一度自分の目で見てみたかったからなのか。

夜行列車の窓は遠くに民家の灯を細くつなぎながら真っ暗に閉ざされていて、そのガラスに映った自分の淡い頼りない影に寄りかかり、柚子はこの旅があの夢と違って行き着く先で闇のヴェールを剝ぎ、湖の姿を見せてくれるようにと、それだけを願っていた。

紙の別れ

東京を出る時にはまだ晴れていた空が西に向かうにつれて、和紙を墨にでもひたしたように暗くなり、とうとう雨になった。

車内アナウンスが米原《まいはら》への到着を告げると同時に、窓を時雨のように雨が襲った。

その雨のせいだったのか。

他の乗客にまじって列車を下り、北陸本線に乗り換えるためにホームの階段をのぼりはじめた桐沢は、すぐに足をとめた。

今下りてきたばかりのひかり号を、桐沢は何か忘れ物でもしたように、ふり返った。

ベルが鳴りながら、まだドアを閉ざさずにいる列車は、発車をためらっているように見えた。

桐沢の胸にも、このまま旅を続けることにためらいが生じている。

旅といっても東京から新幹線で二時間半、北陸本線に乗り換えて加賀温泉まで一時間半、合わせてもわずか四時間の小旅行である。だが、この時の桐沢にはもう一週間も旅を続けているような疲労感があった。

先週、一人の女に電話を入れた時から……いや、もしかしたら十五年前、湯河原の宿で思いがけずその女との別れを迎えた時から、今度の旅が始まっていた気がする。北陸本線に乗り換えてしまったら、このままその長旅を死ぬまで続けなければならないのかもしれない……。

やっとひかり号が出発し、桐沢も客の流れに肩を押されて階段をのぼり、乗り換えのための改札口を通過した。

すでに北陸本線のホームには発車のベルが鳴り響いていて、桐沢の足はそのベルに急《せ》かされて階段を駆け下りていた。乗りこみ、席につくと同時に列車は動きだした。新幹線とちがい、特急といってもスピードは鈍く、それがそのまま、否応なしに旅を続ける他なくなった桐沢の胸の歩調になっている。

やはり何か重要な忘れ物をしている……。

北陸本線の窓に降る雨は静かで、その雨がにじむように桐沢の脳裏にはぼんやりと誰かの顔が貼りついている。忘れようとして忘れられずにいる顔がためらいがちに浮かんでいる。

東京の妻子の顔なのか、それとも十五年前に別れた女の顔なのか。

新幹線の中ではずっとその女のことを考えていた。西にむけて暗くなっていく空を見ながら、逆に桜前線を追いかけて、その女と東北へと旅行に出かけた春のことを思いだしていた。あの年の春は桜の開花も散るのも早く、二人で千鳥ヶ淵に花見に出かける約束を果たせずに、女の部屋で東京の春の終わりを告げる冷たい雨音を聞いていた……。女は桐沢に抱かれた余韻を色濃く残した声で「東北ならまだ春の盛りに間に合うわ。来週いけないかしら、仙台あたりに」そう言った。桐沢にというより、体の中に幻となって咲き誇っている盛りの花にむけて語りかけるような、ひとり言にも似た声だった。結局一週間後の日曜日、妻には出張と偽って、女と仙台への列車に乗りこんだ。仙台に近づくにつれて空が夕暮れの色へと染まっていったのを、その後に見た青葉城の夜桜よりも鮮やかに桐沢は記憶に残している……北にむかって花の盛りを予感させるように少しずつ色づいていった空は、その晩仙台の旅館で抱いた女の肌と重なって、今も色濃い影を桐沢の体に残している。

あの当時、女はもう三十間際であり、一回り年上だった桐沢の方も四十を越していたのだが、それでも二人の体はともに春の盛りにあった。

先週の月曜日、十五年ぶりに女に電話を入れ、北陸の温泉旅館で落ち合う約束をした時から、桐沢にはあの時の春の盛りを、今度は逆方向に西へとむけて追いかけようとしている気がしていた。

だが、初老と呼ぶほどの年齢になった今の体であの花の盛りをどこまで追いかけられるのか。

十五年前の仙台への旅とは逆に、色褪せどんどん暗くなっていく新幹線の車窓を眺めながら、空までが年老いていくような不安に駆られていた。

ためらいは、しかし、年齢だけが原因ではない。

十五年ぶりの電話を切る直前女が「今度は私の方にも主人がいるんですよ」と言った際にまじったかすかな笑い声……それから、今朝出がけに妻が「旅先で離婚のこと考えてきて下さい」と言った際の奇妙に抑揚のない声。

二人の女の声が、梅雨どきの暗い雨に混ざって、桐沢康年の五十七になった体にしみついていた。

女の名は藤倉柚子《ゆうこ》という。

大手建設会社で、八年近く桐沢の下で働いていた頃は石田柚子といった。その後樫津柚子となり、先週十五年ぶりに週刊誌のグラビアで見た時は藤倉姓になっていた。

桐沢は柚子と初めて関係をもった日と二年後に別れた日を正確に記憶している。ともに柚子の誕生日で、二十八になった誕生日の晩に二人でちょっとした祝いの食事をした後、ホテルに誘ったのだし、三十の誕生日の晩も祝いのつもりで湯河原に旅行し、その温泉宿で唐突な別れを迎えた。

唐突だったのは桐沢の方だけだったのかもしれない。柚子の方では別れの決心があり、だからこそ、あの湯河原の宿から柚子は桐沢の妻に電話を入れ、『今、ご主人は私と温泉に来ています』と告げたのだ。

いや、本当に別れる決心だったのか。それとは逆に今度こそ桐沢を妻から奪いとる決心だったのかもしれない。どちらにしろ、煮え切らない男の態度に揺らぎ続けていた柚子は、三十歳という一つの境界線に立ち最後の賭けのつもりで、浮気現場から妻に電話を入れたのだ。

柚子はその賭けに負けた。妻がまだ小学生だった娘に旅館に電話を入れさせ、『妹が四十度近い熱を出している』と言わせた。

子供に電話をかけさせた妻を柚子は『卑怯だ』と詰《なじ》ったが、あの頃の妻はまだ夫への執着を残していて、どんな手を使っても夫を家に戻らせたかったのだし、柚子はそんな妻の気迫に負けたのだった。

それは桐沢も同じだった。電話がかかってきた瞬間から、娘が風邪気味なのは事実だとしても四十度近い高熱というのは嘘だとわかっていた。わかっていながら、桐沢は立ちあがる他なかった。今でもあの時の焦りを昨日のことのように思い出せる。あの時、黙って立ち上がり、部屋を出ようとして、背中で必死に柚子の声を待っていた。柚子がもし一言でも引き止めるような言葉を発していたら、黙ってうなずき、最終的に妻子を棄てる決心をつけただろう。桐沢には柚子がなぜ妻に電話を入れたのかわからずに、あの場合、別れる決心の方が強いのだと考える他なかった。

結局柚子は何も言わず、背中にむなしいものを感じながら旅館を出た。それでもまだこの突然の別れが永久のものだとは信じたくなくて、タクシーが高速を走りだした後も、今ならまだ引き返せる、引き返して自分の方から一言言えば柚子は自分のものになる、と何度も胸の中で言い聞かせた。

だが、柚子の口に出さなかった声が桐沢には届かなかったように、桐沢が胸中だけで叫んだ声も柚子の耳に届くはずはなかった。

いや、タクシーが高速を下りてから街角の電話ボックスの前で停まってもらい、一度旅館に電話を入れている……。

確か、電話に女将が出て『ご一緒だった方なら今うちの息子と飲みに出かけている』と言った。すぐそばに柚子の気配を感じとったから、何かの用で部屋に顔を出した女将に柚子が簡単に事情を話して嘘を言わせたのだと考える他なかった。

どこの街角だったのか。電話が切られた後も汗ばんだ手で受話器を握りしめ突っ立っている男に、そばに停まったタクシーの中から運転手が欠伸《あくび》をしながら蔑むような一瞥《いちべつ》を投げてきたのを憶えている。

翌日から何日か会社を休んだ柚子は、数日後出社し、いつも通りの顔で働きはじめ、その途中書類の判でももらうように桐沢のデスクに近づいてくると、退職願をさしだした。

「理由は？」

「結婚することにしたんです」

二人の関係は会社の誰からも隠していたから、周囲に課員の耳が集まっているその場では、あくまで上司と部下の顔を通さなければならなかった。

「……そんな人がいたのか。気づかなかったな」

「二年前にある人から結婚を申しこまれたんですけど、何となく返事が延び延びになっていて……先週やっと決心がついたんです」

上司らしい顔で桐沢は笑おうとしたが、笑いきれず無表情な目で柚子を見た。

柚子はそれよりももっと乾いた目で桐沢を見つめ返し、退職願の封筒を数センチ押し出すと、黙って頭をさげ背をむけた。

結婚するという言葉は嘘だった。会社を辞めるのは桐沢と別れるためだし、その口実にすぎなかったのだろう。だが、本当に柚子の気もちはそれだけだったのか。

柚子にはまだ別れの決心がついていない。桐沢はそう考えた。二年前に柚子に結婚を申しこんだ『ある人』というのは、他ならぬ桐沢自身だ。

二年前、体の関係をもって間もなく桐沢は妻と離婚して柚子と結婚したいという言葉を口にしている……。

その言葉を実行に移さなかった男への最後の皮肉のつもりで、柚子はあんな言い方をしたのだろうか。それとも本当に別の男がいたのだろうか。

いろいろと可能性を考えながら、どうしても柚子がただ別れの宣告としてその退職願を提出してきただけだとは桐沢には考えられなかった。むしろ逆に柚子はその退職願で自分に揺さぶりをかけてきたのかもしれないと考えた。『結婚したい』と言いだしながら妻との離婚に踏み切れず迷いを残したまま凍結したような男の気もちを揺さぶり、今度こそ最後の賭けに出ようとしているのかもしれないと——。

『二年前にある人から結婚を申しこまれたんですけど……』

その言葉よりも、退職願を数センチ押し出した柚子の指が、桐沢には気になっていた。

柚子はあの時、封筒を左手で押し出したのだが、その左手の薬指の爪にだけマニキュアが塗られていた。

ほんの一瞬だったが、見間違いではない。他の指の爪にはマニキュアがなく、薬指のその爪だけが赤く……真紅といえるほどの激しい色で桐沢の目を射ぬいてきた。

スチール製の、乾いた紙で埋まった桐沢の机の上で、その赤は一点の異次元だった。指はさりげなく静かだったのに、その爪の赤が、湯河原の旅館で男の背にかけられなかった声を必死に叫んでいる……。桐沢にはそんな気がしてならなかった。だが、柚子が自分にまだ執着を残していると考えた、そのことこそが桐沢の執着だったのかもしれない。柚子が会社を辞めてからも、桐沢は週に一度は電話を入れたのだが、返ってくるのは空しい呼び出し音だけだったし、三ヵ月後の年の瀬も迫ったころ、家に帰る前に地下鉄の駅からかけた電話にやっと受話器がはずされたが、桐沢の声だとわかると、

「すみません。私、あれからつきあい始めた男性がいるので、もう連絡は……」

柚子は乾ききった声でそう言い、桐沢が返答をさがしているうちに一方的に電話を切った。

電話の切れる音は柚子の声より冷たかった。

桐沢としては、体の芯に爪の形のままこびりつくように残っている一つの色が、柚子の未練ではなく自分の未練だったのだと考え、否応なしに忘れる他なくなった。

とはいえ、桐沢の体はまだ四十二歳の男盛りにあった。忘れようとすればするほど、柚子の爪の色は鮮やかに浮かびあがり、体の芯を掻きむしってくる。

年が改まり、その年の夏も終わる頃には、それでも季節が色褪せるのと合わせるように、桐沢の体の傷に似た一つの色は薄まりかけ……ちょうど、その頃、かつての柚子の同僚たちの噂で柚子の婚約を知った。

意外にも結婚の相手は、桐沢との別れの場となった湯河原の旅館の一人息子だった。全国的にも名旅館として通っている高級旅館だが、桐沢がそこに柚子を連れていったのは、旅慣れた友人から勧められたことだけが理由だから、ただの偶然のようなものだった。柚子だって初めて泊まる旅館だったはずだ。記憶には、色白の、坊ちゃん育ちのような線の

細い青年の姿がうっすらと残っているが、その青年とどういう経緯があって結びついたのかはわからなかった。

噂では『柚子が一度だけ偶然泊まった旅館の女将に気にいられ、是非息子の嫁にと誘われた』と玉の輿にでも乗ったような話になっていた。女将のことはよく憶えていた。高齢とは思えぬ艶やかな色香を風格ある体軀ににじませた、老舗の旅館のたたずまいそのものの女将の姿に、あの晩桐沢が東京に着いてからかけた電話に出た女将の言葉を重ね合わせると噂は決して的外れではないと思えた。

ただ、あのいかにも『やりて』そうだった女将の目が、桐沢と柚子の関係が今で言う不倫だと見抜けなかったとは思えない。すべてを知った上で、柚子をなぜ老舗の旅館の嫁として受け入れようとしたのか、そのあたりの事情はわからなかったし、柚子の気もちもはっきりとはつかめなかった。

それから間もなく、結婚披露宴の招待状を受けとった課員の二人が、当然直接の上司である桐沢にも招待状が届いたと考え「もちろん課長も出席なさるんでしょう」と訊いてきたので、一月後に挙式が迫っていることを知った。自分に招待状が届いていないとわかれば、変に疑われそうな気がして「ああ、だがその日は大学の後輩の結婚式と重なってね」と誤魔化し、桐沢は柚子の実家に結婚祝いの花を送り、それで自分なりのケリをつけたつもりだったが、それから一ヵ月後の日曜の朝である。

妻の静江が朝食が済むと、

「あなた、今日は子供たちを遊園地にでも連れていってくださいね」

と言い、箪笥から珍しく和服をとりだし、寝室の鏡の前で着付けを始めた。

「どっか出掛けるのか」

そう尋ねると、

「湯河原」

一言だけそう答え、後ろ手に帯をしめようとした手を止め、とまどいに歪んだ夫の顔を鏡の中から不思議そうに見つめ返してきた。

「披露宴に行くのか」

「ええ」

「しかし、招待状……」

「知らなかったんですか、招待状届いたこと……私が出席の方に丸印をつけて返送したこと」

「なぜ、そんなこと、勝手に……」

眉間に深く皺を立てた夫の顔を、妻は怪訝《けげん》そうに見返していたが、やがて、

「嫌だわ。知ってるとばっかり……あなた、自分が出席したくないので、私を代わりに出席させようと考えたんだとばっかり。だって招待状の宛て名、あなたの名前じゃなく私の

名前になってたから」

そう言うと、唇に微笑を浮かべた。夫の驚いた顔を楽しむような皮肉な微笑は、また妻の自分にだけ招待状を送ってきた愛人の女の魂胆を見抜いたかのようでもあった。

「あの人、気を遣ったのよ。あなたが出席しないのも変だし、出席されるのも困るし……夫婦一緒というのはもっと困るし。賢い人ね。あなたじゃなく私に出席させた方が、私にもあなたにも、それから自分にも何もなかったと言い訳できるもの。それとも愚かなのかしら。案外、あなたなんかよりももっと素晴らしい男を見つけたことや……もっと大きな幸せを摑んだことを見せつけたいだけなのかもしれないわ」

静江は体を絞りあげるように強く帯を結び、

「でも私の方がもっと馬鹿ね。勝手にこの家かき乱した泥棒猫の挑発に乗って、わざわざその後始末をしにいってやるようなものだもの。……会社の他の人たちも出席するんでしょう、どういう言い訳しておきます?」

そう訊きながら、もう一度鏡ごしに夫の顔へ微笑を投げた。唇の端だけににじませた冷たい微笑で、眸《ひとみ》の芯には細い針があった。

どう答えたかは十四年が経った今、もう憶えていない。

その日の夕方帰ってきた妻は、披露宴の話には何も触れず、すぐにふだん着に着替え、

「今日は外で食事をしましょう」

と言い、家族四人でファミリーレストランに行ったのは憶えている。帰宅して子供たちを寝かせつけた後、テレビのニュースを見ていた夫にさりげない声で「思っていた以上に勝気な人ね」と言いだしたことも――。

「新婦の控室で二人だけになる時間があったから、『主人が出席しなかった理由、会社の他の人にどう言い訳しておきましょうか』って訊いたのよ。そうしたら真顔で『言い訳じゃなく事実を語って下さって構いません』って……。もちろん、私がそんなこと言えないのを承知で」

妻はそう言い、また、

「私が知った時にはあなたたちの関係が終わっていてよかったわ。私の方が四つか五つ年上のはずだけれど、あの人と戦っても負けただけでしょうから。普通の主婦におさまるより、かしづ屋みたいな旅館の女将になるほうが似合うわ、あの人の強さには」

そんな皮肉な褒め方をしたが、それきり二度と柚子の名を口にすることはなかった。

その後十四年間――つい先週まで。

もともと、湯河原の旅館から戻った晩も、妻の静江はただ石田柚子という名前と会社での夫との関係を聞き出し、『それでもう終わったんですね、その柚子さんとの関係は』当然のことのようにそう言ったきり、それから一年間、柚子の挙式の当日までその名を口にしなかったのである。

桐沢ではなくその妻を自分の結婚式に招待した柚子と、何食わぬ顔でその招待を受け入れた妻の静江と、どちらが強いのかはわからなかった。

静江には生来の性格とも言うべき、冷静沈着なところがあった。上の娘が小学校に入学して間もなく、学校の階段から転げ落ちて四針も縫うほどの大怪我を頭に負った時も、下の娘が車に轢かれて片方の脚に全治二ヵ月もの骨折を負った時も、取り乱す桐沢のそばで静江の方は顔色一つ変えなかった。

冷たいと言うのではない。

余分な贅肉のない細身の柚子と比べると、同じように痩せてはいても薄い綿地の衣を一枚まとっているかのような柔らかさがあり、声にも丸みがあっておおらかな印象を人に与える。長女が生まれてすぐ、桐沢の兄が海外赴任し、一年近く母親を引き取ったことがあるが、その際にも嫁姑《しゅうとめ》の衝突は一度もなかった。兄嫁との戦いに疲れ果てていた母が、

「静江さんはおっとりしていていいねえ。しかも意外にしっかり者だよ。私の言葉を吸いとるように聞き入れながら、子育てなんかだっていつの間にかちゃんと自分のやり方を通しているんだから」

と評したことがあるが、静江という女をこれほど適切に表現した言葉はない。

静江の人生にもそれなりの不幸があった。

実家の父親は静江が結婚して間もなくまだ五十前の若さで死んでいるし、最初の子供を

流産している。だが、そういった不運までも柔らかくその肌で吸いとり、焦ったり動じたりする気配がないので、周囲にまでそれが波風となって広がることがない。

桐沢の初めての浮気への対処の仕方に、何よりその性格は表れている。

柚子は『子供に電話をかけさせるのは卑怯だ』と言ったし、桐沢自身もそうと感じたものの、よく考えれば、静江は慌てず騒がず、一番波風をたてずに済む賢い方法をとったのかもしれない。

柚子の若い体にのめりこんだ二年間は浮気と呼ぶには激しすぎるものだったが、静江はそんな夫の熱い感情までもその綿か和紙にも似た肌で吸いとり、それをただの一晩か二晩の浮気と変わりないものにしてしまった……。

桐沢はそう簡単に、柚子のことを忘れたわけではない。いや、十五年……結局柚子のことを完全に忘れ去ることはできなかった。

だが、桐沢が柚子のことを思いだすのは、会社で仕事に疲れ煙草を口にくわえる際や、夕方や夜遅くに会社を出てホッと一息つく瞬間に限られていた。帰宅すれば、妻が作りだす家庭の平穏な空気に包まれ、柚子のこともちょっとした浮気だったのだとごく自然に忘れてしまう。

柚子はあの湯河原の一件まで静江の声も聞いたことはなかったはずだが、桐沢の体のどこかにそんな妻のおっとりとした性格を感じとり、何よりその柔軟さに敗北していったのだ、とも思う。あの時、もし妻が泣き騒いだりして柚子がむきだしにした刃のような情熱に自分の方も刃をむきだしにし挑み返す性格だったら、却《かえ》って家庭を棄てて柚子に走ることもできたかもしれない……桐沢はそうも考えた。

ただし、妻が完全にあの事件のことを許し、忘れてくれたなどと甘く考えてはいなかった。

この十五年は、桐沢が会社で徐々に自分の地位を築きあげていった時期でもあったが、昇進の階段を一段のぼるたびに責任が重くなり、よく空白の書類に苦しむ夢を見るようになった。会議の席上で用意しておいた書類を鞄からとりだし、読みあげようとして、それが白紙だと気づき焦燥する夢である。

その白紙にも似た無表情を、あれ以来、妻のおっとりとした顔のどこかに感じとり、おびえる瞬間があった。

もっともそれも自分がいつまで経っても柚子を忘れずにいる後ろめたさのせいだと考えて、大抵は夢と同じようにすぐに忘れてしまっていたのだが、十五年が過ぎ、先週——いつもと同じように帰宅した桐沢をいつもと同じ顔で迎え入れた妻は、食事が終わった後、一冊の週刊誌をさしだしながら『離婚』という言葉を口にしたのだった。

加賀温泉に着いても、まだ雨が降っていた。

時季が時季だけに降りたった観光客もまばらで、全国でも屈指の温泉郷とは思えないわびしさがホームにも駅前の広場にも漂っていた。

「山代温泉の『もみじ屋』へ……」

タクシーに乗り込んでそう告げると、車はすぐに走りだした。

あれからまだわずか十日足らずなのに、間もなく柚子と再会しようとしているのが不思議な気がした。十五年壊れていた時計が、一旦動きだすと信じられないスピードで時を刻み、十五年の彼方にいる遠すぎる女へと自分を押し流していく……。

先週の月曜の晩、妻がさしだしてきた週刊誌のグラビアページに『湖畔の宿の美人女将』として載っている女が、すぐに柚子だとはわからなかった。

顔は十五年前と変わりないほど若々しいのだが、記憶と寸分変わらぬ顔のまま、柚子は和服をしっとりと体に馴染ませた別の女に変わっていたのだ。

「おかしな偶然ね。『離婚後どう生きるか』という特集が読みたくて買った週刊誌であの人と再会するなんて……」

そう言い、妻はまた「今は湯河原じゃなく、宍道湖《しんじこ》の近くの旅館ですって。文を読むと大変な苦労をしたみたいだけど、私が想像していたとおり苦労を養分にして美しくなるタイプだったわね。逢いたいなら、来週の関西出張の折りにでもお寄りになったら？」と言ったのだった。

そうして、桐沢がまだはっきりとグラビアの女の顔に焦点を合わせずにいるうちに、

「いいえ、無理にでも時間をとって逢いに行って下さい。この秋で子供たちも完全に自立するから、私ちょうどあなたに離婚してほしいと頼もうと思っていたんです。あなたが私との結婚生活をふり返って一つの決心をするのに、なぜか、この人と逢うのがとても重要だと思えるから」

とも言ったのだった。

この秋というのは二十三になる下の娘の挙式のことである。下の娘は二ヵ月前、桐沢の会社と取引がある銀行の行員と婚約し、新聞社に勤めていた長女の方は一昨年職場の同僚と結婚し成城のマンションで暮らしている。

すでに十五年前柚子との一件が発覚した際に離婚の決意はあったのだが、子供二人が成長するまで我慢してきた――。

そう言いたがっているとしか思えない妻の言葉にその晩は何の言葉も返さなかった。柚子の写真もじっくりと見たのは、翌朝駅前のキヨスクで買った週刊誌をラッシュの電車の中で開いてからである。

全国の温泉旅館の女将を毎週一人ずつ紹介しているシリーズで、島根県松江市の宍道湖畔に建つ『増井』の女将藤倉柚子は藍色の和服を経て、四十五歳の余裕ある笑みを浮かべている。

柚子の噂は、あれから二年ほど過ぎて、湯河原の旅館に遊びにいったもと同僚から「怖そうな大女将がついているけど、ご主人が優しそうな人だから充分しあわせそうにしている」と聞かされたのが最後だから、その湯河原から日本海につながる湖へとどんな運命の変化に押し流されていったのかはわからなかった。

『三十一歳で東京のＯＬ生活を棄てて湯河原の老舗旅館に嫁いだものの、自分より若々しく美しい姑が女将として采配をふるい続ける旅館では自分の本当の力を試すこともできないと考えて八年後に離婚、偶然出会った島根の旅館「増井」の女将千代さんの生き方に共感をおぼえ、千代さんを助けてまだ当時民宿と変わりなかった小さな旅館を、一年先まで予約で埋まるほどの人気旅館に仕立てあげた。「一番広い部屋で十畳と狭さは昔と変わりないのですが、そのぶんサービスで懐の広さのようなものを感じとっていただけたら」と柚子さんは微笑む。どの部屋の窓にも宍道湖が広がっているが、何より部屋を広く感じさせるのは柚子さんの豊かな笑みである』

記事はそう記した後、壊れかけの古傷だらけだった宿を前夫とのあいだにできた乳飲み子を抱えながら、三千万の借金と様々なアイデアで新しくよみがえらせた苦労が語られ、『六年前に千代さん一人の頃から板前として働いていた今のご主人と結婚。包丁一筋の実直なご主人との仲は幸せそのものだが』と前置きして、こんな柚子の言葉を紹介している。

「でも、私はおかあさん（千代さん）に嫁いだんです。この前も主人に『あなたと別れる日が来ても私はおかあさんとは添い遂げますから』と言うと主人も『俺も包丁と結婚したんだから』と笑っていました。主人はこの旅館をもっと大きくしていくための大切なパートナー、おかあさんからは私が生きていくための血や涙や本当の笑顔や、いっぱいもらったものがあります。おかあさんのお蔭で普通のOL生活をしていたら私なんかではできなかった『自立』した生き方ができるようになったと思っています」

柚子が『おかあさん』と呼ぶその千代と並んで撮った写真が載っている。いかつい体をした垢抜けない年寄りの女が頑固そうな仏頂面で写っているのだが、隣に寄り添った柚子の安心しきったような微笑のせいで本当に血のつながった母娘のように見える。

それだけの記事なら、東京から島根への距離そのままに自分とはあまりに遠い別の人生に隔たってしまった女との再会など考えなかったかもしれない。

だが、記事は増井千代の「柚子さんとこの旅館をここまで大きくしたのは、私なんかじゃなく一人の男性です。それがどんな男かは私もよく知らないんですが、昔男から負わされた傷が、ここまで柚子さんを大きくしたんです。だから失恋の一人旅の若い女の人が泊まりに来ると、私はもっともっと傷つきなさいって励ますんです」そんな言葉を載せ、『女将の優しい微笑の裏にある過去を最後に老女将が、こっそりと教えてくれた――』と結んでいるのだ。

妻の静江が『離婚』という言葉とともに「この人に逢いにいって下さい」と言いだした

のも、その老女将の言葉を読んだからにちがいない。

柚子が『おかあさん』と呼んでいる年寄りの言葉が、そのまま柚子自身の思いかどうかはわからない。柚子の豊かな微笑を見ると、当時の傷などもう遠い昔話として思いだすこともないようにしか見えなかった。

きれいごとに書かれた文章の裏まで読めば、東京から湯河原、さらに松江へと、一人の女は人生の重要なページをひるがえすほどの運命の指にあやつられ、その濁流にも似た運命と果敢に戦ってきたようである。

そんな数奇とも言える運命を十五年前一人の女に与えたのだと思いたがっている自分がいるのはわかっていた。柚子の幸せそうな微笑よりも、増井千代の使った『傷』という言葉の方を信じたい自分がいる……。だが、桐沢は五十七であり、男というものがそんな風に加害者ぶることで何もなかった人生に言い訳するのが好きだということも知る年齢になってもいたのだ。

逢いにいっても仕方がない。今は別の男と幸せに暮らしている女の前に昔の傷だけを頼りに現れても、冷淡な目か蔑みの笑い声で一蹴されるだけだ——。

そう思い、会社の終わる時刻には一度、妻に『昔の女に逢う気はないし、離婚するつもりもない』昨夜口にできなかった返答をきっぱりとする決心もつけたのだが、地方から出てきた顧客の接待で銀座に出て飲んだ後、帰路につくためにタクシーを拾い、あの週刊誌を家にもち帰るわけにはいかないからこの車の中にでも棄てておこうと思って鞄からとりだし……だが、その瞬間、何かが指先へと流れてしっかりと週刊誌を握りしめ、「運転手さん、そこの公衆電話でちょっと停まってもらえませんか」そう言っていた。

十五年前のあの晩と同じように街角の電話ボックスに駆け込み、週刊誌のページを開いてそこに紹介されている松江の番号に電話を入れた。

「はい、増井でございます」

女の声で我に返った。いや、いっそう酔いがまわり混乱しただけかもしれない。

「あの……来週の水曜日そちらに一泊したいと思ってるんですが……」

「申し訳ございません。部屋数が少ないものですから、来週はもう満室なんです」

済まなそうな声に「そうですか」とだけ答えて、すぐにも電話を切ろうとした際、

「あのう、もしかして……」

受話器から女の声がこぼれだした。

「桐沢さん？」

「――――」

「いえ、人違いなら申し訳ありませんが」

「そうです」

「御無沙汰してます。お元気ですか」

屈託のない本当に懐かしそうな声が、桐沢の脳裏から一挙に十五年の歳月と島根までの距離とを追い払った。

「ああ。こちらこそ……週刊誌で読んで、来週大阪に出張があるものだから、一日前に出掛けてそちらで一泊できたらと思って。いや、無理ならいいんだ。またの機会にするから。しかし、よくわかったね、僕の声だと」

「なんだか掛かってきそうな予感があったんです。いいえ、と言うより、賭けをしてたんです。あの週刊誌を読んで桐沢さんが電話を掛けてきてくれたら……おかあさんが言ったことの方が本当なのかもしれないって。記事の最後におかあさんの言葉があったでしょう？　おかあさんのお蔭だと私が言い過ぎたから、おかあさん、面《おも》はゆがってあんなこと喋ったんだって……主人も機嫌が悪いし、ずいぶん迷惑だっておかあさんに怒ったんですけど、でも何だか桐沢さんが電話をかけてきてくれたら、おかあさんの言葉の方が正しいかもしれないって、そう思ってたんです」

「――――」

「やっぱり、傷だったんですね、桐沢さんとのこと」

ふと遠くなった声に、何を答えたらいいかわからず、十五年前の傷なら時効にしてもらえないかとか、そんな馬鹿げたことをかすかな笑い声をまじえて言った。

「ええ。それより、来週の水曜なら島根まで来て下さらなくても、北陸でお逢いできるわ。

山代温泉に柿渋《かきしぶ》の和紙を壁紙にした旅館があるんです。今度ウチが新しい部屋を四部屋増やすことになって……参考のために一人で見にいくつもりでしたの。山代温泉なら翌日大阪にも出やすいですし」

「そう……」

不思議なほど、柚子との会話のリズムが体に残っていて、ごく自然に柚子の声に自分の声をからませながら、具体的な取決めをして電話を切っていた。

十五年前と同じようにタクシーの運転手がうさんくさそうにこちらを見ているのはわかったが、すぐには受話器から手を離せなかった。

目は電話機の上においた週刊誌のグラビアに釘づけになっていた。その日一日、桐沢が気になっていたのは、記事の増井千代の言葉より、柚子の豊かな微笑より、何より、その写真で柚子が着物の膝の上においた手だった。

柚子は右の手と左の手とをさりげなく膝の上で重ねている。

だが、よく見ると、左手の指先の部分は右手で隠されているのだ。右手の指にはマニキュアのない、清楚な爪が揃っているのだが、その右手で柚子がわざと左手の爪を隠している気がした。

左手の薬指の爪にだけ、柚子が十五年前と同じ極彩の赤いマニキュアを塗っているのではないか――。昨日の晩、妻の静江から週刊誌のグラビアページを見せられた時から、桐沢が一番こだわっていたのはそのことだった。

桐沢には、柚子が左手のその爪を隠すことで逆に自分に……自分にだけ何かを訴えようとしている気がしてならなかった。

柚子が左手のその指の爪に十五年前の色を残しているかどうか……それを何より知りたくて、自分は今柚子に電話を入れたのだ。

桐沢はそう思った。

そして、柚子は桐沢の思いに今、予想以上の熱さで答えてくれたのだった。

柚子は桐沢からの電話を待っていた。桐沢の逢いたいという思いは、そのまま柚子の思いでもあり、柚子はこの週刊誌を他の何十万という読者より誰より、桐沢に読ませたがっていた。

しかもそれ以上のものがあったのだ。桐沢としては、二人だけで逢うのをどこか避ける気もちがあったのに、柚子は自分の方から山代温泉に誘い、さらに電話を切る直前『今度は私の方にも主人がいるんですよ』という言い方をした。二人だけで逢いたいかのようにほのめかし、同時にそれとは裏腹に夫の存在をもちだしたことが、柚子がこの十五年ぶりの再会を桐沢以上に男と女のそれとして考えている証拠だった。

あれから十五年が経ち、桐沢の体も若さを失っている。週刊誌で昔と変わりない、むしろ昔より女として成熟した柚子を見た瞬間にも昔ほど激しい欲望は感じなかった。

もう一度この女を抱きたいという欲望はあったが、その欲望と自分のあいだにどこか距離がある。桐沢としては、自分が本当に一人の若い女に数奇な運命を与えた加害者なら、その女が今はそれなりの幸せな生活を送っていることを実際に自分の目や耳で確かめ安心したいという思いから掛けた電話のはずだった。

だが、桐沢より一回り年下の柚子の体は、花に例えるなら、盛りを終えながらも果実を結び、しかもその果実が豊かに熟そうとする時季である。

あの頃と寸分変わりないまま女としての成熟をもった柚子の声が、桐沢に自分でも驚くほどの鮮やかさで十五年前の一つの色を思いださせたのだった。

結婚指輪の代わりのように左手の薬指だけを赤く染めていたマニキュア――。

柚子の十五年ぶりの声を電話で聞きながら、桐沢には、記憶の一点にしみついているその色だけが六十も近くなった自分の体に残っている若さだという気がした。

自分と柚子とはこの十五年、離れ離れに別々の人生を歩みながら、あの時の爪の色でつながっていたのではないか……そうも思えてきた。

「もうすぐですよ」

車が坂道を上りだすと、運転手がそんな声を投げてきた。

雨のせいでわびしく殺風景に見えた温泉街が途切れ、車は山へと分け入ったらしい。梅雨の鬱陶しさをひるがえすほど、緑は濃密な流れとなってフロントガラスを襲ってくる。

桐沢の目をかすめ、それは背後へと流れ去り……すぐにまた新たな緑が押し寄せてくる。

それなのに桐沢の体を占領しているのは柚子の爪の赤さだった。

北陸本線の中では何度も妻の声を思いだした。先週、柚子に電話をかけた後帰宅し、桐沢は妻に柚子と逢う約束をしたことを正直に告げた。

いつどこで逢うかまでは教えなかったし、妻の静江も訊いてこなかった。妻は自分から口にした離婚という言葉までその柔らかな肌で吸いとったかのようにこれまで通りのおっとりとした顔を続けていたのだが、今日、出掛けになって突然「旅先で離婚のこと考えてきて下さい」と言い、その一言で夫をこの旅へと送りだしたのだった。

列車の中では柚子の爪の色と重ねて何度もそんな妻の声を思いだしていたのだが、今、柚子との再会の瞬間も迫って、妻の声は遠のいている。赤い爪の色だけが全身にあふれ、桐沢の体を支配していた。

山の一部を切り落としたような空き地へと乗り入れてタクシーは停まった。

その空き地の奥まったところに控えめに奥ゆかしく旅館の玄関があり、停まったタクシーに気づいてすぐに中から従業員が現れた。

「東京の桐沢です」

フロントでそう名乗った。先週の電話で柚子は、名前を出してもらえばわかるようにしておくと言ったのだ。

「はい、あのう、お連れ様がお部屋の方でお待ちのはずですが……ちょっとそちらでご休息ください」

　そう言われ、ロビーで果実酒をもてなされた。和風旅館でありながらロビーは美術館のような洋風の白い静寂に包まれ、帯状の窓に庭の緑が絵巻もののように流れている。

　まだ三時になったばかりのせいか、他に客の姿はない。

　カリンの甘酸っぱさが渇いた喉にしみ、十五年ぶりに女と再会する不安と焦りにも似た期待を静めてくれた。

　しばらく待たされ、仲居の案内で通された部屋は、和室の二間続きに竹が床に敷きつめられたもう一間があるという豪華な部屋だった。部屋に足を踏みいれる際、桐沢は胸が高鳴るほど緊張したのだが、部屋には誰もいない……。

「連れは別の部屋なのですか」

「はい、でもこちらの部屋でお待ちするからとおっしゃって……こちらのお部屋の方が広くて眺めもいいですから」

と、総白髪の仲居は部屋を見回すと「おかしいですね、さっき覗いた時にはそこに座って庭を眺めてらしたのに」と竹の間のむこうにある濡れ縁の方へと視線を流した。

　もみじの葉が視界いっぱいに広がっている。

「ちょっとむこうの部屋を見てきましょう」

そう言って仲居は出ていった。

塗りもののテーブルの上にも人の気配が残っている。

和紙で折られた鶴や風車が五つ六つ無造作におかれていた。凝った部屋の作りで調度品なども洒落ているから、最初テーブルの飾りとして置かれているのかとも思ったが、鶴の一羽は途中までしか折られていない。二羽目の鶴を折ろうとしている最中に何かがあって部屋を出ていったようだ……。

やがて戻ってきた仲居が、

「申し訳ありません。お連れ様は今、お客様がご到着になる少し前にお帰りになったそうです。急な用ができて、突然帰らなければならなくなったとおっしゃって……後でこちらに電話が入るはずですが、くれぐれも謝っておいて下さいと」

そう言ったのだった。

「そうですか……いや、別に構いません。一人のんびりしたかったし」

とり繕ったのではなく、ごく自然にそんな言葉が口から出た。

先週、電話をかけた時からこの再会に不安や期待やさまざまな思いが全身に乱れていたが、そのどこかに『本当はもう逢わない方がいいのだ。何か不都合が生じて逢えなくなった方がいいのかもしれない』という諦めにも似た思いがあった。

柚子の方も同じ気もちだったのではないか。

先に着いてこの部屋で待ちながら、いざ男の到着する時刻が迫ると、不意に逢うのが怖くなって逃げだしたのかもしれない。

桐沢は先週の電話で三時ごろに着く列車に乗ると言ってある。

折りかけの鶴には、三時が近づき自分でも思いがけず怖さの方が勝ってしまった女の、とまどいが感じとれた。

逢うのが怖いというより、辛くなったのかもしれない。女は宿に着いてから、逢う逢わないのぎりぎりの境界に立って、折り紙をしていた。折り目は剃刀の刃にも似た鋭い直線である。逢った方がいいのか、逢わない方がいいのか……二心《ふたごころ》に迷い、揺れながらも、その境界線が不思議にまっすぐなのが、いかにも柚子らしかった。

「この和紙は？」

褐色の濃淡がまだらになった興趣ある和紙である。

「柿渋です。この地の名産の……」

「柿渋？」

そう訊き返しながら、電話で柚子が『柿渋を壁紙にした旅館』と言っていたのを思いだし、改めた目で部屋を見回した。床の間の掛け軸も折り紙と似た和紙であり、壁もよく見ると淡い、クリーム色のような和紙になっている。

「柿の渋で染めたものです。虫除けになるので電灯の笠や壁紙にいいんです」

そう言われ、ロビーに洒落た形のスタンドが幾つもおかれ、すべてこれに似た紙が使われていたことを思いだしながら、

「この鶴や帆掛け舟は連れが折ったんでしょう？　連れは何時ごろ到着したんですか」

「一時間ほど前に……」

「この和紙は部屋にあったんですか」

「いえ……ロビーの売店で売っているものだと思いますが」

お茶をいれ終えると、仲居はそう答え、急に話題を変えて「お食事は何時になさいますか」と訊き、桐沢が「六時に」と答えると挨拶もそこそこに部屋を出ていった。

桐沢の質問を避けて逃げだしたような気もしたが、この時は折り紙に柚子の指の感触がまだ残っているような気がして、その方に気が奪われた。

見た目の和紙特有の布地のような柔らかさとは違い、蠟紙《ろうがみ》に似たなめらかな感触である。折り鶴は羽のあたりの褐色が薄くなって肌色に近くなっている。それが記憶の闇の中から浮かびあがってくる柚子の肌と溶けあうように重なり、桐沢の胸にかすかな痛みが走った。

逢わない方がよかったのだ、たとえ十五年ぶりに抱いたとしても、今の自分の体で昔のように柚子を抱ききれたかどうか。

これでよかったのだ……。

そう思いながらも、折り鶴を触っているうちに、ふっと柚子を抱く機会は今夜しかなか

った、もう一度柚子が逢ってくれると言ってもその時にはもう自分の方に柚子を抱くだけの若さは微塵も残っていないだろうという気がして後悔が小さな痛みになったのだった。

　だが、それも十五年前、あの湯河原の旅館で突然の別れを迎えた後一年近く続いた激しい後悔とはまったく異質のものに変わっている。

　かすかに走った痛みは今の年齢では簡単に我慢できるもので、桐沢は先刻仲居が口にした『虫除け』という言葉を思いだし、小さな笑い声をあげ、襲ってきた後悔にケリをつけた。

　この柿渋の和紙が、今日の二人を別れさせた……この和紙が柚子に、今の幸せを蝕む害虫以外の何物でもない男を遠ざけさせたのだ。

　そんな自嘲めいた笑い声で、桐沢は自分の体をまだ一点の赤さで疼《うず》かせているものもふり払った。

　濡れ縁に出て庭いっぱいに広がっている緑の中に体をひたしてみた。雨はまだ続いているのだが、暗くはなく、木々の葉には光がにじんでいる。鮮やかな緑が逆に梅雨どきの雨の汚れを洗い流し、葉のあいだをかすめる雨のしずくは木漏れ日にも似てうっすらと光を帯びている。目では追いきれないようなそのかすかな光が、もみじの葉を濃淡に分け……そこに緑に染めあげたばかりのような艶やかな和紙が広がっているようでもあった。

　その緑と比べると、柿渋の和紙の方はいかにも枯れた味わいであり、桐沢はそれが柚子の肌というよりも五十七になる自分の肌に似ている気がしてきた。そんな本物の若々しい緑で、桐沢は自分の枯れ始めた体にまだ枯れきらずに残っている贋《にせ》物のような若さを追い払った。

そのつもりだった。

だが、一時間ほど部屋で横になった後、大浴場にいき、なめらかな湯にひたっていると、不思議にまた柚子を抱けなくなった後悔が体の芯のあたりににじんできた。庭の緑がガラス張りを貫くように押し寄せていて、湯は緑に染まり、その緑に枯れかけた体が染まっていく……。

桐沢のほかにあと二人、老人と若い男が湯につかっていたのだが、若い男の方が立ちあがった時、桐沢はその体から思わず目をそむけた。若いと言ってももう四十前後の男だが、その体は木々の葉に染まり、湯のしずくを弾《はじ》いている……。十五年前の自分の体なのだと思うと、十五年もの歳月がやはり長すぎるものであり、今の体では到底埋め合わせられるものではないという気がしてきたのだ。

それでも泉質がいいのか、湯からあがると五十七歳の体にもわずかだが艶が戻っている。浴場を出たところに番傘と下駄がおかれていて、庭へおりられるようになっている。火照りを静めるために、桐沢は傘をさして少し庭を歩いてみた。

庭は谷のようになっていて、坂になった細道を下っていくと、いつの間にか旅館の建物が木々のこずえのさらに上方に浮かびあがる恰好になった。

木の葉が天井のように上方を塞いでいるが、下駄が木の根にひっかかった時、体と一緒に傾いた傘が木の枝を払い、上方が覗き見えた。

どこかの部屋の濡れ縁に女が一人座っている……しかも和服を着て……。ほんの一瞬だった。木の幹に手をついて体を支え、慌ててもう一度傘で枝を払ったが、そこに女の姿はなかった。

客室はどこも似た作りなのだろうが自分の部屋か近くの部屋だと思えた。

桐沢は急いで坂道を駆けあがった。息を切らしながら、何とかロビーを横切り部屋に戻った。

だが、誰もいない。

桐沢はふたたび廊下に出てみた。他の部屋のドアはどれもしんとしている。

柚子が気もちを変えて戻ってきたのではないか。そう思ったのだが、どこにもそれらしい影はない。

それでも念のためにロビーに行き、ソファに座ってくつろぐふりで、客の動きを眺めた。

浴衣姿はあっても、ちゃんとした和服姿の女性客はいない。食事時間も迫って慌ただしく動き回っている仲居たちは、みな茄子《なす》紺《こん》の制服のような着物である。先刻の女は遠目で一瞬見ただけだったが、もっと淡い色の着物だった……。

いや、それもよく考えるとわからなくなるほどの、幻と変わりない一瞬の女だった。顔はもちろん、年齢や体つきも見てとれなかった。

それなのに柚子だと決めつけ、慌てて部屋に戻るために走りだした自分を思いだすと、柚子に逢えなかった悔いが体の奥深くに自分の感じている以上に重く澱んでいるとしか思えなかった。

雨のせいもあって山間の夜の気配がもう庭に迫っている。食事時間も近づいたので、売店をちょっと覗いてから部屋に戻った。

売店と言っても普通のお土産品店とは違い和紙の展示販売を主にした品のいい、ちょっとした美術館のような店だった。柚子はこの旅館に着いてから帰るまでのわずか一時間ほどのあいだに、その売店で和紙を買い、その和紙で鶴や帆掛け舟を折った。それがいささか不自然な行動に思えたのだが、一言に柿渋と言っても着物の反物《たんもの》のように多種多様な色合いがあることが売店を覗いてわかった。柚子の最初の目的は和紙を見ることにあったのだし、まず和紙を買い、男が来るまでの様々な思いを折り紙でまぎらわせようとしたことも決して不自然ではないと思えてきた。

すぐに食事が運ばれてきた。北陸の海の幸を使った贅沢な料理よりも関心は別に向いた。

「今日は和服の女性客がいる？」

さりげなく、一時間ほど前に庭から見た女のことを尋ねてみたのだが「さあ」と仲居は首をかしげた。

「女将さんがそんな色の着物ですが、まだ少し前に外出から帰ったばかりですけど」

「今日、連れが二部屋とってあったと言ったね。もう一部屋の方は空いたまま？」

「さあ、それも……」

「もう一部屋というのはどこの部屋？」

「一部屋隔てた奥の『楓《かえで》の間』でしたけど」

夕方から急に何組かの飛び込みがあったので忙しいと言い、料理を運んでくるとすぐに出ていってしまう仲居が、桐沢にはこの時も自分の質問を逃げているように見えたのだが、それ以上追及することもできなかった。

食事が終わるとすぐに布団が敷かれ、気がつくと夜ももう九時近くになっている。

竹の間には和紙の小さな行灯《あんどん》がおかれ、夜が窓を暗く塗りこめていくにつれ、灯が眩《まばゆ》さを増し、鮮やかに和紙のまだら模様を透かしていく。昼間見た時は肌色だったその行灯の和紙が、今はかすかに赤みを帯びているように見える。

夜が深まるにつれて、自分の体の芯にも眩い灯がともり、体を赤く透かしていく気がする。先週から……いや、十五年前から自分の体に染みついていた一点の赤が、その灯に鮮やかに浮かびあがっていく……山間の静寂が逆に体を騒がせようとしている。

すぐに布団にもぐりこむ気にはなれず、畳の上に横たわり、テレビをつけようとした時、待っていた電話が鳴った。

「もしもし……」

柚子の声である。

「申し訳ありません。約束を破ることになって……急用ができたものですから」

「急用って？」

受話器は短い沈黙ののち、

「子供が三十九度の熱を出したものですから」

そう言い、言い終わると同時に笑い声で「嘘です、もちろん」と打ち消した。

「逢うわけにはいかないんです。桐沢さんには奥さんがいらっしゃるし、私にも主人がいます」

「だったら先週の電話でなぜ……」

「あの時は自信があったんです。絶対に同じ宿に泊まっても桐沢さんともとの関係に戻らないという……でも電話を切った後、急に自信がなくなって」

「本当に？……電話を切った後、恨みの方を思いだしたんじゃないのか」

冗談を装った軽い声で桐沢は言った。

「いいえ」

とだけ答え、柚子は唐突に、

「柿渋っていい味わいでしょう？」

と訊いてきた。

「それ、最初は緑色なんです。柿がまだ緑色の固そうな実をしているうちに石臼の中で潰すと渋が流れだして……その時の若々しい黄緑色も悪くないけれど、私は最終的に茶色に落ちついたこの色の方が好きなんです。枯れたような色ですけど、よく見ると熟柿《じゅくし》のような赤みも見えてきて……。昔はあんなに生々しかった傷も、今はこんな色のきれいな思い出になって実った気がするんです」

そう言うと、

「せっかくのこのきれいな色を汚したくないんです。だからもう二度とお逢いしません」

不意に激しい声になってそうも言い、その激しさとは裏腹の静かな音で電話は切られた。

本心じゃない、柚子はまだ逢いたがっている……もう一度だけ逢いたがっている、自分が柚子に逢いたがっているように……。

受話器を戻し、この時もすぐには受話器から手を離せなかった。

電話機は床の間に置かれている。

しばらくは何も考えられず、ただ目の前に迫った床の間の掛け軸を見つめていた。

柿渋の和紙に、墨字が流れている。いや、字なのか絵なのか。柿渋の濃淡の模様と墨の流れとが渾然と一つに溶け合って、そこに紙の不思議な空間を作りだしている。

淡くなった部分は波だつ人肌に似ている。

目を凝らすと、その人肌にうっすらと熟柿のような赤みがにじみだしてくる……。

ただの紙ではない。この色は生きている……生きていて、人の肌色のように刻々と変化している……。

柚子は『こんな色のきれいな思い出になって実った』と言ったが、桐沢にはそれが老いながらもまだ老いきることなく、最後の若さを燃えあがらせようとしている今、この瞬間の自分の体そっくりに見えた。

思い出を抱くわけにはいかなかった。今この瞬間に生きている柚子を抱きたかった。電話ではあんな言い方をしたが、実際に逢えば柚子が桐沢と同じようにどんなきれいな思い出よりも『今』を選ぶことはわかっていた。

だが、それは無理だった。柚子は今松江にいて、二人の間には列車でも何時間もかかる距離が横たわっている……。

いや、本当に無理だろうか。

こんな色のきれいな思い出……こんな色？

確かに今の電話で柚子はそう言った。『この色』という言い方も二、三度している。

電話で喋りながら、桐沢は柚子が自分のすぐ側にいて同じ掛け軸を見ているかのような錯覚に何度かおちいったから、間違いない。

柚子はこの旅館の売店で他にも柿渋の和紙を買ったのかもしれない。松江に帰り、それを手もとにおいて電話をかけてきたのかもしれない。

だが、もっと他の考え方もできる。

柚子がさっき、これと同じかこれと似た掛け軸を見ながら電話をかけていたのだとしたら……。

この時になって、夕方もみじの青葉のむこうに垣間見た女の姿が決して幻ではなかったという確信が胸に迫ってきた。今も柚子の声は生々しいほど近く、耳に残っている。それと同じ生々しい肉づけで、あの一瞬の女が脳裏によみがえってくる。

あれが本当に柚子だったのなら……一旦この旅館を引き払い再び戻ってきたというより、柚子が最初からこの旅館を一歩も出ず、二部屋とったうちのもう一部屋にいたのだとしたら……仲居の狼狽が柚子に頼まれてそのことを桐沢から隠していたためだとしたら……。

桐沢はもう一度受話器をとり、数秒迷った後、フロントに電話を入れ、

「楓の間につないで下さい」

と言った。数秒の迷いは、松江に電話を入れ、柚子の不在をまず確かめた方がいいかもしれないと考えたからだ。

すぐに電話はつながった。

だが、空しい呼び出し音が返ってくるばかりだ。フロントがつないだ以上、楓の間に客

が入っていることは確かだ。風呂にでも行ったのだろうか。いや……それが誰からの電話か予想がつき、電話に出るのをためらっているだけなのかもしれない。

諦めて受話器を戻そうとした時、相手の受話器ははずされた。

「もしもし……」

女の声だが、小声すぎて誰の声かまではわからなかった。

「私だ」

桐沢は思い切ってそう言った。

ためらうような沈黙が続き、やがて決心がついたようにはっきりと女の声が、

「三十分経ったら、こちらに来て下さい。着替えをしたいので」

と言った——。

正確に三十分待って、桐沢は浴衣姿のまま部屋を出ると、一部屋隔てた奥の部屋のドアをノックした。しばらく待たされ、ドアはやっと開いた。女が和服姿で立っている。夕方見た時の印象は当たっていた。白と薄茶色が混ざりあった着物だった。

柚子ではない。電話ではっきりと声を聞き、それが誰の声かわかった時の驚きがまた、桐沢に戻ってきた。柚子ではないとわかっていながら、一瞬柚子がそこに立っている気がしたのだ。

和服を着ると妻の静江がどこか柚子と似た面差しになることを、桐沢はこの時、初めて

知った。

桐沢が家を出た後、静江も着替えをして羽田に向かい、飛行機で小松に来たと言う。そうして桐沢より一時間も早くこの宿に到着した。

「俺たちを監視するためなのか？」

「いいえ、なぜ私が監視しなければならないの？　私が勧めたのよ、あなたとあの人が……柚子さんが逢うこと。私がこの旅館に来たのは柚子さんに頼まれたからです」

「頼まれた？」

「あなたが松江の旅館に電話を入れた翌日、柚子さん、私に電話をかけてきたんです。十五年前も確か、あなたには内緒で湯河原から電話をかけてきたわね。あの時みたいに……。でも十五年前とは意味が違ってた。柚子さん、あなたが電話をかけた時、自分の方からこの旅館へ誘ったんですって？　でも自分は毛頭来るつもりはなくて、自分の代わりに私に、この旅館であなたを待っていてほしいと頼んできたんです」

「なぜ……」

「あの人、まだあなたに気もちを残しているわ。あなたの方もたぶん……。その二人の気もちを清算して、あの人今度こそあなたを私に返そうとしたのよ。二、三日して私の航空券とそれから前に一度この宿に泊まった時に買ったっていう和紙のレターセットとを送ってきたわ。この和紙が壁紙になった素敵な旅館だから是非行って下さいって。その便箋で私、折り紙をして部屋においておいたけれど」

静江はそう言って、盗み見るように夫の顔を見てきた。仲居が桐沢を部屋に案内する少し前に見たという濡れ縁の後ろ姿は、柚子ではなく、この静江だったのだ……。

「あの人、本当に商売上手になったわ、それだけで私に十五年……いいえ十七年ぶんの慰謝料を払ったんだから」

「さっき『なぜ』って聞いたのは、柚子のそんな勝手な頼みをどうして君が聞き入れて、本当にこの旅館に来たかだ」

「ずっと前に私『あの人の強さには負ける』って言ったことがあるけど憶えていない？　あの人、本当に強い人で、その強さに負けたのよ。あの人が十五年前のあなたとのことを今さらに完全に清算しようとしたのは、ご主人が浮気してるからよ」

「――――」

「週刊誌には実直そうな夫と書かれていたけれど、本当は今、土地の女性と浮気してるんですって。その前の湯河原での結婚が破綻したのもご主人のとんでもない浮気が原因だったって……。柚子さん、でもそれは夫たちより自分の罪だって言ってたわ。自分が昔、あなたのことを愛した気もちは本物だったし、本物だからこそ奥さんを本当に傷つけてしまったって……その罪の報いだって。自分の方は十五年が過ぎてそれもきれいな思い出になったけれど、奥さんに与えた傷は一生痛みとなって残ることに、自分が二度も夫から酷い裏切りを受けてやっとわかったって……。それであなたのことを本当に清算しなければ、自分がこれからの運命を切り開いていけない気がするって……」

静江はそう言うと、「本当に強い人だわ」と呟いた。

「君が離婚したがってることも話したのか」

「ええ、でも『桐沢さんは昔から自分で思っている以上に奥さんのことを愛しているし、奥さんだってそれは同じじゃないですか』って言われたわ……ただ私だってそんな頼みを素直に聞き入れるわけにはいかないから、二部屋とっておいてほしいと頼んだんです。あなたは自分一人で結論を出すべきだし、この旅館に来てもあなたに逢わずに帰ろうかという気もちもあったから」

静江が着ている和服は、初めて見るものだった。いつ買ったのかはわからない。それは日頃、静江が着ている洋服にも言えることで、改めて思えば、静江が今どんな暮らしをし、何を考えているか、桐沢は何も知らないのだった。顔さえも……。十五年前の顔は思いだせる。だが、今の顔は自分の知らない別人のような顔である。そう思うのは、床の間の和紙の掛け軸を背にして座っている妻の顔がどこか柚子に似ている気がするからなのか。

柚子はこの旅館に最初から来ていない。その妻の言葉に嘘はないだろう。だが、柚子がこの部屋の、襖をたてた他の間かどこかに潜んでいる気がしてならなかったのだが、それも妻の顔の中に柚子の顔を自分が見ているせいなのかもしれない。

十五年が過ぎ、二人のまったく別の顔をもった女は、どこか同じ一人の女の顔をもちはじめている……。

「俺が自分一人で考えるべきだと言ったのは、君の方の結論はもう出ているという意味か」

その桐沢の質問を無視するように、

「もう疲れたから、寝たいんです。ご自分の部屋に帰ってください」

静江は冷たくそう言った。自分がわざわざ和服に着替えたのと同じけじめを、静江はその丁寧すぎる口調で夫にも強いてきたのだった。

部屋に戻り、冷蔵庫からビールをとりだして飲みながら、桐沢はふとテーブルのふちから落ちそうになっている折り鶴を手にとり、天井の蛍光灯の灯に透かして見た。おや、と思った。

肌色の片方の羽に、眩い光にあぶり出されるように文字らしいものが浮かんだ。桐沢がその折り鶴を焦る指で解くと、裏に罫が流れ、見慣れた静江の文字がある。便箋としてはそちらの方が表なのだ……。『別れることに決めました。今夜が最後です。あなたもそのつもりでいて下さい』

おっとりとした字が並び、『静江』と署名している。

他の風車や舟も全部開いてみたが、文字があるのはその鶴だけだった。

これが妻の出した結論なのだ……。

そう思いながらも、だが、その手紙を折り鶴の裏に潜めたのは、妻がまだその結論に迷いをもち揺れ動いている証拠のようにも思えた。静江は昼間この部屋で夫の到着を待ちながら、別れの言葉を書き、だがその言葉に自信をもちきれず、折り鶴の裏に隠した……。開いた和紙を灯に透かしてみると、まだら模様と折り目の錯綜が、蜘蛛の巣のように文字をからめとり、妻の別れの言葉をかき消してしまっている。

翌朝、浅い眠りをさまよっただけの体を温泉の湯でいたわり部屋へ戻ろうとした際、廊下で前日風呂場で一緒になった男とすれ違った。旅行鞄をさげ、旅館を出発しようとしている男に桐沢が目を止めたのは、その男が今『楓の間』から出てきたような気がしたからだった。廊下には同じドアが並んでいて、数メートル手前の曲がり角からだとどのドアから出てきたのか、正確にはわからなかった。

だから大した根拠はない。だが、桐沢には昨夜、楓の間の襖の裏にその男が潜んでいた気がしてならなかった。昨夜ぼんやりとだが襖の背後に誰かの気配を感じたのである……。

静江の背後に夫以外の男がもう何年も前から潜んでいたとしても不思議ではない。その男の存在が妻の口から突然『離婚』という言葉が出た何よりの理由だったとしても――。

その男のことももちろん何も知らない。唯一知っているのは、昨日風呂場で見た十五年前の自分と似たまだ充分に若い体……緑の影に染めあげられた体だけだ。

もっとも桐沢がその男のことを深く考え始めたのは、二時間後、旅館を出て加賀温泉駅から大阪行きの列車に乗りこんでからだった。

風呂から部屋に戻り、桐沢は楓の間に電話を入れ、妻に朝食を一緒にしないかと言ったのだが、妻は飛行機の時間が早いからもう出掛けないと、と言って電話を切った。その後、男とまた外で落ち合ったのかもしれない。

昨日の午後、あの部屋で鶴を折りながら、静江が待っていたのはその男の到着ではなかったのか。昨夜の静江の言葉では、柚子は桐沢の名前で二部屋を予約したようだ。一番先に旅館に到着した静江は、男の名前をフロントで告げ、その男が来たら桐沢が泊まった部屋の方に通すように言ったのだが、その男より桐沢の方が早く到着してしまい、旅館側のちょっとした手違いで、桐沢がその折り鶴の残された部屋に通されてしまった……。

本当なら静江は楓の間で夫を待ち受け、夫に柚子の話をした後、別の部屋に戻り、そこで男と密会するつもりでいた。しかもそれを静江は最後の逢いびきにするつもりだった。

あの折り鶴の別れの言葉は静江が浮気相手に読ませようとしたものだったのではないか。

それなのにちょっとした静江の計算違いが生じて、その部屋には桐沢が通され、桐沢が妻の別れの言葉を読むことになってしまった。本当なら静江は柚子の話を聞いてもう一度夫とやり直そうとし、そのために浮気相手と別れようとしていたかもしれないのに……。

静江のもう一つの計算違いは、夫が昨夜楓の間に電話をかけてきたのをあの折り鶴の手紙を読んだからだと誤解したことだ。別れの言葉を夫が読んでしまったと考え、静江はせっかく柚子のおかげで、夫とやり直そうとした決心をひるがえしてしまったのではないか。

静江がなぜ、男との最後の密会の場を夫のいる部屋のすぐ近くにしたのかはわからない。昔の裏切りへの静江の最後の仕返しだったのか。それとも夫の目がすぐ近くにある場の方が男と別れやすいと考えたのか。

こういったことは、しかし、すべてあの風呂場で一瞬見た男の体の若さからひきだした憶測にすぎない。わかるのはその憶測が当たっていれば、妻の計算違いは柚子の計算違いであり、柚子が十五年前の傷を美しい思い出に変えるために、自分の手で桐沢と妻とを結び直そうとした努力が水泡に帰したことだ。

柚子や妻の人生も巻きこんで、自分の乗りこんだこの列車がどこへとたどり着くのか――。不安は昨日の列車の中よりも大きかった。

雨はやんでいるが空にはまだ雨雲が垂れこめている。そのどこかに褐色が混ざっていて、桐沢の目には空が一枚の和紙に覆いつくされているようにも見えた。

媚薬

「お義母さん、結婚しないかしらね」

玄関のドアが閉まる音が響くと同時に、角子《すみこ》は嫁の顔から妻の顔に戻ってそう言った。

昭夫はビールをついでいた手をとめた。

「結婚って、再婚のことか？」

ビール壜そっくりに、口が泡だった。

「そう。死んだお義父さんとが十年で、後家暮らしがその四倍だから初婚でも通るけど」

角子は名前とは正反対の丸い顔で、意味ありげに自分ひとりうなずいている。

「あるのか、そんな話が」

「ないわけじゃないわ。今お義母さん、本当にただ風邪薬を買うために、薬局まで行ったんだと思う？　あんなに血色よくて」

「――――」

「駅前の山下薬局、ほら、歩道橋の手前にある……この時間は若夫婦が晩御飯食べてておおじいちゃんが店番してるのよ。熱があるっていうの他の意味じゃないかしらね」

「馬鹿言うなよ。夏のこの時期は必ず風邪ひくんだよ、おふくろは」

「だって風邪だけじゃなく、梅雨明けしてからでも腰痛、肩こり、すり傷……救急箱の方が窒息しそうで手当てが要るわ」

「それは、今年の成人式の日に安美が怪我したろう。あの時のことがあるから」

上の娘の安美が慣れない草履を履いて式に出ようとしたために、門を出るまでに転んだ。借り物の振り袖が汚れたかどうかばかり気にしている嫁に代わって救急箱をとりに走った母親が『急場に必要な薬がみんな切れてるよ。ビタミン剤や婦人病のや、自分の物ばっかり』手ぶらで戻ってきてそう言った。息子に耳打ちしたその声を角子が聞きとがめ、半月以上、二人は口をきかなかった。

「だったらまとめて買えばいいのよ」

「お前が厭味にとらないように、少しずつ買って埋めてるだけだろう」

角子はその言葉を無視し「あなた、最近お腹しくしくする？」唐突にそう訊いてきた。

「いや……別に」

「でしょう？　でも一昨日、胃炎の薬も買ってきたわよ。薬局で大先生に『息子が腹がしくしくするらしい』って、ちゃんとそう言ったのを若夫婦の奥さんの方が聞いてるの」

鬼の首でもとったかのように得意げに言う。

「今日ティッシュ買うついでに若夫婦にそれとなく訊いたの。私、恥かいたわよ。お義母さん、いつも大先生にうるさく話しかけてグズグズ店先にいるんだって。それで若夫婦が店に戻るとこそこそ逃げだすみたいに……」

「変な話でもしてると言うのか、二人の年寄りが」

「さあ、そこまでは。若奥さんにお年寄りは淋しいでしょうからねえって、まるで私が話し相手していないみたいに言われたのよ。ねえ、二人は幼なじみなんだって。でもそれだけじゃないわね、絶対。あの先生、ロマンスグレーからホワイトに枯れたって感じでしょ、品のいい白髪で皺までが彫りの深さになってて老人ホームにいたらモテそう。それに五、六年前に奥さん亡くしてるじゃない」

「おふくろが言い寄ってると言うのか」

「そうは言わないけど、さっきだって変にいそいそと……私ね、反対してるんじゃないのよ。義母さんも七十三にしては若いし神経痛以外は元気だし。再婚もいいかなと思って」

「勝手に思ってるのは構わないが、お前、そんな話、おふくろにするなよ」

「ええ、もちろん。私を追い出したいんだろってまた怖い顔されるもの。ただ本当にその気があるのなら放っておくのもねえ」

高校二年になる息子の浩司の足音が聞こえたので角子は話を中断した。

社運をかけた大取引が成功し、やっと暇になって久しぶりに早く帰宅するとこれである。

いら立ちをため息でごまかし、昭夫は「ワイドショー、最近面白い事件やってないわけか」精一杯の皮肉な声を妻に返した。

無視したわけではない。むしろ妻以上に気になっていた。

山下薬局と聞いて、突然、何十年ぶりかに父親の『あの日の顔』を思いだした。車の事故で死ぬ二、三年前で、昭夫はもう小学校に上がっていたと思う。会社と家を単調に往復するだけの生活に飼いならされ、日頃は家でも動物園の羊か驢馬のように声を餌といっしょに食《は》んで面倒げに黙りこんでいる父親が、珍しく「バッティングセンターへ行くか」と言いだしたことがある。

小柄な父が、思いがけない激しさで球をネットに閉ざされた空へと打ちこんでいる姿が記憶に残っている。細い手首が変に必死で汗をかいていたような気がするし、せっかく高く飛んだボールがすぐに網にぶつかって落ちてしまうのが変にむなしく見えた記憶もあるが、それは父親の死後につけくわえたイメージだろう。久しぶりに思いだすと、今ではもう人工芝が本物の緑に変わっていて、記憶はそれが穏やかな春の一日だと決めつけてくる。

春のように思うのは、家に戻る前に駅前の喫茶店で父親が見せた笑顔のせいだろうか。

バッティングセンターのあと、『疲れた』と言って父親は駅前の薬局に寄って小壜の薬を買い、それから喫茶店に入ったのだ。

「何の薬？」

そう訊くと、一度何でもいいだろうという顔になり、思い直したように『母さんが今の薬局のおじさんを愛していて自分を愛してくれないから、この薬を飲ませる』笑ってそんなことを言った。愛などという大袈裟な言葉ではなく『好いてる』とか『気がある』とかのもっと子供向けに砕いた言葉だったと思う。

「それ飲めば母さんが父さん好きになるの」

と訊き、父は無言で笑顔だけが答えだった。ゴムボールから空気が抜けたような皺だけが目だつ笑顔だったが、それでも父が笑うのを間近のアップで見たのは最初で最後だったからか、春に似た柔らかさを感じとる。実際にはその顔とは裏腹のさびしい季節が父の胸中にあったことを知ったのは、もっと成長し『媚薬』という言葉をおぼえた後だった。

山下薬局の白衣を着た男のことは、それ以前から知っていた。母は薬だけは自分で買わず必ず昭夫にその薬局へ買いに行かせていたし、まだ医師と薬剤師の区別もつかず『センセイ』と呼んでいたその男が「君は、タエさんの子？」と一度ふっとそう訊いてきたこともあった。どんな顔でだったかは憶えていないし、たぶんさりげない普通の声だったろう。横をむくと鼻が外人のように高くて、変に横顔だけが印象に残っている。

それだけである。それなのに、父親がダンプに撥ねられて死んだあと、友達に「父さんは自殺したんだよ。母さんが原因なんだ」としたり顔で嘘を言った。信号無視をしたダンプの一方的な責任で自殺などありえなかったのに、そんな嘘をつかせる何かを子供心にも父と母、それにセンセイの三つの大人たちの顔から抽きだしていたと思う。

母が父をいつも婿養子のように見下して横柄な態度をとり続けたことや、父の葬儀の晩、父方の叔母が「タエさんはほんと冷たい人だ。とうとう泣かなかったよ」と誰かに陰口を叩いていたのを盗み聴いたせいでもあった。

本当の事情は大学生になって、その叔母の口から聞かされた。

母は薬局の山下先生とは幼なじみで結婚まで約束した仲だったのに、先生の方にまだ手を切っていない恋人がいたとわかって腹をたて、先生の謝罪にも耳を貸さず、あてつけのように別の男と見合いをして、即、結婚を決めたのだと。先生も翌年には他の女と見合いをし、結婚した。

「ともかく気の強い人だからねえ」

という叔母の言葉に『だからこそ親父の死後も誰にも頼らず、保険の外交で俺を育てあげてくれたんじゃないか』という反発の声はあったものの、同時に父の本当の顔もやっと見えてきた。父は父なりに母を愛していたに違いない。あの日、父が買った茶色い壜の薬はもちろん媚薬ではないし、母に飲ませるつもりもなかった。いや、自分が飲むつもりもなかった。というのもあの日、喫茶店を出たあと駅のごみ箱の中にそれを袋のまま棄てた父の痩せた手が確かに記憶に残っているのである。

父は幼い息子には意味がわからないだろうと思っただろうし、事実その意味がやっとわかったのは叔母から事情を聞いてしばらく経ってからだった。大学の陸上部の合宿で白馬《しろうま》岳《だけ》に入ったとき、宿の冷蔵庫にあった茶色い壜が火付け役となって猥談がもりあがった。この時、昭夫は父があの日買ったのは同じ種類の壜だったのかもしれないとふとそう思った。あの日、薬局で二人の男がどんな顔をしていたかは記憶にない。二人に面識はなかったろうし、父はさりげない顔でただの客としてその薬を買っただけだ。だが、その裏の父の意地悪な顔が見えてくる。

父はあの時、自分の妻の気もちをまだ奪っている一人の男に小さな仕返しをしにいったのではないか。何も言葉にはしなかった。ただその『薬』を頼んだだけだ……あの時父が変にしっかりと子供の自分の手を握っていた気がするが、それは子供の顔を見れば客がタエの夫であることはわかると踏んだからではないのか……その計算の上で『薬』の名を口にした。薬剤師ではなく、白衣にただの男の体を隠した一人の同性にむけて。

あの後の喫茶店での父の冗談めかした言葉と繋ぎあわせると、繋ぎ目の細いすきまにそんな父の『男』の顔が浮かんだ。

もっとも『考えすぎだ』とすぐに忘れた。

ある日不意に路上に倒れ、妻子が病院に駆けつけた時はもう息絶えていた男の、無口すぎた三十七年の唇をそんな想像でこじあけて何かを語らせてやりたかっただけなのかもしれない。最後の顔を覆っていた、人生そのもののただ白いだけのハンカチに小さく色づけしてやりたかったのかもしれない。

自身が父親になった今はたとえ思いだしてもどうでもいい気もするのだが、それでもわざとらしい妻の声のせいなのか、思いだした茶色の壜は変に胸にひっかかってしまった。記憶にはない毒々しく派手なレッテルつきで。

三十分もして戻ってきた母親は「今夜はもう寝るよ」ちらりと居間を覗いただけですぐに階段をのぼっていった。体がだるそうではあったが、袋を握った手だけがはしゃいでいたようにも見えた。その袋の中にあの茶色の小壜が入っているような気さえして、昭夫は慌てて首をふったが、妻の話が本当なら、風邪薬や腰痛薬に別の効き目を求めて七十半ばの母が薬局へと通っていることになる。

それから三日後、会社からの帰路に昭夫は偶然、現場を目撃してしまった。

薬局のカウンター越しに、母が身を乗り出すようにして『先生』と喋っている。

店先は開け放たれているが、通りの車の音にかき消され、母の少しうわずった笑い声以外は聞こえない。『先生』に目をとめるのは何十年ぶりだろう。昭夫がたまに寄ることはあっても店番をしているのは若夫婦のどちらかか、死んだ奥さんだった。死んだ奥さん？——痩せぎすの母と正反対にゆったりと太った、柔らかな笑顔の中年女性を思いだしながら、昭夫は歩道橋の陰に体の半分を埋めて店内を見ていた。数年前、会社の帰りに葬儀の花がずらりと並んでいるのを見て「あの先生、死んだの」と母に聞いたことがある。

「奥さんの方だよ。あんなに太ってちゃ心臓いかれることはわかってたのに」

唇の皺をねじって吐き捨てた息が、今思いだすと嘲りの笑みを含んでいた気もする。

記憶にある『センセイ』のまま、白く枯れはじめた男は母の押しにとまどい気味に苦笑を浮かべている。やはり横顔だった。

たぶんただの世間話か昔話だろうが、浴衣地に似た絞りのワンピースの背中が描くカーヴに母の『押し』が感じられないこともない。

痩せてはいるが、後家の頑張りを通した母は背骨が太かった。一昨年ローンで家を改築してから、洋風の調度に遠慮するように体を縮めテレビを見ている母の背が老いに曲がって淋しく見えるようになったが、先生の体へとむけて傾いているカーヴにはそれとは異質の何かがある。

昭夫は額ににじんだ汗が真夏のせいだけとは思えなかった。暮色は白いままで、かすかな風までが汗をかいたように湿っている。それなのに店内には乾いてさめた灯があって、その灯が母の老いた体の中に隠れたものまで息子の目にさらけだしてくる。そんな気がしてその場を離れ数メートル歩いたところで、「昭夫っ」と声がかかった。

ふり返ると、少しバツが悪そうに顔をしかめながら母は、

「ちょうどよかった。まだ喉に熱が残ってて、冷たいものでもと思ってたところだ」

と、強引に息子を喫茶店に誘った。

クリームソーダをストローですすりながら、

「角子さん、何かあるのかい。何か最近、やたら機嫌よくて気味悪いよ」と嫁の悪口から始まって、世間話を続けている。

「何か、話があったの、俺に」

コーヒーを飲み終えたところで、昭夫はやっとそう訊いた。喉の熱は口実くさかった。

「いや、別に」

とすぐに否定し、しばらくソーダの残りを大きな音で吸い続けてから、ふっと思いついたかのように「お前、父さんのこともう忘れたろうね」と呟き声で訊いてきた。

「ああ、だってもう俺、死んだ父さんより十年以上も歳いってるんだよ」

「そうか……お前も年とったんだね」

「父さんのことなんか突然どうして」

「いや」

と誤魔化すように笑った。外交暮らしで皺にまで愛想笑いがしみついたのだと思うとかすかに憐れみを覚えて『母さんこそ、もう忘れたんだろ。言いたいのその事なんだろう』という言葉を喉もとで抑えた。

「いや、もうすぐ命日だけど、今年からはもう私のお経だけで済ませようかと思ってさ」

母のかすれ声を昭夫は言い訳として聞いた。

その夜、母が風呂に入ると、

「やっぱり義母さん、本気よ」

待ちかねたように機嫌のいい顔で角子が囁いてきた。

「マツエさん、知ってるでしょ。老人会の、ほらよく義母さんと女学生気分で仲良くしてる羽二重《はぶたえ》もちみたいな顔した……相談事ができるのはあの人だけだって、私へのあてつけみたいに言ってる……あの人が今日また遊びにきて、二階でこそこそ喋ってるの。私がお茶もってったらピタッと話し声がやんで。いつもなら嫁の悪口だけど今日は違うわね」

ノックする前に母が『山下さん』の名を出していたのと、『仏壇の亭主にもう充分尽くしたから私もそろそろ再婚でもって思ってる』そう言ったのをはっきりと聞いたという。

「最近は気味悪いくらい私にも機嫌いいし」

嫁姑《しゅうとめ》は同じ言葉で戦っているのだと苦笑しながら、昭夫もかなり本気になっていた。

いや、最初に妻がそう言いだした晩から何かが起こりそうだという予感はあった。今日、母を見かけたのもただの偶然ではない。この三日間、妻が言っていた時刻を意識して駅の改札口を出ているし、これまでは素通りしてきた薬局の前に来ると歩調を遅くしている。

「でも、あなたは変に不機嫌ね。今日も」

理由は見透かしていると告げてくる斜めの視線を、昭夫は背をむけて無視した。

さらに三日後、週明けの月曜の晩、今度も母が風呂に入ったすきを狙って小声になった。

「義母さん、山下さんと温泉いくみたいよ。駅前の旅行会社から出てくるの見たから」

「お前、尾行までしてるのか」

「まさか、実家の帰りに偶然……それでその旅行会社に入って訊いたわけ。そしたら修善寺温泉の宿泊券が二人ぶんだって」

来週の週末だという。

「マツエさんと一緒なんじゃないのか」

「違うわね」得意げに首をふり「男女一名ずつですって。間違いないでしょ、私、薬局に寄って若奥さんに私が喋ったことは絶対に内緒にしてと頼んで、ある程度の事情打ち明けてみたの。むこうもそう思ってたって……でもね、ちょっと迷惑そうなの、あの若夫婦。義母さん、一人で行くだけじゃなく老人会の人代わる代わる連れてって無理に薬買わせてるらしいのよ。昨日の日曜だってマツエさんの息子さんに道で逢ったら『不眠症で困ってたけれど母がお宅のおカアさんにいい薬教えてもらったお蔭で』って感謝されちゃった」

「だったら若夫婦も喜べばいいじゃないか」

「みんなに見せびらかしてるのよ、自分がもう、あの薬局の一員になったつもりで。それに若夫婦としたら今ごろお父さんに再婚されても、遺産とられるようなものだもの、いい顔しなくて当然よ。でもまあ、当人次第のことだし、一度折りをみてそれとなくおじいちゃんに訊いてみるって」

湯音とともにかすかな鼻唄が夏の夜に漂っている。『でしょう？』と目配せした角子に、

「そんなに暇なら探偵のバイトでもしろよ。才能あるぞ、お前」

この時も精一杯の皮肉を放った。

不機嫌な理由は自分でも巧く説明がつかなかった。しきりに二十年ほど前、母が外交の際の制服のままで駅前の市場をうろついていた姿が浮かんだ。昭夫が結婚し、その稼ぎだけでも暮らしが立つようになっても仕事をやめなかった母が、やっとやめる決心をしたころだったと思う。買い物の役は嫁に奪われ、母の背は所在なさそうに店の軒先に吊るされた裸電球の中をうろついていた。その母が迷った末に魚の切り身の安売りを買った。母は家へと折れる角で立ちどまり、また長く迷った末にそれをごみ箱に棄てたのだった。母の背を初めてこの人も老けたなという目で眺めたせいで市場からずっと声がかけられないまま、十分ほど待って家の玄関を開けた。

あの淋しい背が、今の薬局の先生へむけて乗りだした背に繋がるのなら再婚もいいと思う。だが、その背にどうしても『あの日』の薬を棄てた父の背が重なってしまう。

父のことを忘れたと母に言ったのは嘘である。それどころか妻が再婚と口にした日から、

変に父のことが脳裏に斬りこんでくる瞬間がある。玄関で靴をはきながら今日もまた昨日がくり返されるだけだと胸中で呟きながら、ふと今自分は子供のころ毎朝ぼんやりと見ていた父と同じ背をしていると感じてぎくりとすることがある。死んだ後も父親が自分といっしょに老けていくのだとさえ感じる。

妻の角子の無言の目は『この歳でまだ母親っ子やってるんですか』と責めるが、それよりも自分の体を通して父親がまだあの先生に嫉妬している気がするのである。

それにあの先生の迷惑そうな横顔を思いだすと今度の話には不安も残っていた。

二泊の仙台出張に出ようとしている朝、角子が上着を夫の背にかけるついでのように、

「義母さん、失恋みたい」

昭夫の耳もとでそう言った。庭掃除をしている母を気づかっての小声だった。

「昨日、薬局の若奥さんに返事もらったのよ。おじいちゃん、再婚のつもりはあるがタエさんとは絶対いやだって。知ってた、昔、義母さんがあの人を振った話？　そりゃ昔自分を棄てた女が今さら言い寄ってきてもねえ」

あれから一週間が経って不安は的中した。

「それだけじゃなくて、義母さんが連れていってたマツエさんの方を気にいったみたいで、そっちとなら再婚してもいいと言ってるらしいの。それわかったみたいね、不機嫌でしょ

う、この二、三日」

妻の目は庭へと流れた。不機嫌というよりも確かにこの土日と元気がなかったし、今もむせ返るような夏の匂いの中で、その背は老いに削りとられて寒そうに見えた。

この半月のいら立ちのどこかに、母に無事再婚させてやりたい気もちもあったのである。

複雑な思いで出張に出かけ、二日後いつもより早く五時前に帰宅し玄関のドアを開けると、妻が居間から手招きし、唇にひとさし指を立てて『静かに』と合図した。

「昨日、電話で大喧嘩、マツエさんと義母さん。義母さんが一方的に怒ってたんだけど」

嫌ねえ、あの歳で痴話喧嘩よと顔を顰《しか》めてから、二階を指さし声をさらにひそめた。

「来てるのよ、マツエさん」

その言葉と同時に、二階から慌ただしい音が響いてきた。手すりにつかまり必死に駆け降りてきた老女は、居間から覗いた二つの顔に、一瞬羽二重もちの顔をひきつらせ、頭を小さくさげると玄関をとび出していった。続いて別の足音が階段をなだれおちてきた。

「待ってよ。別にあんたを責めてるわけじゃ」

母親はそこで息子に気づくと一瞬、体を硬直させ「帰ってたの」震える声で言い、だが、すぐに嫁へと向き直り、

「あんた、何を言ってくれたのよ、薬局で。私が山下さんに色目使ってるって？　お蔭で全部台無しじゃないか、私がせっかく山下さんとマツエさんを結ぼうとしたのに」

体じゅうから声をふり絞った。

角子も昭夫も開きかけた口を半端にとめた。

「昔、山下さんと結婚するつもりが変にこじれて、私の方から棄てて、好きと結婚は別だと思って堅物の父さんの方、私、選んだよ。でもその父さんが死んじゃった時、私は山下さん棄てたバチだと思って……そんな気がして四十年後悔して、その罪のつぐないのつもりで……やっと死んだ奥さんの七回忌も済んだからマツエさんならちょうど恰好だと思って。二人だってその気になってたんだ。それがあんたの余計な口出しで……私が山下さんに気があるってあんたが言ったことをあそこの嫁が告げ口したから、マツエさん尻込みしだして挙げ句は私と喧嘩になったじゃないか。私もマツエさんの気を動かすためにあの先生なら再婚してもいいようなことは口にしたことはあるよ。けどそれはただの仲人口だよ」

喉をつまらせて全身で嫁に食ってかかろうとするのを昭夫も全身でとめた。

「そりゃ、あれだけの男前だからね、つまらない父さんよりむこうと結婚すればよかったと思ったこともあったさ。でもああも突然に死なれてからは、私はその意味でも悔やんで……あんな優しい人はなかった、あんなに私のわがままを受け入れてくれた人はなかったって。死んだからって私には一番大事な人だよ。それを放ってどうして私が山下さんと……まだ言ってなかったけど、私はね、あんただってたまには昭夫と二人になりたいだろうからと今度の父さんの命日には温泉旅行にいかせようと思って。嘘だと思うなら宿泊券見せるよ。孫たちは夏休みで出かけるって言うし、私は位牌と二人きりでこの家で過ごそうと……私の方はそのつもりでもあんたは、私から昭夫を盗むだけじゃ足りずに父さんまで、父さんとの思い出まで奪ってくのかいっ」

「言い過ぎだよ、母さん」

摑みかかろうとする手を押さえつけながらそう言い、この時『ああ』と思いあたった。先週、喫茶店に母に誘われた晩……あの時薬局から出てきた母は息子の後ろ姿に死んだ夫を見たのかもしれない。そうしてふっと父親との思い出の一ときに、父親そっくりの息子の体を借りて小さく浸りたくなったのかもしれない。それだけだったのかもしれない。

角子は初めての姑の剣幕に誤解を解くのも忘れてただおろおろしている。一生ぶんの力を吐き出しているような母親の怒りに震える体をぐいぐいとドアの方へと押し戻しながら、気もちは反射的に妻の味方をしていた。

「角子は悪くないよ、別に。母さんの誤解」

だが、それ以上続けようとした言葉が不意に笑い声になっていた。無性に可笑しかった。誤解が誤解を呼んだ末に、だが小さな真実が見つかったのだ。『あの日』の父さんが棄てた薬は、ちゃんと効いた。死んじゃってからだが、ちゃんと効いてた。

母さんは山下さんを昔も、たぶん間違いなく今でも好きだろう。好きだから幸福な再婚をさせたいと余計な世話をしたんだろう。だが今ではもう親父の方がもっと好きな、もっと大事な男になっている。勝ち負けなら、十年一緒に暮らした親父が勝った。死んでから、いや死ぬ前だってすでに勝ってた……。

笑いにむせて涙が出てきた。へなへなとソファに座りこんだ昭夫を見て、母親は怒りを忘れ、妻はいよいようろたえている。

「どうしたの」

結婚以来初めて嫁姑の声は二重奏になった。

II

片思い

「昨日の売り上げ、こんなに少なかった？」

仲江はレジを点検しながら、缶ビールを店先のケースに並べている夫にそう声をかけた。

夫はただ咳だけを返した。

夫は嘘をつくたびに咳をする。三年前に雇った未亡人と危なくなった時も、去年競馬ですった十万を恩師の見舞金だと言った時も意味なく咳をしていた。風邪の咳と違い缶ビールを開けるのにしくじったような音である。

「やっぱり変。昨日は忙しかったのに」

「昨日は半日実家に戻ったろう？　俺が店番してた時は暇だったよ。不景気で今年は年末もだめだなといったの憶えてないか」

「でも……」

夫は時間をかせぐように無言の背でゆっくりと缶を並べている。仲江はもちろん夫のことも疑っている。また競馬か競輪、いやあのスナックのママか。可能性はある。だが……。

バイクの音が店先に響いたと思うと、

「団地まわり、今日は七件です」

朝の陽ざしを大きな体でふさぎ、小さな酒屋の唯一の店員が得意げな笑顔で入ってきた。

八の字に折れた太い眉が、レジに掛かった仲江の手を見て、小さくピクンと跳ねた。


昨日の日曜日、実家に帰ったのは夫の愚痴をこぼすためだった。雅夫が普通の夫らしくしていたのは結婚して八年、姑《しゅうとめ》が死ぬまでである。夫婦関係から酒屋の経営にまで細かく口を出していた姑の死に、仲江は悪いと思いながらもホッとしたが、それもほんの一息で、すぐ夫の道楽が始まった。

今でいうマザコンで、母親の生存中おとなしくしていたのはその目が怖かったのだろう。妻の目もそれなりに気にしているものの目を離せば昼日中から仕事も放ってパチンコに出かけたりする。見合い写真で仲江を引きつけた二枚目の顔も四十半ばを過ぎた今は、ただの〝おじさん〟である。もてるとは思えないが、それでもバイトの未亡人やゆきつけの飲み屋のおかみと浮気の真似事もしている。小心だから遊びも浮気も大きなことはできないと、それだけがまだ救いだったが、この夏からは駅前の路地に開店したスナックに一晩おきに出かけるようになり、秋になって間もなく、夫のアンダーシャツに口紅の痕を見つけた。オレンジ色のそれはスナックのママの、歯がのぞくほどめくれあがった厚い上唇とつながった。酒を卸す相談に店に最初に来た時のママの厚化粧が記憶にねばりついていた。

「昨日は暑かったろ？　あの店でポロシャツ脱いだ時に隣の女の客が倒れてきたんだ」

　夫の雅夫は咳とともに苦しい言い訳をし、その後も「お得意様だから仕方なく通ってるだけだ」と言いながら出かけている。仲江は無言でそれを送りだした。腹は立ったが、それよりもむしろ今さら嫉妬も何も起こらない、変にさめた自分へのいらだちがあった。結婚して十五年、風化してしまった廃墟にあの口紅のドギツイ色だけがこっけいなほど場違いに浮かんでいるだけだった。

　いらだちの理由は別にある。

「ご苦労さま。七件なんてヒットね……良ちゃんのおかげで年が越せそうだわ」

　そんな冗談を言い、店員も「いやあ、今日はクリスマスイヴだから」と頭を掻いただけだったが、その日一日、仲江はその一人の若者をさりげなく観察し続けた。

　木村良二は三年前、夫と危なくなった未亡人をやめさせた後に表の求人の貼り紙を見てとびこんで来た青年である。勤め先の工場が倒産になって、郷里の小諸《こもろ》に帰ろうかと考えながら街をぶらついていたところで、一時の日銭かせぎのつもりだったらしいのだが、素直だし、よく動いてくれるし、重宝しているうちにいつの間にか三年になった。

　もちろん、アパート代の半分を出してやったり、それなりの厚遇をしている。「こうも居心地いいとこのまま一生使用人だなぁ」と、当惑ぎみに頭を掻くほど親切にもしている。

丸い輪郭に小さな目を一筆がきでえがきこんだだけのような素朴な顔と、顔そのままの素朴な性格だった。最近の若者にはない米でできあがった体で、太めの腰に土の匂いがする。忠犬のようでもあって、子供のいない空白を、その若者で小さく埋めている気のすることも仲江にはあった。

小さく？　本当にただそれだけなのか。

この二、三ヵ月、仲江には自分のいらだちがあのスナックのママより良二にできた恋人のせいではないかと考えては何度も首をふっている。今年の春、仲江が外出から帰ると店の棚の陰で良二が若い娘と話しこんでいた。ただの客でないことは良二の変にニヤけた顔でわかった。仲江を見ると慌てて娘の体から離れ、ひと筆がきの素朴な笑顔にすりかえた。娘が仲江に半端な挨拶をして出ていったあと、良二は娘が駅前のスーパーの店員で同郷の出身だから、ちょっとつき合っていると言った。

決してちょっとだけではない。その後娘から頻繁に電話がかかってくるようになったし、夏には駅前の喫茶店で二人が顔をくっつけるほど乗り出して話しているところも見ている。

もっともそれだけならよかった。良二と似たどこか田舎くさい娘に仲江は好感を抱いていたし、良二もユキヨというその娘との関係は仲江が聞けば頭を掻きながら正直に答えていた。それが風が秋色にうっすらと染まるころである。夜に仲江が出先から戻ると店の横の暗い小路で二人が声を落として話していたことがある。『今度はもっと渡すから』良二はそう言いながら、娘のはいているジーンズのポケットに千円札を二、三枚、押しこんでいた。娘が拒むのに無理やりねじこんだようにも見えたから、借りにきたというより良二が押しつけているという印象もあった。

娘はため息をつき、その時、良二の肩ごしに周囲を気にしていた二つの目が仲江に気づいて当惑気味に頭をさげ、ふり返った良二も照れ隠しのように頭を掻いた。

娘が純朴に見えるのは化粧っけがないからで、顔だちは男好きしそうだった。後で事情を聞くと『彼女の父親が寝たきりで送金が大変だからちょっと協力しているだけだ』とまた頭を掻いて言ったが、仲江は良二が娘の気もちを買うために金を渡したのではないかと心配した。良二の片思いだ、この田舎びた青年の魅力があんな小娘にわかるはずがない。その片思いの溝を良二は金で埋めている……。

娘からの電話がとだえ、仲江が何を聞いても良二は頭を掻き曖昧な答えしか返さなくなった。頭を掻く癖がただの素朴さではなく、夫の咳と同じずるいゴマカシに思えた。隠されるようになった関係は、仲江の想像の中でかえって生々しさを帯びた。そうして仲江はなぜか夫より良二に浮気されているような……不思議な辛さを覚えたのだった。夫の浮気に腹が立てられないのは、それ以上に一人の娘に夢中になっている使用人に腹を立てていたせいかもしれない。

夜の路地で娘が良二の肩ごしに見せた二つの目が寝つかれない夜の闇の中に浮かぶこと

があった。ちらりと見てきただけの目が街灯の光を吸い、若さを得意げにきらめかせ仲江の年齢をあざ笑ってる気がした……。

秋が深まり、風の音までが枯れだすにつれて若い二人の関係はいよいよ危険な傾斜を見せはじめた――良二がふと見せるようになった不機嫌な無表情から仲江はそう想像した。

今朝、レジの数字が変だと思った時、真っ先に思いだしたのが娘に無理やり紙幣を押しつけた良二の手だった。それとまだつい一昨日、久しぶりにユキヨが掛けてきた電話――。

顔が破れるほどの大きな笑顔になって受話器をつかんだ良二はすぐにその顔を曇らせた。

「もう一度逢う約束だろ？　イヴの晩が駄目なら他の日でも……金、渡すからちゃんと」

嫌がる相手を強引に説得して何とか逢うことだけは引き受けさせたらしい。少しホッとした顔で電話を切った。良二はどうやら離れていく娘を最後の金でつなぎとめようと必死になっている……そうとしか思えなかった。

店先のつけっぱなしのテレビが、クリスマスを家庭で祝う人が増えたと告げている。そのせいか、シャンパンやビールが飛ぶように売れ、ひっきりなしに鳴る電話のベルとともにイヴの一日は駆け足で過ぎ、早くも夜にぶつかった。シャッターをおろすまで何事も起こらず、良二はいつも以上に元気に働いていたが、疑えばその元気さも昨日レジから金をくすねた後ろめたさをごまかすためのように見えないこともなかった。だが、仲江がその日一日、良二を観察し続けたのはその疑いのためというより、今夜逢う娘にどれだけ良二が溺れているかを見抜きたかったからだった。

忙しさのすきまを狙って良二を盗み見る目はただの使用人を見る目ではなかった。

「ちょっと出かける」

シャッターをおろし、茶の間で一息ついたと思うと夫は立ち上がり、ジャンパーを羽織った。また咳をし、仲江の返事も待たずに背を向けた。どこに行くかはわかっていたが、仲江は「そう……」とだけ答え、黙ってその冷たい背を見送った。裏口のドアが閉まる音を聞くと同時に仲江はサンダルをつっかけた。

店で後かたづけをしている良二のことだけが頭を占めていた。店との境にかかった玉すだれを押し分けようとして、仲江はその手をとめた。やっぱりだ……胸の声がそう呟いた。

良二がレジからとった二、三枚の紙幣をズボンのポケットにねじこもうとしている。その手が止まった。良二の目が奥から覗いている女主人の目に気づいたのだった。

すきま風がかすかに揺らす玉すだれごしに、良二の顔が歪むのを仲江はぼんやりと見ていた。灯を半分落とした店内の静寂をテレビの騒がしいクリスマスソングが壊していた。

仲江はゆっくりとレジに近寄った。棒立ちになっている若者を押しのけるようにして、レジの中から一万円札を全部とりだし、一枚一枚を数えた。二十一枚ある。それを揃えて良二につきつけるようにさし出した。

「盗む必要はないわ。あげるから、全部」

うなだれた頭はおびえるように首をふった。

「いいのよ、私の金だから。慰謝料……私、今やっとあの人と別れる決心がついたから。十五年間だもの、これぐらいもらったって……ユキヨさんだった？　あの娘《こ》に持ってって」

伸江は落ちついた声で言った。だが冷静だったのはそこまでである。ポケットに押しこもうとした紙幣は良二の抵抗にあって床に散らばり、その瞬間伸江は声を爆発させていた。

「行きなさいよっ。あの人も、あんたも好きな所へ！　私だって好きな所に行くから」

すりきれるほどカン高い声で叫ぶように言いながら、自分の体にこんな嫌な声がこの数カ月のうちに溜まっていたのだと思った。手に力が走った。自分がこの若者を殴ろうとしているのだと気づいて伸江は茶の間に駆けもどり、その手で思いっきり簞笥のひきだしを開けた。実家に帰るための荷物を作ろうと思ったのだが、感情の爆発は目に涙をあふれさせ、伸江は引出しの中に顔をうずめて泣いた。

畳紙《たとうがみ》にしみこんでいく涙が、結婚したときにもってきた着物の古いカビのような匂いを掘り起こした。十五年間一度も袖に手を通さなかった。空白が溜めたカビの匂い……。

「奥さん、これ返します」

そう声がかかったのはやっと涙がおさまった時だった。土間に立った良二が敷居の上に紙幣をおき、その上に自分が握っていた三枚を皺をていねいに伸ばして重ねた。

「知ってたんですね。旦那さんの浮気のこと……すみません、勝手なことをして。でも大丈夫です。今夜で終わりますから」

伸江はゆっくりと顔をあげた。

「今夜は旦那さん、アパートに出かけてもユキヨいないから。俺があの娘と駅前の喫茶店で最後の話し合いをすることになってるから。本当はこの三万を手切れ金にするつもりだったけれど、大丈夫です、金なしでもちゃんと別れ話つけてきますから」

まだ意味がわからず、伸江は「別れ話って誰と誰の……」と聞いた。湿りを残した声は夫の咳よりも間がぬけていた。

「もちろん、旦那さんとユキヨの……」

「でもあの娘は良ちゃんの……だってそう言ったじゃないの。金だって渡してたし」

「最初にあの娘が旦那さんに逢うために店に来た時……愛人だって店員の俺なんかにもはっきりと名乗って、そこへ奥さんが戻ってきたからとっさにあんな嘘を……俺、旦那さんにも内緒で連絡とって手を切るよう頼んでたんです。お金でも渡せばと持って……」

そう言ってから良二は怪訝《けげん》な顔になった。

「知らなかったんですか、奥さん。だったら何故さっきはあんな風に突然……」

怒ったのは夫のためではなかったとは今さら言えなかった。伸江はただ首をふった。

「でも良ちゃんが何故そんなこと……そこまでしてウチの人をかばうなんてこと……」

壁の陰に大きな体を押しこめるようにしながら、「旦那さんをかばったんじゃないです。そんな義理ないから」ムッとした声になった。

「だったら何故」

「何故って——奥さんが可哀相だから……」

「私に同情したからって何もそこまで」

「したかったんです、そこまで」

「どうして」

うなだれたまま首をふった良二は、ひょいと顔をあげた。何かを言おうとしたがその言葉を忘れたように、伸江を見ていた。顔を変にしかめた、泣くような笑うような顔だった。伸江は一筆がきの顔もこんな複雑な表情をすることがあるのだと、ぼんやりとそんなことを考えながら、その目を見返していた。

良二の方が先に目をそらした。「突然ですけど、大晦日で店をやめさせてもらいます」と言い、そらした目のまま背をむけた。

伸江は長い間、畳紙からとりだし広げた着物を見ていた。酒屋の仕事と結婚生活のかたすみにおきざりにしておいた一枚の紺色の着物が、自分と共に老けてしまったのだという気がした。裾模様の黄色い花だけが若さを残していた。その花が今の自分の年齢にも合うかどうかを伸江はかすかな微笑で考えていた。

花のない葉

電話が鳴ったのは夜の零時近い時刻だった。

内職のミシンがけがやっと終わり、ホッとしながらも隣りの部屋で心地よさそうに眠っている夫に腹を立て、

「いい気なもんね」

そう呟き、その呟きに夫の鼾《いびき》と前後して電話のベルが答えたのだった。

瞬間、まだ帰ってこない息子に何か異変があったのではないかと心配した。浪人中の長男は、どうも暴走族まがいのグループとつき合っているようである。自分はバイクをもっていないが、ヘルメットだけは買ってある。

今日の夕方も、

「ウチにバイクなんか買う余裕はないでしょう。予備校代だって私が縫製の内職で何とかしてるのよ。それに今は父さんの会社、倒産の噂が出てるのよ……早く大学に入ってバイトして、家を助けること考えなさいよ」

「そうか、トウさんがトウサンか」

「シャレなんか言ってる場合じゃないわよ」

「自分だって、バイクはやめてバイトにしろってダジャレじゃねえかよお」

そんな漫才みたいな会話を交わしていると、路地にクラクションの音が響き、ヘルメットを抱えとびだしていった。

漫才どころではない、息子にはまだごまかしてあるが、すでに夫の会社ではこの夏が終わるまでに二百人の人員削減が決定していて、なにごとにも自信がなさそうな夫が『自分の名も間違いなく入っている』と、それだけは確信にみちた声で言った。

食事の時と欠伸《あくび》をするとき以外、めったに口を開くこともない夫を見ていれば、会社が追っ払いたがっても無理はないだろうと思う。

四人が暮らすにはこの古ぼけたマンションは狭すぎる、自分に内職以外の仕事があれば家族の人員削減だってしたいところだ。だが、息子に何かがあっては困る……。

とった受話器からは、だが、そんな夏子の不安など蹴散らすほどの楽しげな笑い声とともに、

「夏子、ワタシよおっ」

女の声が流れだしてきた。

「なんだ、安美……何なの、こんな時刻に」

聞き慣れた声に胸をなでおろしながらも、夏子は顔をしかめた。高校時代の親友である。
「ねえ、二百万くらい、お金要らない？　今夜大金が入ることになったから分けたげる」
得意げなその声に、夏子は反射的に喉をつきあげた怒りの声を押し殺しウッとうめいた。

親友といってもそれは、二人がともに二十四歳の年に相次いで結婚するまでだった。高校の頃の夏子は女としては超エリートで、成績も抜群だったし、どこかお嬢様ふうの顔だちと雰囲気で男子生徒の憧れの的だった。それなのに不思議に落ちこぼれの安美とはウマが合って、手をつないで廊下を歩いたりしておかしな噂が立ったほどである。

安美は勉強嫌いで、平凡で地味な容姿をごまかすように化粧したり、遊びのために学校をさぼったりして不良のレッテルを貼られ、夏子は担任の教師から『友達を選んだ方がいい』と忠告されたほどである。

だが、学校での評価と社会に出てからの評価は違う。世慣れた安美は高校を出ると同時に水を得た魚のように社会を巧みに泳いで、みるみるきれいになっていき、女子大でもお嬢様ふうをやっているうちに遅れをとって、社会に出ると夏子はただの地味なＯＬだった。

それでもまだ結婚までは夏子の方が何とかエリートであった。

夏子は将来の安定を確約してくれる地味ながらも堅実なサラリーマンと結婚し、安美は売れない漫画家と結婚した。将来は不安だらけのはずだったが、安美が幸運をもたらしたかのように結婚相手はまもなくに売れっ子漫画家にのしあがり、あっという間に年収は夏子の夫の数倍にはねあがり、今ではもう十数倍になっているだろう。

二人の女の交遊は結婚して四年目に安美が、「今度、成城に家を建てたから遊びにきて。三十前で贅沢だって思うけど、節税対策なのよ。マンションなら二、三室は買えるような税金払ってるんだもの、もったいなくて」

と得意げに電話をかけてきて、夏子が、

「悪いけど、私、子育てで大変だから」

と冷たい返事をした時に完全に終わった。

その後はとだえた関係が再燃したのは半年前、今年に入って間もなくからだった。十数年ぶりに電話がかかってきて、長年の無沙汰の挨拶もそこそこに「ね、悪いけど私、昨日、夏子の家に泊まったことにしてくれない？」そう言いだしたのだった。十数年の空白など忘れたような声だったし、自分の暮らしの小ささに慣れきった夏子の方でもなつかしさしかなく、思わず高校生の声に戻っていた。

「ごめんね、私、今若い男ができてて、どうも主人が疑ってるらしくて……仕方ないのよ。私、子供できなかったし、宝石やブランド服やパーティだけじゃつまんないもの。ああ、そうだ、そっちの子供は元気？　ええっ、もう大学受験？　でも少し前までなら羨ましいって叫んだろうけど、今は子供なんかできなくてよかったと思ってるの。素敵なのよ、彼。

まだ二十八だけど、私が離婚するなら再婚してくれると言っていて。かと言って主人みたいな金の卵を産む男にくっついてないと損だし、主人だって私のこと離さないと思うわ、五十近くになって妻ひとすじってのも気味わるいものよ。まだ私の浮気の証拠もにぎっていないのにこうも嫉妬されちゃ、愛されてるのもしんどいものよ。だから、お願い。旧友を助けると思って」

暮らしの派手さそのものに声は宝石の輝きをまき散らしていた。ただし、成り金趣味の悪趣味な宝石である。恋人までも豪華な宝石のように、昔の友人に見せびらかしたくてそんな電話をかけてきただけとしか思えなかった。

その少し前、年末に高校時代のクラス会があってその通知が来たが、今の所帯やつれした自分を見られるのが嫌で返事も出さなかった。そのクラス会に安美はおそらく豪華に着飾って出かけたのだろう。そうして夏子が欠席した理由までも見ぬいて懐かしさよりも、昔の仕返しのために十数年ぶりに連絡してきたのだ……。

仕返し？

その言葉は最初の電話では頭のすみをかすめただけだったが、それから二度「今夜、そちらに泊まったことにして」という電話をかけてきて、三度目の電話で「主人、来週バリ島へ取材だから留守中に一度遊びにきて」と誘われ、成城の家を訪ねた時である。

「年末のクラス会で、ご主人の会社が倒産しかけているっていう噂が出てたけれど本当？

お金に困ることがあったら相談してね」

デンマーク製の銀のストライプが入ったコーヒーカップを夏子の前におきながら、瞼をめくるようにして上目づかいに見てきたとき『仕返し』という言葉を胸の中ではっきりと発音した。お金は女を確かに美しくする。当時とは別人の華やかな顔に変わっていてもその目つきは同じだった。安美の片思いの野球部のピッチャーが、夏子に片思いしているとわかった時に見せたのと同じ目だった……。一緒に試験勉強をしていて夏子が問題の解き方を教えた時と同じ目だった。『夏子は花で私は葉っぱね』と言った時と同じ目だった。

夏子にも確かに葉っぱのない花は本当にきれいには見えないだろうという思いはあった。それが今、完全に逆転している。安美は自分の花を少しでも豪華に見せるために所帯やつれした『親友』が必要になったのだ。

とはいえ、自分の部屋の何倍もある居間に座らされたひがみでそんな風に考えるのだとも反省したし、夫の会社に万が一のことが起こった場合の最終的な逃げ道として『親友』を、利用しようという計算がなかったわけでもない。その後も半月に一度かかってくる電話に高校生の頃の声を夏子はよそおいつづけた。

浮気は口実で、自分の花を見せびらかすためにだけ連絡してくるのは間違いなかった。

「恋人にスポーツカーせがまれてるのよ」

「ああ、今年も税金の季節。頭が痛いわ。また今年も儲ければいいのに、主人ったらケチで変にいらいらするのよ、この季節」

「私、冗談半分に離婚の話を出してみたけど、あの顔じゃとても無理。でも恋人の方だって私が別れようと言えば同じ顔するし」

結局二人の男に愛されているのと金に埋もれていることを聞かせたいだけだった。


「どういうこと、二百万って……それ？」

夏子の声に混じった不快さなど受話器の華やいだ声は無視した。

「ごめんね、こんな夜中に。今、家の近くの公衆電話からだけど……今夜、主人がね、恋人と別れるなら大金をくれるって言うのよ。そう、ばれちゃったのよ、主人に全部。妻が愛人と別れるのに金出す亭主ってどこにいるかしらね。まあ、それも私を愛してくれてる証拠だって思って、私、頷いちゃった。諦める、私、あの青年のこと。でも辛くて……私、愛を金で売ったのよ。そんなお金パーっとドブにでも棄てたい気もち。だからお金欲しかったらあげる……三百万でもいいわよ」

我慢したぶん怒りはふくれあがった。

「私はドブなの？」

声がふるえた。

「あら、ごめんなさい。そういうつもりじゃ……現金がイヤなら、どっか海外旅行に一緒に行かない？　ご家族を招待するわ。ほんと、札束なんて外国の海にでも棄てたい気もち」

　声はいよいよ華やいでいく。

「安美、あなた本気で言ってるの？」

「もちろんよ、どうして怒るの。私、昔、いろいろと世話になったじゃない？　エリートの夏子には……そのお礼よ。もう夏子しかいないもの、私には」

「お金を恵む相手が？　お金を見せびらかして得意がる相手が？」

　そう言い「やめてよ、もう！」と叫んでいた。夫の目を覚ます気配を構う余裕はなかった。怒声は勝手に口からほとばしり出た。

「私がミシンかけて暮らしてるからって、夫の会社が倒産しかけてるからって、不幸だなんて考えないでよ。私、じゅうぶん幸せよ。私の幸せはね、あんたの幸せみたいに金じゃ買えないのよ。だからもうやめてよ」

「何を怒ってるの。私だってわかってるのよ、幸せが金で買えないことくらい。今夜、私、一番大切なものを金で売ったから、あんた以上にわかってるわよ、それは」

　まだ落ちついていた受話器の声は、

「昔、私に頭があがらなかったひがみを今になってお金で買おうってわけね。残念だけど、私、自分が貧乏だからってひがんじゃいないわよ、あなたなんかに」

その夏子の怒りを火のように吸いとって、不意に爆発した。

「相変わらず、プライド高いね。私、本当に頭がいい人だって尊敬してたけど、夏子の頭のよさなんて結局はそんな嘘を言うだけの頭のよさだったのね。あの頃だって高いのは成績よりも鼻だった。私の前じゃ特に鼻が高くできるから私を友達に選んだだけでしょ。嘘つきなだけよ、夏子は、私に負けたのよ。認めなさいよ、ひがんでること……」

「――――」

「私が勝ったのよ。そっちが負けたのよ……ねたんでるのよ、私を、昔とは逆に」

夏子の声がつまったスキを狙って声のいっせい射撃は続いた。

「ねたんでるのよ、ひがんでるのよ」

何度も同じ言葉をくり返した後、突然、その声はワッと泣き声に変わった。何もわからないまま怒りから解きはなたれ、夏子は変にさめた耳で執拗に続く泣き声を聞いていた。

「やっぱり、私の方が嘘は下手」

まだ涙にぐっしょりと濡れた声で言った。

「今、病院の待合室から……主人、死んだの、さっき。私、誰に電話かけていいかわからなくて……夏子の顔しか思いだせなくて」

「嘘っ」

「いいえ、嘘は今日までの言葉。半年前、同窓会の少しあとにあの人、癌だとわかって……世間は明日、新聞に死亡記事が載ってはじめて知るだろうけど。それだけじゃなくて、浮気の話も本当は主人のこと……私、一年も前から離婚しようと思ってたんだけど、そうしたら夏子に負けるって思って。夏子の笑い声が聞こえてきそうで……その上、癌だもの。癌だと聞いたら私、今離婚するのは損だと思って。だってあの家まだローン残ってるし」

　壊れかけのクーラーがいらただしい音をたてて、受話器をにぎる夏子の手は汗でねばった。その汗が受話器からながれだす『親友』の涙に思えた。

『死』という言葉が実感にならないまま、それでも一つだけわかった。安美は夫の死が必ず、夏子にもばれるとわかって、その時の敗北の惨めさを少しでもやわらげるために、あんな嘘をつき続けてきたのだ……夫に愛されているふりや夫以上に愛している恋人のいるふりを……いや、夏子にではなく自分自身に。

「今夜入ることに決まった大金って、もしかして、生命保険のこと……」

　夏子の声もさびしくなっている。

「そう、私、癌だからってやっぱり別れるべきだった。主人の愛がなくなってて私の愛もなくなってて……あの人が最後に呼んだのが愛人の名前だっていうのに」

「――――」

「それなのに保険金のために……だから、本当にドブに棄てたい気もち。聞いてる？　夏子……私、主人の葬儀での私の惨めな顔、夏子にだけは見せたくなかったの」

長い沈黙の間、部屋のエアコンの貧しげな音と受話器のむこうの大病院の高価そうな静寂とを聞いていた。夫がまたのんびりと鼾をかきはじめた。

「負けは私よ。私、安美ほど主人を愛していない……そこまで泣けないわ。主人に万が一のことがあっても、私はきっと。だから嘘だと認めなさいよ、私も結婚してから落ちこぼれの安美に負けてひがんでたこと認めるから、あなたもご主人、愛してたこと」

声はまた昔の高校時代に戻っていた。

洗い張り

「なんだか家の中ががらんとしましたね」

礼服を脱いでいる夫にそう声をかけ、里津《りつ》も着替えのために奥の和室に入った。夫は「ああ」と息のような声を返しただけである。一人娘を嫁がせるのは、やはり、母親より父親の方が堪《こた》えているらしい。おまけにまだ大学を出したばかりだった。やっと一人前に育てあげたところで他の男に奪《と》られてしまうというのは父親にとっては理不尽らしい。苦労して育てあげた娘が、親よりも恋人を選んだのを、空しいと思う気もちは里津にもある。

「だからといっていつまでも家においておくわけにはいかないんだし」胸の中でそう呟きながら、里津は和室の電灯をつけた。白い明かりは、秋が深くなったことを告げて、ひんやりとしている。

里津は帯を解こうとした手をとめた。披露宴の華やかさの余韻をしみつかせている留袖のどこかに隠れた樟脳のくすんだ匂いを鼻が拾った。その匂いと共に二十六年前の自分の結婚式のことが鮮やかに蘇ってきた。披露宴のテーブルの父親の席の隣りにあった空席が、記憶の奥底から二十六年ぶりに掘り起こされ、写真のようにはっきりと見えてきた。

当時、里津の母親の貴江はすでに家を出ていて、招待状は送ったのだが、結局式にも披露宴にもやってこなかったのだった。親類の中には「あの椅子片づけた方がいいんじゃない」という声もあったらしいが、父親の浩平が「そのままにしておいてくれ」と言ったという。すでに別居が始まって一年が過ぎていたが依然父親のほうは、母親が申し出ている離婚に応じていなかった。里津が結婚式を挙げた段階では、二人はまだ夫婦だったのである。

ただそれも里津が結婚したその日までだった。新婚旅行から戻って、里津は結婚式の翌日に父親が、母親から送ってきたままになっていた離婚届に署名、捺印して区役所に提出したことを知った。父親の浩平は、娘の結婚式に貴江が現れるかどうかに、夫としての最後の賭けをしていたらしかった。

母親の貴江の立場を考えれば、世間体がはばかられて出席できるはずはなかったのだとわかっていながら、里津は母親が子供の幸せよりも自分の幸せを選んだことが、これではっきりした気がして、披露宴の壇上から空っぽの椅子を盗み見ながら淋しい思いを拭いきれなかった。

母親とは、家を出た後も時々は会っていたし、新婚旅行から戻ってしばらくして訪ねてみると、

「ごめんなさいね。本当は思いきって出席するつもりで留袖まで作ったんだけれど、やっぱり当日になったら勇気が出なくて……」

そう謝罪すると、留袖を包んだという畳紙《たとうがみ》をさし出してきた。

「これ、リッちゃんがあと二、三十年もして子供の結婚式に出ることになった時に着て。結婚祝い何もしなかったから、これを私からのお祝いだって思ってくれると嬉しいんだけど……」

この時の母親の済まなそうな微笑と、ああやはりこの人は娘のことを心配してくれていたのだという自分の安堵や嬉しさを、里津はまたはっきりと思い出すことができた。

母が家を出て、実家に身を寄せていた頃の話である。その後母も父もそれぞれ再婚し、父は後妻との間にも二人子供をもうけ、今日の結婚式にも元気な顔を見せたが、母の方は去年の末、癌で死亡している。死の影が濃くなった頃、見舞いに行った里津に、

「あの留袖まだ持ってくれてるわね。あれ一度、洗い張りに出してちょうだい」

朦朧となった意識の中で、その言葉だけはひどくはっきりとした声で口にした。

「まだ一度も手を通してないのよ。もうすぐ幸子が結婚するかもしれないから、その時は着るつもりだけれど」

冠婚葬祭はすべて洋服で済ませてきた里津はそう言ったが、母はもう自分の口にした言葉も忘れたように静かな目を閉じていた。

その時は、濁りだした意識が喋らせたうわ言のような無意味な言葉として聞き流したが、今日の披露宴が半ばを過ぎる頃から、ふっとあの言葉には何か特別な意味があったのではないかと気になりだした。

いや、何の意味もない言葉だったにしろ、母親の遺言にあたる言葉なのである。しみひとつなく新品同然で簞笥の中で眠り続けた着物だが、望みどおりに洗い張りに出してやればよかったという後悔がわいた。

今からでも遅くない――。

帯じめに手をかけながら、里津はそう思った。新品同然の留袖を洗い張りに出すなどお金を溝《どぶ》に棄てるようなものだが、思いきって明日にでも出してみようか……。

母の貴江が家を出たのは、父の浮気が発覚したからである。母がそれを知ったのは、既に父は相手の女と手を切って一年が過ぎていたのだが、それ以前母の目を盗んで二年以上も続いていたという父の浮気を母は許さなかった。相手はありふれた水商売の女だったらしい。

「浮気の一つでもできればいいんだけど」

実直すぎて面白味がない夫のことを母はいつもそう言っていたのだが、いざとなればやはり自分が裏切られていたという思いが勝ったのだった。平凡な会社員の安月給から月々一万も女に渡していた事実も母を苦しめたに違いない。一万といっても三十年前の一万は大金だったし、母は夫の安月給を埋め合わせるためにお針やらの手内職をしていたのだ。母が夜遅くまで精を出した内職での稼ぎを、父はその女に与えていたようなものである。もっともこういった経過を里津が知らされたのは、母が実家に戻った後である。訪ねて行った里津に母は言葉少なにあらましを語って聞かせた。その時まで里津は父の浮気については何も知らなかった。母が家を出る直前まで夫婦はいつもと変わりなく暮らしていたし、実家に戻った理由もしばらくは母がただ少し体調を崩したからだと聞かされていたのだ。母は娘の前では諍《いさか》いの現場を見せないよう、極力用心していたらしい。

　里津としては寝耳に水の話だったが、それでも二つだけ思い当たることがあった。母が家を出る一週間ほど前、里津が帰宅して玄関の戸を開けると同時に、奥から何か割れるすさまじい音がした。

「あんたって人は……」

　母の怒りでぶるぶると震えるような声が聞こえた気がした。何かあるのではないかと心配しながら、障子を開けると、卓袱《ちゃぶ》台をはさんで夫婦は晩御飯を食べている所だった。母は里津を見ると、「早かったのね」笑顔を作ったが、その笑顔に無理が感じられたし慌てた気配から、直前まで母が父を睨みつけていたのではないかという気がした。父の方も慌てて箸をとって食事をしていたふりをしたように思えた。父はうなだれるようにうつむいて顔をあげなかった。

畳の上に茶碗が粉々に砕けた破片がちらばっていた。

「お父さん、また粗相して、叱ってたところ」母はまた慌ててそうも言った。畳に落ちたぐらいで茶碗が砕けたのを変には思いながら、父は実際よく食事の最中に皿や茶碗を落としたりするから里津は深くは追求せず母の言うままを信じたが、父の粗相は全く別のことだった。

その頃また、里津が「良介オジさん」と呼んでいる父の兄がよく家に電話をかけてきた。二度ほど家へも訪ねてきて奥で両親と一緒に何か話し合いをしていた。

良介オジには、里津は子供の頃から可愛がってもらっていたから家を訪ねてきた時は必ず里津も談笑に加わっていたのだが、この時は二度とも席をはずさせられた。オジは深夜近い時間に帰っていったが、玄関まで送りに出た里津にいつもの屈託のない笑顔を見せたから、里津としてはまさか両親の離婚話の仲裁に来ているなど想像もできなかったのだった。今までも弟夫婦に揉め事があると、良介オジは仲裁役を買って出て、その丸い、人の好さそうな笑顔で何とか波風をしずめてきたのだが、この時だけはその笑顔も役に立たなかったのだ。

「でも浮気といってももう一年前に終わったものなんでしょう」

事情を聞かされて驚きながら里津が言うと、「それはきっかけに過ぎないのよ。あなたが赤ん坊でこんな小さかった時からここまで大きく育つまでの間のことですもの、お父さんとの間にはいろいろあって。いい人だけど、それがいけなかったのね。私の方に不満があっても、まあいい人なんだから責めるのも悪い気がして……そういう小さな不満が、埃のようにいつの間にかもう拭えないほどたまってしまっていて」

　母はそう答え、あとは、「ごめんなさいね。でもあなたも成人したんだから、お母さんの我儘を許してほしいのよ」娘への謝罪の言葉を口にしただけだった。

　母もまた、「いい人」の部類なのだが、父親と違ってその温和さのどこかに芯の強さがあった。強さというより頑なさだろう、その頑なさから、既に終わってしまった夫の浮気が許せなかったのだ――。

　そんな風に母を母親としてより一人の女として見るほど成長していた里津には、その一人の女の言い分もわかる気がした。そろそろ自分も結婚を考える時期になっていたが、父親を夫として見るとやはり淋しいものを感じてしまう。母は不満といったが、その淋しさの薄い埃が二十年の夫婦の歴史に積もってしまったのだろう、里津はそう思った。

　両親の離婚に動揺する年齢でもなかったし、その後間もなくに自分自身も結婚をし家庭をもつといっそう父と母を親としてではなく一人の男、一人の女として見るようになった。

　父も母も離婚し、それぞれ再婚して、ある意味で幸福になったといえる。母の方は、妻を事故で失った後十年独り身を守った中小企業の社長と再婚した。大柄な体格どおりの太っ腹の男で、何もかもが父とは正反対であり、再婚後の母は父と暮らしている頃よりずっと幸福そうに見えた。癌での死は若死にともいえたが、あのまま父と一緒に淋しいものを抱え続けて終えた一生よりはいくらかの幸福を味わって死んでいったはずだ――。

　里津自身の結婚も幸福か不幸かというなら幸福の部類だろう。長身のスポーツマンで里津の友達も憧れていた夫は思ったより平凡な男だったが、欲をいえばきりがなかった。

娘が嫁いでいくと、家は不意に広くなった。

三日も過ぎればその淋しさにも慣れたが、娘がいなくなったせいで、それまで誤魔化されていた夫婦の間の殺風景な広がりが目立つようになった。里津はしつこいほど家の中を掃除するようになった。抽き出しや棚の隅にたまった埃が、そのまま夫との関係の隅にも積もっている気がした。母は結局この埃に負けて家を出たのだろう、当時の母の気もちが実感として迫るようにもなった。

結婚式が済んで四日目の午後、そんな風に掃除を始めた途中でふと広い畳のまん中に座りこみぼんやりとしていた時、電話が鳴った。

北海道を新婚旅行中の娘からではないかと思いながら、電話をとると、

「こちら先日留袖をお預かりした……」

洗い張りに出した店の人の声である。糸を解いたら着物の襟のところから芯といっしょに手紙らしいものが出てきたという。

「洗い張りに出して——」

死ぬ前の母の言葉を思いだし、里津は急いでそれをとりに行った。

受けとったのは確かに手紙である。薄い和紙の封筒には記憶にある母の文字で「里津さんへ」と書かれている。死の世界に旅立ってしまった母は生前のどんな言葉を留袖の黒い襟の中に隠しておいたのか。里津は一度目を閉じ、かすかに震える指で中の二枚の便箋をとりだした。

「里津さん、あなたは一生この手紙に気づかないかもしれません。たとえ気づいても、もうあなたもしっかりと自分の家庭を築いている頃で、ここに書かれていることに動揺はしないと思います。私は小さく運命に賭ける気もちで、この告白を娘であるあなたに残すことにしたのです。たとえ手紙の文字ででも、またたとえあなたが読まないかもしれないと考えても、母が自分の娘にこんな告白をしなければならないというのは耐えられないことですが勇気をもって書きます。あなたのためにも父さんのためにも、そして何より私のために。里津さん、私があの家を出た本当の理由は父さんの浮気ではなく、私自身の浮気のためでした。父さんとの関係が淋しいものだったことは事実ですが、私はその淋しさから逃れたくて、愚痴をある人に聞いてもらっているうちに、その人と二年近くにわたって父さんを裏切るような関係をもってしまったのです。もちろんその人にも家庭があり、結局私たちは別れたのですが、一年も過ぎてからちょっとしたことがもとで父さんにそれを気づかれてしまったのでした。父さんは私を赦《ゆる》してはくれず、私は家を出ることになったのですが、ただ父さんは娘であるあなたと、その人の奥さんや子供が真実を知ってしまうのを恐れて浮気を自分の責任にすり変えたのでした。なぜならその人というのがあなたがオジさんと呼んでいた人だからです。周囲に起こる波風を最小限に食いとめて私たちが離婚するには、父さんが浮気の罪をかぶってしまうのが一番いい方法ではあったのです。父さんに罪を引き受けさせて知らんふりをするのは辛いことではありましたが、結局その人の奥さんとあなたとのために父さんの決めた芝居を演じたのです——あなたが結婚した翌日、父さんから届いた離婚届を見て私は初めて泣きました。なぜなら私は父さんという人を今までとは別の目で見るようになっていて、父さんさえ赦してくれればもう一度家に戻りたいと思っていたからです。いいえ父さんはもう赦してくれていました。それがわかっていながら、私は自分の罪の大きさに負けて二度とあの家の敷居をまたげなかったのです。短い手紙ですが、私の言いたい意味はわかってもらえますね。あなたが私の過ちをくり返して本当の幸福をとり逃したりしないよう、あなたを生み育てた母親として、ただそれだけを祈っています」

絹婚式

デパートを出たところで、祐子はふと後悔した。同じ値段なら、やっぱり実用向きの靴にすればよかった……。

正確に言えば、その後悔はデパートの特選売り場で真珠のついたキーホルダーを見つけ、一分後「これください」と買い求めた瞬間から始まっていた。もっと正確に言えば、店員が、「こちらの品ですね」と言って、みがきぬかれたガラスの陳列ケースからそのキーホルダーを優雅な手つきでとりあげた瞬間から……。

これで買わなければならなくなると思った瞬間から、別の品にすればよかったと悔やみだすのは、祐子の子供のころからの悪い癖である。実家の母が今でも時々、

「お前はおもちゃや人形を買ってやった瞬間から喜ばなくなる可愛げのない子だったよ」

と愚痴をこぼす。今の夫との結婚が決まったときも「夫はおもちゃや人形じゃないからね」と釘をさされた。図星だったので、ぎくりとした記憶がある。

夫のプロポーズにうなずいた直後にも、

『やっぱり、ただの会社員より、秋彦みたいな男のほうが賭けがあって楽しかったかな』と後悔したのだ。そのわずか半月前に画家志望の笹木秋彦を自分からふったことも忘れて……。

もっとも、子供のころより、いくらかは賢くなっていたのだろう。無事に結婚し、その結婚生活も今日でちょうど十二年になる。

デパートを出てすぐの銀座四丁目の交差点を渡ろうとしたとき、青信号が点滅を始めた。道路に踏みいれた足を、祐子は歩道に戻した。

走れば渡れたのにと、足を歩道に戻した瞬間から後悔したが、このときはまだキーホルダーを買ってしまった後悔のほうが大きかった。

夫の茶色の革靴がすりきれかけている。このところ、夫の歩き方が変に年寄りくさく見えるのが、その靴のせいではないかという気がしていた。ただプレゼントが靴では夢がなさすぎる気もしたので、特選売り場を覗いてみた。目にとまったキーホルダーは、輪になった金具の部分に本物の真珠がついていて、指輪と見まちがえそうなしゃれた小物だった。だが、真珠ひと粒の小さな夢で、今の平凡で退屈な結婚生活の何がうるおうのだろう。だいたい、今日が、結婚記念日だと夫がおぼえているかどうか。これまでも何度か忘れて、夫のほうの贈り物は一日遅れた……。

信号がやっと青に変わった。

歩きだし、道路の半分まで渡って祐子は足をとめた。

前方から夫が歩いてくる。その偶然自体は別に驚くこともなかったろう。夫の会社は東銀座だし、今は昼食時で、もしかしたらこんな偶然もあるかもしれないと、大森の家を出たときから考えていたのだ。

だが、夫が女と一緒であり、祐子とすれちがったことに気づかないほど女と楽しそうに笑いあっていることまでは予想できなかった。しかも、その女がすれちがい際に夫の腕に手をまわし、とんでもない言葉を口にするのを聞いてしまうとは……。

人波に押されて道路を渡り終え、ふりかえると二人の姿はもう見つからなかった。春めいた陽ざしの中で幻でも見たとしか思えなかった。こんな偶然が起こるはずがない……。

交差点の騒音が消え、祐子の耳にはただ、女が夫にむけた言葉だけが残響していた。

「あとで、部屋の鍵を渡すから」

確かにそう聞こえた……。


女の顔に祐子は記憶があった。

半年前の社員旅行の写真で、夫の肩にしなだれかかっていた若い女性社員である。祐子は浴衣姿の女の笑顔の媚びが気になった。

「やましければこの写真、君に見せなかったよ。彼女、うちの取引先の男と不倫中でね。

二、三度相談は受けたが、仕事の延長だ。相手が取引先の男というのはまずいからな」
夫はそう弁解している。佐藤孝子という名前どおりの平凡な顔だちの女だった。その平凡さが夫の平凡さと奇妙に共鳴し合っているというカンはあったが、夫はもともと嘘のへたな男だから、その弁解を信じてしまった。

祐子が家に帰ると、春休み中の息子が「今お父さんから電話があって、今日は帰りが遅くなるから先に寝てていいって」と言った。四月で小学五年生になる息子の一也は、不機嫌な母親の顔色を盗み見るようにして、「今日はじゃなくて今日もだね」と言った。

それでも、祐子は交差点で自分が聞いた言葉は何かの間違いではなかったかという可能性を捨て切れずにいたのだが、その晩零時近くに帰宅した夫が寝つくのを待って、そっとベッドをぬけだし、脱ぎすてられたスーツを調べてみると、簡単にそれは見つかった。

他の鍵とは別に、その鍵だけが小銭入れの中に隠されていた。

平凡な金属製の鍵である。平凡でないのは、鍵にピンクの小さなリボンが結んであることだけだ……。

結婚記念日を忘れ、夫はあの女とこの鍵で二人の関係を祝っていたのだ……女の部屋で。

半年前の弁解に嘘はなかったとしても、その後相談に乗っているうちに、二人の平凡さが呼応しあい一つに結ばれていったのだろう。

その結び目に、この『鍵』がある。

『部屋の鍵を渡す』という言葉の後に、女が『私の気持ちを疑うのなら』と言ったようにも聞こえた。それなら、この鍵でいよいよ二人はしっかりと結ばれることになるのだ。

　それにしても何と意地悪な偶然だろう。祐子が夫へのプレゼントとしてキーホルダーを買った日に、浮気相手が自分の部屋の鍵を夫にプレゼントするとは……。

　その夜寝つかれないまま、祐子は高校の英語の教科書に載っていたＯ・ヘンリーの『賢者の贈り物』という有名な短編を思いだしていた。夫が時計を売って妻の櫛を買い、妻は髪を売って時計の鎖を買い、すれちがってしまった贈り物のかわりに愛を確認しあったあの若い夫婦が賢者なら、夫の浮気用の鍵のためにキーホルダーを買ってしまった自分は愚者としか言いようがない。真珠の形をした小さな夢を贈ろうとして、逆にこの平凡な結婚生活にもまだ残っていた夢を壊したようなものだ……。

　キーホルダーだけでなく、一晩かけて祐子は十二年間の結婚生活のすべてを後悔し、夜明けになってやっとキーホルダーの処分法として、一人の男の顔を思い浮かべた。

　翌朝、いつもと変わりない顔を装っている夫を祐子もいつもの顔で送りだし、息子に昼御飯を食べさせた後、再び銀座に出た。

　これまでの人生で祐子は何万という後悔をしているが、中でも『笹木秋彦』という名前は一番の後悔の種である。

笹木のことでは、これまでに三度大きく後悔した。最初は夫からのプロポーズにうなずいた直後であり、次は結婚五年目に新聞で、将来を期待される若手画家として紹介された笹木の笑顔を見たときであり……三度目は、それから二、三年後、噂で笹木が銀座裏に自分の作品の展示をかねた小さな画廊をもったことを知り、そのオープンの日に思い切って出かけた際である。小さな画廊だったが、想像したよりずっと嬉しそうな笑顔で笹木は、昔自分をふった女を歓迎してくれ、冗談とは言え『俺、あのときの傷から立ち直れずにまだ独身なんだ』と言い、小さな花の絵までプレゼントしてくれた。

その後も個展の案内状が送られてきて、年に二、三度は顔を合わせ、そのたびに小さな後悔をくり返してきた。

祐子のほうから積極的に出れば、浮気と呼べる関係にだってなれただろう。それなのにいつも『食事でもどう？』と誘ってくれるのさえ断り、笹木のことは結婚生活を壊さない程度の小さな夢にとどめてきたというのに……昨日だって家を出るとき、デパートの帰りに笹木の画廊に寄ろうかと思いながら、結婚記念日だからとあきらめたというのに。

こうなったら、キーホルダーを笹木への贈り物にしてしまう他、怒りのやり場はない。夫への仕返しというより、昨日のあまりに意地悪すぎた運命に復讐してやるというほどの勢いで、祐子はみゆき通りのはずれにある画廊のドアを開けた。だが、笹木は今ニューヨークで、五月まで帰ってこないという。笹木という夢が消えると、狭い画廊はただの空き箱のように殺風景に見えた。はけ口を失った怒りとキーホルダーが入ったままのバッグを抱え、気がつくとまた四丁目の交差点に来ていた。返品してしまいたいのだが、適当な口実も見つからない。祐子は交差点の横断歩道がえがく四辺形上を、赤から青へ、青から赤へと切り替わる信号に引っ張られ意味もなく何周も歩き回った。

今でもそこは東京一、日本一豪華な交差点である。行き交う女たちはみんな贅沢な装いで、幸福そうである。あんな夫と結婚した自分だけがとんでもない貧乏くじをひいたように思え、この豪華な交差点が自分を追い払うために小さな事件か事故にも似た昨日の偶然を用意したような気さえしてきた。

無性に子供の声が聞きたくなり、デパート近くの公衆電話から祐子は家に電話をかけた。

「もしもし」

受話器に響いた声があまりに大人びて夫そっくりなのにとまどい、すぐに夫自身の声だと気づいてもっと驚いた。

「どうして家にいるの」

「急な出張で、二日間大阪に行くことになった。君のほうはどこにいる」

「銀座……」

「なんだ、すれちがいか。銀座に出るなら、荷物君に持ってきてもらえればよかったな」

白々しい声が祐子が丸一日我慢していたものに火をつけた。出張もきっと嘘だ……。

「昨日もすれちがったわよ、そこの交差点で」

そう言うと同時に、夜小銭入れの中をこっそりあらためたことまで一気に喋った。

「ひどいわ、私、浮気の手助けのために結婚記念日の贈り物を買ったようなものだわ」

沈黙しか返ってこない。やがて、

「そうか、結婚記念日だったのか。忘れていた。大阪で何か買ってくるよ」

感情のない声でそう言い、夫は一方的に電話を切ってしまった。

その日家に帰ってから、祐子は居間の壁にかけてある笹木の花の絵ばかり見ていた。

腹だちは空しさに変わり、祐子はいつもより子供に優しくし、「明日映画に連れていってあげる」と約束した。そして翌日の午後、子供といっしょに出かけようとしたところへ、速達の手紙が届いたのだった。

封筒には大阪のホテルの名が刷りこまれており、夫の名前があった。

封をあけると、中から問題の鍵がこぼれだした。ピンクのリボンを飾ったまま……。

『結婚記念日を忘れていたとはいえ、偶然にも一昨日僕は君にプレゼントを贈っている』

手紙はそんなふうに始まっていた。

『この鍵と君が交差点で見たという二人の笑顔こそが、何よりの僕からのプレゼントだと言ったら、君はもっと怒るだろうか。偶然、鍵についたリボンはシルクだし、十二年目の結婚記念日は確か「絹《きぬ》婚式」だからね。——この鍵は確かに彼女の持ち物だが、彼女の部屋の鍵ではない。いつか話したとおり、彼女は取引先の男と不倫をしているが、これはその男の部屋の合鍵だ。相手の男は独身で、彼女のほうがあの若さですでに結婚していて子供までいる。それなのに結婚前に好きだったその男のことが忘れられず、結婚後も男の部屋に通って関係を続けていた。と言うよりも、男がいろいろと問題のある男で、その男を忘れるために見合いで堅実な夫を選んだのだが、結局忘れられなかったらしい……。その男がうちの取引先の社員で、取引にも何か支障をきたさないかと心配して、僕は彼女の相談に乗っていた。そのことは君に話したとおりだ。その点では何も嘘をついていない。ただ、こういった詳細を君に話さなかったのは、他でもない、君が彼女とそっくりな立場にいるので、もしかしたら君が僕の話をあてつけだと誤解するかもしれないと心配していたからだ。——笹木という画家のことを君はただの大学時代の友達だと言っていたが、君が画廊に行くたびに見せる幸福そうな顔や壁の絵に投げる熱っぽい視線を見ていると、それだけの関係とはどうしても思えなかった。君はあんな目で僕を見たことは一度もなかったから。彼女が『結婚したことを後悔している』と言うたびに、それが君の本心の声だと感じることが何度もあった。だから彼女が一昨日、『やっと別れる決心がついた、夫と子供のもとに戻る。この決心を疑うなら彼の部屋の合鍵を渡すから、課長の手で捨ててほしい』と言って、これまでとはちがう本当にふっきれた顔で笑うのを見たとき、僕も心底ホッとした。君と笹木さんのことは僕のひがみで、君が最終的には夫や子供を選んでくれると君自身の口から聞いた気がした。相談に乗りながら、彼女の気持ちに君の気持ちを賭けていたからね、僕は。――正直に言えば、彼女のことを女として見ていた部分がなかったとは言えない。君との結婚生活にはない小さな夢が彼女にはあるように見えたから。ただ彼女が男と別れて夫を選ぶと言ったとき、僕はその夢もただの幻で、本当の夢は結婚生活の中で君を通して見るべきだったんじゃないかと思い直した。あのとき僕が本当に嬉しそうに笑っていたというのなら、僕は僕なりに笹木さんや彼女のことでふっきれたものがあったからだろう。――これ以上書かなくてもわかってくれると思う。キーホルダーは喜んでもらっておく。もちろん同封した鍵ではなく、家の鍵をつけるために。君は昨日の銀座からの電話でキーホルダーのことを最悪の贈り物と言ったが、そんなことはない。結婚記念日にふさわしい最高の贈り物だ。もちろんこの出張先からそれに見合う贈り物を買って帰るつもりだが、この鍵や君が四丁目の交差点で見たという笑顔も結婚十二年目の僕からのプレゼントだと思ってほしい。彼女から渡された鍵をすぐに捨てなかったのは、いつか君にこの話をする機会があれば、そのとき、君の手でこの鍵を捨ててほしいと思ったからだが、その機会が思いがけず早くきた。彼女の何年かの夢の形だった鍵を、君の手で……なぜか、そう思った』

白い言葉

娘の学校から電話がかかってきたのは、佳子が部屋の整理をしている真っ最中だった。

「直美さんが、白紙のまま答案用紙を出して……」

他にもおかしな言動が目立つから一度相談したいと、担任教師は困惑のため息をつないで言った。

電話が切れても、佳子はすぐに受話器から手を離せなかった。直美は父親似である。昨夜も夫が「これじゃ家じゃなく物置だな」そう言って斜めに折った冷たい視線を見ながら、最近直美が見せる目つきとそっくりだと考えた。

中学三年になってから、たしかにそんな不機嫌な顔で部屋に閉じこもるようになったが、受験勉強のきびしさにいらだっているのだろうと見過ごしてきたのだ。

その日は娘には何も言わず、翌日の土曜の午後、「買い物につきあってよ」と強引に新宿のデパートへと連れだし、食堂でたわいもない世間話をした後で、佳子は、「この食堂、お父さんとお母さんが初めてデートした場所なの。昔とはずいぶん変わったけど……小学校のころ、直美よく二人がどうして結婚したか聞いたわね。もう大きくなったから教えてあげる。お父さんがね、白紙の泥沼からお母さんを救いあげてくれたのよ」

さりげなくそう切りだした。

黙りこんでいた娘は、ケーキを切ろうとした手をとめ「ハクシ？」と目だけで問い返してきた。まっすぐに母親を見ず、視線はわざと遠回りをしている。

正確には白紙というより白い便箋である。

三十も間近になってまだ腰かけ気分で会社勤めを続けていた佳子のアパートに、差出人の名前のない奇妙な手紙が届くようになった。

宛名はタイプで打たれ、中から出てきた一枚の便箋には何の文字もない。消印の郵便局名にも心あたりはなかった。それが梅雨の初めから夏が終わるまで週に二、三通は届いた。

今で言うなら無言電話だろうが、白い便箋の無言は、電話の無言よりも威圧感があって、佳子は蒸し暑い晩もカーテンをしっかりと閉ざした。

手漉きの高価そうな和紙は『女』よりも、白すぎる皮膚をした『男』を連想させた。梅雨どきは雨音に湿り、真夏は紙が白い汗をかいた……。封筒のまま破り棄てたかったが、今度こそ何か書いてあるかもしれないとも思ってしまう。そのたびに広がる一枚の空白は誰かの白い顔であり、白い目だった。

閉ざしたカーテンのむこうから白い目に一晩中監視されているような恐怖があった。水《みな》底《そこ》深くに沈んで、聞こえない誰かの声に苦しむ夢も見た。

　無言の手紙は夜をうばった。

　白夜よりも白く眩《まぶ》しい夜がひと夏つづき、秋風が立つころになってやっと、その空白の連絡はとだえた。夏の暑さが誘発した犯罪の一つだったのだろう。そう考えたものの、夏の残響のように不安の後遺症はつづき、郵便受けをあける手をためらわせた。

　秋も深まったのに、ひきだしの中にたまった何十枚もの便箋はまだ騒がしい光を残し、色づいた季節のすみに終わったはずの夏が白く落とし穴を開いていた。

　結局、佳子はその便箋で、音沙汰なしになっていた昔の知人たちに手紙を書くことにした。夏のあいだも、空白の便箋に落書きのような返事を書いて送り返してやりたいという衝動を何度もおぼえたが、宛て先がわからず、そのことに何より苦しんでいた気もする。
字で埋まると、それはただの便箋になり、佳子はホッとした。

　七人に出した手紙のうち返事をくれたのが三人だった。そのうちの一人が高校時代ちょっとした交際のあった野球部員で、いかつい文字で『今度会いませんか』と書かれていた。

　それが今の夫である。

　白紙が佳子の平凡だが幸福な結婚生活に裏返ったのだから、悪質ないたずらの主にも感

謝したいところだが、

「でも、何も書いてない手紙って脅迫状と変わりないのよ」

と白紙の答案の話にもっていこうとすると、

「その犯人、お父さんよ」

直美が不意に口を開いた。

「お母さんの、物を棄てられない性格知ってて、いつかその白紙を使って自分にも手紙をくれるかもしれないって……お母さん、何も気づかないまま返事を書いただけじゃないの？」

「まさか……」

結婚して十七年、一度もそんな風に考えたことはない。あれが無言のラヴレターだったというのだろうか……夫らしい遠回しの。

笑い飛ばそうとして笑いきれないまま、ふと佳子の目は娘の斜めに折れた視線がひどくまっすぐ、宙の一点を見ているのに気づいた。

その一点に、一人の男の顔が浮かんだ。

「直美、あなた、北沢先生に恋してるの？」

担任の、教師にしては頼りない少年のような目を思いだしながら、思わずそう聞いていた。

帰り道

その女が「京都まで行かれるのですか」と聞いてきたのは、発車五分前になってからだった。

矢崎がひかり号に乗りこみ、窓ぎわの席についたのとほとんど同時に隣の席に座った三十四、五の色白の女だった。

「ええ、でもなぜわかりました」

「ネクタイでもしかしてと……」

西陣織のネクタイに目を流し、女はホッとしたような、がっかりしたような不思議なため息をついた。眉のやわらかい昔風の美人で、着ている紺のスーツとなで肩の優しそうな体が不調和だった。

矢崎は会社の出張の帰りだと説明し「あなたは？」と聞いた。

その質問には眉ににじませた微笑で答えただけで、バッグを両手でかかえこみ、何かを思いつめたような無言の横顔を続けた。

『あと二分ほどで発車します。お見送りの方は……』

そんなアナウンスに重ねて、

「お願いしたいことがあるんです。これを……京都駅のホームで待っている背の高い青年に渡していただきたいんです」

女はバッグから封筒をとりだし、とまどった矢崎の手に押しつけてくると、「あ、それからこれも……」と首から銀色の細いネックレスをはずして、封のしていない封筒の中に落とした。

「ホームの下り方向の端で待ってるはずなんです」

女は今人気のあるサッカー選手の名前を出し、よく人にまちがえられるほど似ているからすぐにわかるはずだと言った。

せっぱつまった目と声である。矢崎が少し薄気味悪そうに見返していると、

「これをお礼に。もう要らなくなったし、もってない方がいいですから。まだ三枚残ってます」

と新幹線の回数券を、さらに手に押しつけてきた。

「なにか事情でも?……直接渡すわけにはいかないんですか」

「会ってしまったら別れられなくなるんです。会ったら今度こそ帰り道のない旅になりそうで……だから、こんな手紙も用意して」

胸が波うっている。動悸が秒針となって女の声をせきたてた。

「もし発車時刻までに京都ゆきの乗客が見つかったら、別れる決心をつけようと思って……事情がわからないのに嫌だとお思いになるなら、その手紙読んで下さい。すみません。私もう降りますから」

一気にそれだけを言い、それでも数秒シートに貼りついたかのようにじっとしていたが、発車のベルと同時に立ちあがった。

矢崎に挨拶もせず、逃げるように去っていった。ホームの階段を駆けおりる少しやつれた背中を見送りながら実際には四十過ぎだろうかとも思った。

雨に濡れた東京駅に一陣の熱風が通りすぎ、一人の乗客の手に奇妙な届け物を残していったのだ。それからかすかな香水の匂いを——かすかだが、鼻にというより矢崎の初老の肌にしつこく粘りついてくる女の香り。

平凡な主婦が京都の年下の男と熱すぎる浮気をしたのだろう。回数券は女がすでに何回も夫を裏切る旅に出たことを物語っていた。

列車のスピードがあがり、雨が銃弾のように窓を襲った。

矢崎にとっては東京出張の一環にすぎない機械的なそのスピードが一人の女にとっては、京都の青年へと体ごとなだれ落ちていく情熱のスピードだったのか。だが、今日、女はこのスピードに身をまかせるのを何とか発車直前に踏みとどまり、夫のもとへと戻っていったのだ……。

矢崎は定年も近くなり、家庭だけが拠り所になって、最近は『お父さん』の匂いが全身からにじみだしていると言われる。西陣のネクタイも娘たちの『父の日』のプレゼントだった。その匂いに、女は自分の家庭を思いだし、この凄まじいスピードにブレーキをかけたのかもしれない、とうぬぼれた。

だが、もちろんそう簡単には終わらないだろう。空いた隣席に残った甘い香りは女の色づいた影となって、京都へと旅立とうとしている……。

雨の暗い浜名湖を通過するころ、好奇心は限界まであふれ、矢崎は封筒の中身をとりだした。

『やっと決心がつきました。一年も家庭を裏切りつづけた自分に耐えられなくなったのです』

予想どおりの言葉があった。

『この一年あなたに逢っていながら、いつも気もちはあの人のもとに戻っていました。それなのにまた東京に戻ると、あなたのくれたネックレスが首かせのように私を京都へと引っ張り戻そうとするのです。あなたはこの世界でただ一人の私の理解者でしたが、この突然の別れをわかって下さいとは書きません。私自身がわからないまま出した結論ですから。もう京都にはいきません。あなたへの愛情は今も変わりませんが、私はもう京都への旅に疲れたようです。そう、京都にいくのはいつの間にか旅になっていて、今はこの東京が私の町になりました。――あなたという大切な息子を棄て、恋を選んでしまった私を許して下さい』

初恋

　舅《しゅうと》のやせた背が、

「こんな浮気は許せんだろうな」

とつぶやいた。

　ちょうど安代が晩ご飯の支度ができたと呼びにいった時の、ひとり言のような声だった。狭い庭にあふれた青葉は夏のなまぐさい息を吐き、枯れたその背だけが別の季節の中にある。七十六になった舅は雨の日には縁側に座り終日裏庭の雨を眺めている。

「おとうさん、茂夫さんの浮気のことご存じだったんですか」

思わずそう言うと、舅は淡い視線を安代の顔へと流し、

「茂夫、浮気してるのか」

と言った。そして安代がとまどっているうちに、今の自分の質問も忘れたのか、

「こんな体にも蚊が喜ぶだけの血が残ってるらしい」と、寄ってきた蚊を枯れ根のような指でそっと包みこもうとした。

「あなた、探偵社に友人がいたでしょ、浮気の調査を頼めない？」

「だれの？　おれのことか。冤罪はやめろよ」

「前の時もそう言ったわ」

「――――」

「冗談よ。調べてほしいのはおとうさんの浮気のこと……」

「おやじ？　おふくろはもう死んでるから、浮気じゃないだろうが」

「おとうさんの中では生きてるのよ、まだ。このところ仏壇のおかあさんの写真がよく裏返しになってるから変だと思ってたけど、他の女を思いだしてるのを隠してるのよ……おかあさんから」

「他の女って？」

「六十年前に道ですれちがってただけの初恋の人だって。おとうさんが今日、その人がまだ生きているかどうか調べてほしいって。呉服問屋の娘さんで、店の名もその人の名前もわかってるけど」

「ボケたんじゃないのか」

「そうねえ……」

深夜に帰ってきた夫と食卓をはさんでの会話だったが、その間二人は一度も目を合わせなかった。ただ夫がビールをつぐ疲労のにじんだ手を見ながら、夫の浮気はまちがいないと確信した。

安代はその手から目をそむけてふろ場に立った。泣きだしたら困ると思ったからだが、鏡の中には乾いた中年女の顔があるだけで、激しくなった雨音だけがまとわりつくように全身を濡らした。

探偵社からは一週間後に電話が入った。

舅の初恋の相手は、すでに五年前に他界していたが、最期まで息子夫婦や孫に囲まれて幸せな一生だったらしい。そう聞かされて電話を切ると、安代は夕方まで待って、今日も裏庭の雨を眺め続けていた舅に、「この間の人、探してみたんですけどもう亡くなってました」と報告した。

「そうか……じゃあ、この前見かけたのはやっぱり別人だったか」

薄い背中はそう答えた。

「似た人を見たんですか」

「ああ、駅前でね」

安代は電話でその女性の家が同じ私鉄沿線上だと聞かされたのを思いだしハッとした。

「その人、まだ生きてるかもしれません。探偵社の人が嘘を言っただけなのかも……いいえ、茂夫さんが探偵社の友人に嘘を言わせたのかもしれないから」

「あいつがどうしてそんな嘘を」

「あの人、おとうさんまでが女のことで騒いだら困ると思って」

安代は実際にそうにちがいないという気がしてきたのだが、

「いや、あれは死んだばあさんに似た女の人だったのかもしれん。このごろはだれの顔を見てもばあさんに似て見える……あんたに探してくれと頼んだ女の人は何て名前だったかな」

「旧姓は石黒秋乃さんって」

「そうか、そんな名前だったか。この前は思いだせたのに……」

老人は細い雨をそれよりも細い視線で追っている。

「私が自分で電話してみましょうか、その初恋の人の家に」

「いや、いいんだ。それにあの人が本当の初恋じゃないかもしれん……そんな気がしてきた」

安代は舅の視線に自分の視線を寄り添わせて、雨を見た。

「顔も忘れてしまった。袴姿のきりっとした美人だったはずだが、なぜだかその顔だけが若いころのばあさんの顔でね……あんたも苦労させられて知ってるだろうが、ばあさんは何でも自分が一番でないと気がすまない女で……とうとう私の初恋の思い出まで自分がつかんでしまったよ……ばあさんが私の初恋だったようだ、最初で最後の……」

それに気づくのがちょっと遅すぎたが——と笑って仏壇をちらりとふり返り、長い沈黙のあと、舅はまた「あんた、茂夫のこと大して心配せんでいい。ちゃんと気もちつかんでるさ。ばあさんがおれをつかんでたみたいに」と今度もひとり言のようにつぶやいた。

姑《しゅうとめ》とのけんかのたびに嫁の味方をしてくれた優しい舅だったから、今の言葉を聞かせるために一週間前わざと初恋の話をもちだしたのかもしれない。そう思うと、夫の前では我慢してしまう涙が自然に目にあふれた。

舅の無言の背が涙にとけて消え、雨音だけが残った。

解説

浅木原 忍

お待たせしました。二〇二三年で没後十年となる、連城三紀彦のこれがおそらく最後の新刊。遺された単行本未収録短編二十四編（発見分）から、連城ミステリらしいドンデン返しやツイストを重視した十四編を収めた短編集をお届けする。

――と切り出してはみたものの、考えてみれば中公文庫に連城三紀彦の作品が収録されるのは、二〇〇三年の『ゆきずりの唇』以来およそ二十年ぶり。連城三紀彦をあまりよくご存じでない方も本書を手に取っておられるかもしれないので、まずはお約束通り連城三紀彦の経歴から紹介していこう。

連城三紀彦は一九四八年、名古屋市生まれ。姉ばかり四人いる五人きょうだいの末っ子として生まれる。生涯に読んだ本より観た映画の方が多いという生粋の映画狂で、早稲田大学在学中には大学の近くにあった大映に出入りし、脚本の勉強のためフランスに留学した経験もある。大学卒業後は地元に戻り、七八年、短編「変調二人羽織」で第三回幻影城新人賞を受賞しデビュー。

雑誌〈幻影城〉は社会派ミステリ全盛の時代に昔ながらの探偵小説——今でいう本格ミステリの灯を消すまいとした探偵小説専門誌で、雑誌自体は短命に終わったが、新人として泡坂妻夫、竹本健治、栗本薫、田中芳樹といった錚々たる面々を送り出した（田中芳樹は連城と同期デビューで親友だった）。

七九年、書き下ろし長編『暗色コメディ』で単行本デビューするが、直後に〈幻影城〉が廃刊になってしまい、以降は中間小説誌に活躍の場を移し、短編ミステリを多数発表していく。八〇年には早くも短編「戻り川心中」で直木賞候補となり、翌年に同作で日本推理作家協会賞短編部門を受賞。

八四年には『宵待草夜情』で吉川英治文学新人賞を、そして恋愛小説の短編集『恋文』で直木賞を受賞。これがベストセラーになり、恋愛小説の注文が急増。連城自身もミステリを書くことに行き詰まりを感じていたこともあり、以降は主に女性読者の支持の厚い恋愛小説家として有名になり、男女の浮気や不倫を題材にしたものを中心に、精力的なペースで作品を発表していく。

九六年には『隠れ菊』で柴田錬三郎賞を受賞。しかしこの頃から老齢となった実母の介護に追われるようになり、徐々に作品発表が減少していく。それでも二〇〇二年に刊行した『白光《びゃっこう》』『人間動物園』の二作で再びミステリ界から注目を集め、〇八年の『造花の蜜』で「ミステリが読みたい！」一位を獲得するなどミステリ作家としての健在ぶりを示した。

その後、自身も胃癌が見つかって闘病生活に入り、二〇一三年十月十九日に逝去。享年六十五。没後、ミステリ作家としての連城三紀彦を再評価する機運が高まり、絶版となっていた過去作の復刊や、未刊行のままになっていた長編の刊行が進み、現在に至る。

――というわけで、連城三紀彦の作家的経歴は「ミステリ作家としてデビューし、恋愛小説で直木賞を獲って恋愛小説作家に転向、晩年にミステリに復帰した」という風にまとめられがちである。

しかし、初期から『戻り川心中』『夕萩心中』といった《花葬シリーズ》などで恋愛小説とミステリの融合を目指した連城作品においては、両者は簡単にどちらか二分できるものではなく、ミステリ的な解決や反転によって恋愛小説としての感興が深まる作品もあれば、一見して恋愛小説・普通小説にしか見えない作品にとんでもないドンデン返しや意外極まりない動機が隠されていることもある。そうした、恋愛とミステリの要素がもつれ合い、絡まり合ったような作風こそが連城作品の特色なのだ。

そんな連城三紀彦の単行本未収録作を集めた本書は、一般的に連城が恋愛小説家と見られていた九〇年代の作品を中心に、直木賞を受賞する前の八二年の初期作品から、晩年の〇八年の作品まで十四編を収録している。

所詮は落ち穂拾い集……などとゆめゆめ侮るなかれ。年鑑アンソロジーに採られた作品や、単行本未収録なのが不思議な秀作まで、多彩な作品が揃っている。

連城作品は予備知識なく読むに越したことはないので、以下、収録作について書誌的な情報を押さえつつ、内容には大きく踏み込まない程度に紹介していこう。

第一部は比較的長めの短編六編とショートショート一編を収める。巻頭の表題作「黒真珠」は、マガジンハウスの隔週刊誌〈クロワッサン〉九〇年六月十日号〜八月二十五日号に、全六回で連載された作品。本文の節の区切りがそのまま連載の区切りである。妻と愛人の対決は、三度ドラマ化された『隠れ菊』をはじめ連城作品では定番のシチュエーション。連城の長編は細かいドンデン返しを数珠つなぎにする手法のものが多いが、本作も短編でありながら連載の回ごとに細かいサプライズが仕込まれている。読者を驚かせよう、楽しませようという連城三紀彦の稚気、エンターテイナーとしての気質を最もよく表した短編だろう。

続く「過剰防衛」「裁かれる女」の二編は、どちらも弁護士が奇妙な依頼人に振り回される話。前者は直木賞受賞前、八二年の初期作品。講談社の〈ショートショートランド〉夏号に寄せられたものだ。

後者は九六年、集英社の〈小説すばる〉十一月号掲載の中期作品。日本推理作家協会の年鑑アンソロジー『推理小説代表作選集』にも採録された。このアンソロジーの収録作から、後年の人気作家が選者としてセレクトした講談社文庫の《スペシャル・ブレンド・ミステリー》シリーズ第八巻（二〇一三年刊）で辻村深月が本作を選び、解説で「ＷＨＯ」のミステリーに分類している。本作のみならず、連城ミステリの特質を的確に捉えた指摘である。この二作の発表時期は十年以上離れているが、並べて読むと発展形のように見えるのが面白い。

　これら三作のような、限られた登場人物の間のやりとりで構図が二転三転する密室劇は連城作品のお家芸。読者の認識を操りドンデン返しを成立させる情報制御のテクニックを堪能してほしい。

「紫の車」は〇八年、光文社の〈小説宝石〉六月号に掲載された晩年の作品。「大人のための恋愛小説」という特集に寄せられた作品で、次々と意表を突く展開を繰り出すミステリとして展開しながら、結末がある種の恋愛小説としての強い余韻を残す。

「ひとつ蘭」「紙の別れ」の二作は、新潮社の〈小説新潮〉九七年十一月号・九八年八月号に《新・細うで繁盛記》の副題で掲載された連作。「紙の別れ」が「ひとつ蘭」の七年後の物語になっている。おそらくは『隠れ菊』での柴田錬三郎賞受賞を受け、同系統の作品を依頼されたものだろう。もう何本か書き継いで、連作として本にまとめる構想だったものと思われるが、連城が肉親の介護に追われたこともあり、この二編のみで中絶してしまった。旅館を舞台にした普通小説と見せかけて、どちらも連城らしい異様な構図の反転やツイストが炸裂する快作だ。

第一部のトリを飾る「媚薬」は、九四年、〈文藝春秋〉五月号に掲載された作品。連城作品としては珍しいほっこりした読後感が貴重な一作だ。連城には「紅き唇」（新潮文庫『恋文・私の叔父さん』収録）をはじめ、実の両親をモデルにした作品がいくつかあるが、これもそのひとつ。エッセイ集と併読するのも味わい深い。

第二部には掌編七編を収録。連城は中間小説誌のみならず、普段は小説を載せないような雑誌や、企業のPR誌などにも恋愛掌編を多数寄せていた。

「片思い」「花のない葉」「洗い張り」の三編は、新宗教団体《解脱会》が発行していた季刊誌〈SUN・SUN〉に掲載されたもの（それぞれ初出は九三年冬号、九四年夏号、八八年秋号）。実母がこの団体の信者だったため、その縁で連城はこの雑誌に終刊まで六十編以上の掌編を寄稿していた。それらの作品は大半が『一夜の櫛』『背中合わせ』（新潮文庫）『さざなみの家』（ハルキ文庫）の三冊の作品集にまとめられているが、そこから漏れたものである。

「絹婚式」は〈銀座百点〉二〇〇〇年四月号掲載。掲載誌は銀座の老舗が集まった協同組合銀座百店会が発行している月刊PR誌で、創刊以来数々の有名作家が寄稿してきた雑誌である。

最後の「白い言葉」「帰り道」「初恋」は、九七年六月に朝日新聞夕刊に週一編、四週連続で掲載された掌編のうちの三編。

掌編の分量であってさえ、読者を驚かせる構図の転換やサプライズを仕込まずにはいられないのは、ミステリ作家としての連城三紀彦の業のようなものなのだろう。

以上、本書に収められた十四編を通読すれば、連城作品においてミステリと恋愛小説を区分することや、「初期と晩年はミステリ作家、中期は恋愛小説作家」という風に経歴をまとめてしまうことの無意味さをご理解いただけるのではないだろうか。

映画誌〈キネマ旬報〉に連載した映画エッセイ「試写室のメロディー」（未単行本化）の第十八回（八七年八月上旬号）で、連城は「本当の面白さとか感動は、決して予想などつかないもののはずである」と語っている。

連城作品とは、流麗優美な文体と、人間心理の襞を描き尽くす小説技巧を持ち合わせた天才が、読者を驚かせることこそが真の面白さという信念の元に生み出してきた、意外性の宝箱だ。既に連城ファンの方も、これから連城ファンになる方も、没後十年、改めてその宝の山を楽しんでいただきたいと願う。

（あさぎはら・しのぶ／作家・評論家）

初出・底本一覧

Ⅰ

黒真珠「クロワッサン」一九九〇年六月十日〜八月二十五日／『女が35歳で Part3』マガジンハウス、一九九一年／「ミステリーズ！」二〇一九年二月

過剰防衛「ショートショートランド」一九八二年八月

裁かれる女「小説すばる」一九九六年十一月／日本推理作家協会編『推理小説代表作選集１９９７年版』講談社、一九九七年／同協会編『殺ったのは誰だ?! ミステリー傑作選36』講談社文庫、一九九九年／同協会編『辻村深月選　スペシャル・ブレンド・ミステリー　謎008』講談社文庫、二〇一三年

紫の車「小説宝石」二〇〇八年六月

ひとつ蘭「小説新潮」一九九七年十一月／日本文藝家協会編『現代の小説１９９８』徳間書店、一九九八年

紙の別れ「小説新潮」一九九八年八月
媚薬「文藝春秋」一九九四年五月

Ⅱ

片思い「季刊ＳＵＮ・ＳＵＮ」一九九三年冬／「幻影城　終刊号」二〇一六年一月
花のない葉「季刊ＳＵＮ・ＳＵＮ」一九九四年夏／「幻影城　終刊号」
洗い張り「季刊ＳＵＮ・ＳＵＮ」一九八八年秋／「幻影城　終刊号」
絹婚式「銀座百点」二〇〇〇年四月／銀座百点編『銀座24の物語』文藝春秋、二〇〇一年／
文春文庫、二〇〇四年
白い言葉「朝日新聞夕刊」一九九七年六月六日／『恋物語』朝日新聞社、一九九八年
帰り道「朝日新聞夕刊」一九九七年六月十三日／『恋物語』
初恋「朝日新聞夕刊」一九九七年六月二十七日／『恋物語』

（各作品の最終版を底本とした）

本書は、著者の単著未収録の短篇・掌篇作品を独自に選定したものです。中公文庫オリジナル。

第Ⅰ部には主に短篇を、第Ⅱ部には掌篇を収めました。

底本中、明らかな誤植と考えられる箇所は訂正し、難読と思われる語には新たにルビを付しました。

中公文庫

黒真珠《くろしんじゅ》

——恋愛推理《れんあいすいり》レアコレクション

2022年12月25日　初版発行

著　者　連城《れんじょう》三《み》紀《き》彦《ひこ》

発行者　安 部 順 一

発行所　中央公論新社

〒100-8152　東京都千代田区大手町1-7-1
電話　販売 03-5299-1730　編集 03-5299-1890
URL https://www.chuko.co.jp/

ＤＴＰ　嵐下英治
印　刷　三晃印刷
製　本　小泉製本

Published by CHUOKORON-SHINSHA, INC.
Printed in Japan　ISBN978-4-12-207302-9 C1193